MARK STICHLER

Gasgeschä

SCHWABENKLÜNGEL ODER HUDELESPAGG Im Neckar wird die Leiche eines nackten Mannes gefunden, der, das stellt sich nach einer ersten Beschau durch die Gerichtsmedizin heraus, keines natürlichen Todes gestorben ist. Die Identität des Toten ist bald geklärt: Es handelt sich um einen stadtbekannten Trinker, der mehrmals unangenehm aufgefallen ist. Er hat unter anderem den Verleger der Ludwigsburger Zeitung belästigt. Rocco Marino, Hauptkommissar bei der Ludwigsburger Kriminalpolizei, versucht, nach und nach die Puzzleteile zusammenzufügen, die zu dem Mord geführt haben. Doch bei seinen Ermittlungen stößt er auf ein Machtgefüge aus Industrie, Staatsanwaltschaft und führenden Köpfen der Stadt, die alle zusammenhalten.

Mark Stichler, geboren 1968 in Stuttgart, hat lange in Ludwigsburg gelebt und sich an unterschiedlichen Studiengängen wie Ethnologie, Deutsch, Geschichte und Sport versucht. Er war Sänger und Gitarrist in verschiedenen Bands und hat bereits mehrere Film- und Serienbücher geschrieben. Im Februar 2014 erschien »Rapunzelturm«, sein erster Krimi beim Gmeiner-Verlag. Mark Stichler ist Weinhändler und arbeitet außerdem als freier Journalist und Autor.

Bisherige Veröffentlichungen im Gmeiner-Verlag:
Rapunzelturm (2014)

MARK STICHLER

Gasgeschäfte

Kriminalroman

GMEINER SPANNUNG

Besuchen Sie uns im Internet:
www.gmeiner-verlag.de

Im Ehnried 5, 88605 Meßkirch
Telefon 07575/2095-0
info@gmeiner-verlag.de

1. Auflage 2015

Lektorat: Sven Lang
Herstellung: Mirjam Hecht
Umschlaggestaltung: U.O.R.G. Lutz Eberle, Stuttgart
unter Verwendung eines Fotos von: © Gudellaphoto – Fotolia.com
Druck: GGP Media GmbH, Pößneck
Printed in Germany
ISBN 978-3-8392-1745-0

Personen und Handlung sind frei erfunden.
Ähnlichkeiten mit lebenden oder toten Personen
sind rein zufällig und nicht beabsichtigt.

KAPITEL 1

Es regnete die ganze Nacht. Der Regen fiel stetig, nicht zu heftig, geradlinig und monoton. In der Halle, in der Enzo saß, erzeugte er ein leichtes Rauschen im Hintergrund. Es schien, als würde er niemals enden. Und für Enzo war es auch so. Oder zumindest würde er nichts anderes mehr hören als dieses eintönige Rauschen, und wenn der Tod das Ende der individuellen Zeit markiert, dann endete der Regen für ihn niemals oder für immer. Scheißegal.

Vor ihm standen zwei Männer und sahen zu, wie er starb. Weiter hinten lehnte ein dritter an der kahlen Betonwand.

»Na ja«, sagte er. »Vlad. Ingo. Scheiße. Bringt ihn weg, ihr Idioten.«

Vlad und Ingo lösten behutsam die Drähte, die an Enzos Finger und Zehen angeschlossen waren. Seine Hand rutschte schlaff von seinem Schenkel.

»Scheiße«, flüsterte Vlad. Seine Halbglatze und seine dunkle Lederjacke schimmerten unstet im Licht einer gelben Glühbirne, die weiter hinten in dem großen, niedrigen Raum von der Decke baumelte.

»Scheiße«, flüsterte Ingo. Er war sehr dünn und trug ebenfalls eine dunkle Lederjacke. Nervös strich er sich über seinen schmalen Schnauzer. »Scheiße.«

»Ja, scheiße. Hab ich doch schon gesagt.«

»Halt die Klappe und nimm ihn an den Schultern.« Ingo fasste Enzos Beine an den Kniekehlen.

»Ich will ihn nicht an den Schultern nehmen. Nimm du ihn doch an den Schultern«, sagte Vlad gereizt.

»Mann.« Abrupt ließ Ingo Enzos Beine wieder los. »Nimm ihn an den Schultern, hab ich gesagt. Verdammt noch mal.«

»Du hast mir gar nichts zu sagen.«

»Jungs«, sagte der Mann, der immer noch an der Mauer lehnte. Er klopfte eine Zigarette auf ein silbernes Etui und zeigte damit auf Enzo. »Wenn der Mann nicht in zwei Minuten draußen im Auto und unterwegs an einen mir unbekannten Ort ist, dann ist mir alles scheißegal. Dann liegt ihr neben ihm. Diese Scheiße habt ihr beide verbockt, und ...«

»Er war es«, sagte Vlad und zeigte auf Ingo. »Er hat den Schalter betätigt.«

»Halt bloß die Schnauze«, rief Ingo und trat mit dem Fuß nach ihm.

»Haltet beide die Schnauze. Ich kann gar nicht glauben, was die mir für Trottel geschickt haben.« Der Mann an der Mauer zündete sich die Zigarette an. »Bringt ihn bitte raus und ... entsorgt ihn. Du«, er deutete auf Vlad, »nimm ihn an den Schultern, und du«, er zeigte auf Ingo, »an den Beinen. Und dann will ich euch heute Nacht nicht mehr sehen.«

»Siehst du«, flüsterte Ingo. »Nimm ihn bei den Schultern.«

Vlad starrte einen Augenblick düster vor sich hin. Anschließend nahm er den Toten an den nackten Schultern und zusammen schleppten sie ihn nach draußen. Im spärlichen Licht des Parkplatzes glänzte Enzos regennasse Haut wie die Lederjacken und Vlads Glatze.

»Warum muss es immer regnen?«, fragte Vlad und schaltete den Scheibenwischer ein.

»Das darfst du mich nicht fragen.« Ingo saß auf dem Beifahrersitz und drehte sich eine lange, dünne Zigarette.

»... darf ich dich nicht fragen«, brummte Vlad vor sich hin und schaltete das Radio ein. Es lief ›She Works Hard For The Money‹ von Donna Summer. »Was ist das für ein Scheiß? Ist das eine CD? Ist die von dir?«

»Ziehen?« Ingo hielt ihm die Zigarette hin. Vlad nahm sie, zog daran und hielt den Atem an. Dann reichte er sie Ingo zurück.

Auf der Straße waren nur wenig Autos unterwegs. Vlad steuerte den Wagen durch die Stadt und am Schloss vorbei hinunter zum Fluss.

»Du hättest auch hinten rum fahren können«, sagte Ingo gedehnt. Er hatte die Rückenlehne etwas zurückgedreht, war auf dem Beifahrersitz nach unten gerutscht und starrte an die Decke. Der Moderator im Radio hatte noch mehr Hits aus den 80ern angekündigt, was ihn veranlasste, lauter zu drehen. Vlad drehte wieder leiser.

»Ich hätte auch vorne rum fahren können«, sagte er.

»Machst du ja.« Ingo nahm einen tiefen Zug. »Auch noch mal?«

Vlad zog kräftig an der Zigarette und verbrannte sich fast die Lippe. »Au«, schrie er und ließ die Kippe fallen.

»Hey, hey.« Ingo rappelte sich auf und beugte sich nach vorn, um das Ding zu suchen. Vlad klatschte wie wild auf seinen Schenkeln und dem Fahrersitz herum. Es gab einen kleinen Lichtblitz, auf den die beiden aber nicht achteten. Sie hatten die wildesten Gerüchte darüber gehört, wie Autos wegen glimmender Zigaretten auf dem Fahrersitz oder dem Boden in Windeseile abbrannten, explodierten, alles im Wageninneren innerhalb von Sekunden in Schutt und Asche gelegt wurde. Wild schlingerten sie über die zweispurige Fahrbahn, vorbei an der Tankstelle und an einem Mann, dessen Hund immer unglaublich früh Gassi gehen wollte. Unbewusst hatte sich der Mann mit der Zeit dem Diktat des Hundes untergeordnet, ohne dass jemals eine vernünftige Unterhaltung zwischen den beiden stattgefunden hätte – wie auch? – oder er den Vorgang hinterfragt hätte. Der Mann sah dem schlingernden Wagen erstaunt hinterher.

»Hier, hier. Ich hab sie. Ich hab sie«, rief Vlad aufgeregt und trat mit vernichtender Wucht auf die Kippe, die unter ihm im Fußraum glomm.

»Nimm sie hoch«, rief Ingo. Er sah aus dem Fenster. »Nein, schau auf die Straße, Mann. Du fährst wie ein Bekloppter. Mann. Ich nehme sie.« Er kroch zwischen Vlads Beine, hob die Kippe auf und warf sie aus dem Fenster.

»Mach das Fenster zu. Es zieht.« Vlad hatte den Wagen wieder unter Kontrolle. Am Neckar unten bog er in die Uferstraße ein und fuhr ein Stück, bis er den Wagen auf einem kleinen Parkplatz stoppte.

»Hier«, sagte er.

»Hier?«, fragte Ingo und tippte sich an die Stirn.

»Ja. Wir tragen ihn da rüber zum Fluss und werfen ihn rein. Er treibt weg. Fertig. Er hat nichts an. Er ist ein elender Penner. Wie sollen sie jemals rausfinden, wer das war?«

»Mhm.« Ingo schien nicht überzeugt, aber er zerrte Enzo zusammen mit Vlad aus dem Laderaum. Gemeinsam trugen sie ihn einen kleinen Weg entlang, an der Fußgängerbrücke vorbei und bis zum Ufer. Sie kletterten die Böschung hinunter und suchten sich einen guten Stand, was bei dem durchweichten Boden gar nicht so einfach war. Dann nahmen sie Enzo an Beinen und Armen, schwangen ihn ein-, zweimal hin und her und warfen ihn mit einem lauten Platsch in den zäh dahinfließenden Fluss. Das Geräusch scheuchte ein paar Ratten am Ufer auf, die mit einem Glucksen im Wasser verschwanden. Ein paar Meter flussabwärts kletterten sie wieder an Land.

Vlad und Ingo sahen Enzo nach, bis er langsam in der Dunkelheit und im gelben Dreckwasser verschwand. Nur wenige hundert Meter flussabwärts lief er auf einen weit herausragenden Ast des Ufergestrüpps auf und blieb daran hängen. Sein rechter Arm wedelte im Wasser umher, als würde er etwas suchen. Aber das sahen Vlad und Ingo nicht. Sie stiegen wieder in den Wagen.

»Und?«, fragte Vlad. »Trinken wir noch einen?«

»Ich muss ins Bett«, sagte Ingo. »Obwohl … warum eigentlich nicht?« Er drehte eine lange, dünne Zigarette.

Kurz nachdem Vlad und Ingo weggefahren waren, kam auch der dritte Mann aus der Lagerhalle. Einen Moment stand er in der kleinen Tür, anscheinend der einzige Ausgang aus dem großen, kahlen Gebäude, in dem Enzo gestorben war. Vor ihm lag der große Parkplatz. Weiße Linien markierten die einzelnen Plätze. Nur wenige Autos standen um diese Zeit herum. Der Regen fiel immer noch sanft und gleichgültig. Seufzend warf der Mann seine Kippe in eine Pfütze und ging zu seinem Wagen.

KAPITEL 2

Rocco saß in der Küche und sah der schwarzen Brühe in seiner Espressokanne beim Brodeln zu. Es war früh am Morgen und er hatte schlecht geschlafen. Das Rauschen des Regens hatte ihn lange nicht einschlafen lassen. Es erinnerte ihn an etwas im Dämmerlicht, an die Zeit nach dem Sturm, aber das Wetter wurde nicht besser und alle starrten auf die graue Wand, als müsste ES jeden Augenblick daraus hervorkommen … Und dann war er immer wieder aufgeschreckt und grübelte im Halbschlaf darüber nach, was dieses ES denn eigentlich sein sollte, bis es am frühen Morgen endlich aufgehört hatte zu regnen.

Er hasste solche Träume, weil er sich nicht erklären konnte, was sie bedeuteten. Und er wollte es auch gar nicht. Er dachte an Anna, und nachdem er sich Kaffee eingeschenkt hatte, griff er zum Telefon. Die Nummer hatte er von Julia. Anna hatte mit ihr zusammengewohnt, bevor sie plötzlich aus der Stadt verschwunden war. Es war nicht so, dass Rocco etwas von Anna wollte … Sie war lediglich seine Kollegin. Aber er hatte ein schlechtes Gewissen. Irgendwie wurde er das Gefühl nicht los, dass ihr plötzliches Verschwinden mit ihm zusammenhing, obwohl Julia ihm versichert hatte, dass es nicht so war. Anna gehe es einfach schlecht, hatte sie gesagt. Schon lange.

Warum Rocco sie ausgerechnet jetzt anrufen wollte, wusste er gar nicht so genau. Und würde sie rangehen, würde ihm womöglich nicht einmal einfallen, was er sagen sollte. Er hielt den Hörer ans Ohr und lauschte dem Freizeichen. Dann drückte er einen Knopf und unterbrach den Anruf. Mit einem Schulterzucken warf er den Hörer auf den Küchentisch und goss sich Kaffee nach. Niemand zu Hause, dachte er, als plötzlich sein Telefon klingelte. Rocco spürte ein leichtes Kribbeln in der Magengegend. Rief sie zurück?

»Marino«, meldete er sich.

»Rocco. Sie haben einen Nackten aus dem Fluss gezogen. Du musst kommen.« Es war das Präsidium.

»Hm«, machte Rocco. »Ist er tot?«

»Natürlich ist er tot. Sonst hätten wir den Notarzt gerufen. Es ist unten am Uferweg, kurz vor der Kläranlage. Du siehst es dann schon.«

»Ja, gut. Ich komme.« Rocco legte auf und warf einen Blick aus dem Fenster.

Er parkte seinen Wagen neben einer Reihe von Einsatzfahrzeugen. Ein schmaler, schlammiger Trampelpfad führte über die Wiese bis an die steil abfallende Böschung und hinunter zum Fluss. Missmutig starrte Rocco auf seine Schuhe und zog dann ein Paar dieser Plastiküberstreifer aus der Seitenablage der Fahrertür. Auch wenn man damit auf dem feuchten, glitschigen Boden kaum gehen konnte, seine Schuhe würden die Tatortbesichtigung doch wenigstens überleben. Es war einer dieser Momente, in denen Rocco sich fragte, warum er sich überhaupt einen Tatort ansah. Der Fotograf machte Fotos. Die Spurensicherung nahm Spuren, die Gerichtsmediziner besahen sich die Leiche … Was sollte er dort? Er könnte genauso gut alle Fakten in seinem Büro zusammentragen und dort begutachten. Rocco schüttelte den Kopf. Er kannte diese Unlust an sich gar nicht. Erst seit … Ja, ja, dachte er, schüttelte genervt den Kopf und machte sich vorsichtig auf den rutschigen Weg.

Dr. Mahler stand am Ufer. Rocco konnte sie von Weitem kaum erkennen zwischen dem Gestrüpp und hatte den starken Eindruck, sie früher gerochen als gesehen zu haben. Vielleicht bereitete sich aber auch seine Nase nur auf den olfaktorischen Frontalangriff vor, der ihr bevorstand. Denn eins war sicher: Menschen wurden ermordet, zerstückelt, erschossen, erdolcht, gemeuchelt auf jede nur erdenkliche Art und Weise und zu jeder beliebigen Tages- und Nachtzeit, aber Dr. Mahler erschien nie ohne ihr Make-up und eingehüllt in ein Parfum, dessen Duft sämtliche Tropenpflanzen vor Neid erblassen ließ. Und wahrscheinlich dazu diente, den an ihr klebenden Leichengeruch zu überdecken. Anna und Julia hatten immer versucht zu erraten, welche Marke Dr. Mahler wohl benutzte. Vergeblich …

Die Gerichtsmedizinerin hatte natürlich Gummistiefel dabei. Weiße, hohe Gummistiefel, aus denen sich ihre Hosen herausbauschten. Ein Assistent hielt einen großen, weißen Regenschirm über ihren Kopf, der auch noch die letzten verirrten Regentropfen von Dr. Mahlers mit chemisch duftendem Haarspray festzementierter Frisur fernhalten sollte. Ein weißer Regenschirm … Rocco blieb staunend oben an der Böschung stehen. Sie sah aus wie ein Maharadscha, der auf dem morgendlichen Spaziergang in seinem Garten Unkraut entdeckt hat.

»Eins steht fest«, sagte Dr. Mahler mit einem Blick auf Roccos mit Plastikhüllen geschützte Schuhe. »Ertrunken ist der nicht.« Sie zeigte auf einen bleichen, haarigen Körper, der vor ihr im Schlamm der Uferböschung lag. Der Mann war nackt und sah aus, als komme er direkt aus einer Wäscherei, so weiß und sauber schien die Haut. Nur die

Lippe war aufgeplatzt wie von einem Schlag. Seine Augen waren geschlossen und Rocco war dankbar dafür. Wo hat sie nur die Gummistiefel her?, dachte er.

»Wieso?«, fragte er.

»Keine typischen Spuren wie Abwaschungen. Kaum Kratzspuren von Steinen, Ästen, Gestrüpp oder Ähnlichem. Er sieht zwar ziemlich sauber aus, aber das liegt hauptsächlich an dem Schlamm um uns herum. Er war nur kurz im Wasser, und alles deutet darauf hin, dass er nach seinem Tod hineingeworfen wurde. Vielleicht etwas weiter flussaufwärts, aber nicht sehr weit.« Dr. Mahler schnaufte und reichte Rocco die Hand, damit er ihr ein Stück die Böschung hinaufhalf. Rocco zögerte. Noch nie hatte er sie berührt, da war er sicher. Und eigentlich hatte er es auch nicht vor … Doch seine anerzogene Höflichkeit war stärker: Er griff zu, zog sie zu sich hinauf und bekam einen Duftschwall verwelkender Lilien in die Nase. Er schnappte nach Luft.

»Wo ist denn Ihre kleine Kollegin?«, fragte Dr. Mahler unbeteiligt.

»Sie ist nicht klein.«

Dr. Mahler zog eine gemalte Braue hoch. »So? Wie definieren Sie klein?«

»Sie ist … Sie hat Urlaub«, sagte Rocco. »Auf unbestimmte Zeit.«

»Das habe ich mir gedacht«, erwiderte Dr. Mahler.

»Was? Was haben Sie sich gedacht?«

»Na, dass sie es nicht schafft.« Dr. Mahler zuckte mit den Schultern. Rocco trat einen Schritt zurück. »Das ist einfach kein Job für sie.«

»Das hat überhaupt nichts mit dem Job zu tun …«, rief Rocco. »Sie ist …« Er winkte ab. Er würde hier doch nicht mit Dr. Mahler – *Dr. Mahler* – über Annas Befindlichkeiten diskutieren. Und außerdem wusste er ja selbst nicht genau, was mit ihr los war.

»Hat die Spurensicherung außer dem Toten noch etwas gefunden? Kleider, Brieftasche, Schmuck …?«, fragte er.

Dr. Mahler schüttelte den Kopf. Inzwischen hatte sich auch ihr Assistent aus eigener Kraft die Böschung hinaufgearbeitet. Das Weiß des Regenschirms war dabei etwas in Mitleidenschaft gezogen worden. Dr. Mahler warf ihm einen missbilligenden Blick zu.

»Nicht, dass ich wüsste. Aber fragen Sie die.« Sie deutete auf drei Männer, die drüben auf dem Parkplatz Zigaretten rauchten. »Wenn es allerdings um die Identität des Toten geht, so dürfte das nicht allzu schwierig sein.«

Rocco sah sie erstaunt an und musterte den Toten genauer, der jetzt ganz allein am Ufer lag und auf seinen Abtransport wartete. Auf den ersten Blick waren keine außergewöhnlichen Erkennungsmerkmale zu sehen. Keine Tätowierung, keine Narben, das Gesicht eingefallen und hager, aber nicht auffällig … Er trug einen Bart, der etwas zottelig und ungepflegt wirkte. Aber wenn man in einer solchen Situation aufgefunden wurde, mochte das nicht unbedingt ungewöhnlich sein.

»Aha?«, sagte er.

»Ja«, sagte Dr. Mahler und lächelte schräg. Immer wenn sie ihre Mimik einsetzte, fürchtete Rocco, dass etwas von ihrem Make-up abbrechen könnte. Weniger der Vorfall an sich ängstigte ihn, als das wahre Gesicht der Gerichtsmedizinerin, das dann eventuell zum Vorschein kommen könnte. Er hatte nie den Versuch gemacht, auch nur annähernd zu schätzen, wie alt sie war. Jahrhunderte, schoss es ihm durch den Kopf.

»Sie kennen den Mann?«, fragte er so professionell wie möglich.

»Kennen ist vielleicht übertrieben«, antwortete Dr. Mahler. »Aber ich habe ihn schon gesehen. In der Fußgängerzone. Ich war dort mit einem Bekannten unterwegs.« Sie drehte sich um und ging den Trampelpfad zum Parkplatz zurück. Rocco und der Assistent folgten ihr.

»Ja, und?«, fragte Rocco.

»Nichts und. Die beiden haben sich kurz unterhalten. Es war keine sehr erquickliche Unterhaltung. Sie sind kurzzeitig etwas laut geworden.«

»Darf man erfahren, um was es in dieser Unterhaltung ging?« Rocco blieb höflich. Erstens würde er aus Dr. Mahler sonst gar nichts herausbekommen, da war er sicher. Und zweitens kannte er sie nicht anders. Sie gab Informationen grundsätzlich nur ungern preis und nie am Stück …

»Nicht von mir. Ich stand etwas abseits und habe nichts gehört.«

Rocco verdrehte die Augen. »Darf ich vielleicht den Namen Ihres Bekannten erfahren oder muss ich Sie in Beugehaft nehmen?«, fragte er unvorsichtigerweise. Dr. Mahler blieb abrupt stehen und drehte sich zu ihm um.

»Beugehaft«, hauchte sie. Rocco stockte der Atem. Was hatte er getan? Er musste sich unbedingt besser konzentrieren, wenn er mit Frauen wie ihr sprach. Solche Scherze könnten ihn sonst einiges kosten … einiges.

»Ach, kommen Sie … Ich … Sie …«, stotterte er und wurde rot. »Geben Sie mir schon den Namen.«

Sein Erröten schien Dr. Mahler zumindest vorläufig zu befriedigen. Sie lächelte wieder, drehte sich um und ging weiter.

»Dr. Spilden. Er ist der Verleger der hiesigen Zeitung«, sagte sie über die Schulter. »Nicht, dass ich sein Blatt lesen würde … Aber er kann sehr charmant sein.«

Die Männer von der Spurensicherung hatten nichts gefunden. Keine Brieftasche, keine Kleidung, keinen Schmuck und erst recht keinen Ausweis. Sie bestätigten Dr. Mahlers Theorie, dass der Tote weiter flussaufwärts ins Wasser geworfen worden war. An der Fundstelle waren keinerlei Fußspuren festgestellt worden.

»… und bei dem Wetter und auf diesem Grund ist es unmöglich, keine zu hinterlassen«, sagte einer von ihnen.

Rocco konnte die Kollegen der Spurensicherung nie auseinanderhalten. Er traf sie so gut wie immer in ihren weißen Ganzkörperanzügen an, die für ihn alle gleichmachten. Er wusste von einem Charlie und einem Pat, aber wer wer war, konnte er nicht sagen. Und für die Ermittlungen war es unerheblich.

»Wir sehen uns bei mir«, sagte Dr. Mahler. »Nach der Obduktion …« Sie winkte und stieg mit ihrem Assistenten in ein silbernes Mercedes-Sportcoupé.

»Ja«, murmelte Rocco und atmete tief durch, als sie weg war. »Dann machen wir uns mal auf die Suche.«

Schweigend folgten Charlie, Pat und der dritte Kriminaltechniker Rocco. Sie gingen den asphaltierten Spazierweg entlang, der nahe dem Ufer flussaufwärts führte. Rocco war froh, endlich die Plastiksäcke an seinen Schuhen loszuwerden. Die Männer von der Spurensicherung dagegen schienen sich in ihren weißen Ganzkörperanzügen wohlzufühlen. Wahrscheinlich kannten sie keine andere Kleidung mehr, dachte Rocco. Sie bewegten sich ganz natürlich.

Nur einer, wahrscheinlich Pat, streifte nach einem prüfenden Blick in den Himmel seine Kapuze ab.

Rocco war froh, dass die drei dabei waren. So konnte er in Ruhe seinen Gedanken nachhängen, während sie die Böschung nach Spuren absuchten. Auf einer der Bänke, die am Wegrand standen, war mit silberner Farbe in krakeligen Buchstaben ›Fuck Cops‹ geschrieben. Rocco überlegte, ob es wohl ein Hinweis, eine Schmähung von den Tätern sein könnte. Allerdings, so musste er zugeben, hatten sie eher versucht, den Toten unbemerkt verschwinden zu lassen. Es wäre also ziemlich bescheuert, den Tatort mit einem Graffiti zu markieren.

Manchmal hasste er sich und seine Gedanken, wenn auch nur kurz. Auf jeden Fall vermisste er Anna, ihren klaren Verstand, ihre nüchterne, norddeutsche Art. Aber sie saß in irgendeinem Kaff in der Lüneburger Heide bei ihrer Mutter oder Tante, um sich selbst zu finden. Oder ihre Vergangenheit zu verlieren … Rocco wusste es nicht.

Sie mussten nicht weit gehen. Die drei Kollegen – Rocco fiel schlagartig ein, an wen sie ihn erinnerten: an Woody Allen als Spermium in ›Was Sie schon immer über Sex wissen wollten …‹ – die drei hatten kurz vor der Fußgängerbrücke nach Neckarweihingen tiefe Eindrücke von schweren Schuhen in der nassen Wiese entdeckt. Die Spuren kamen vom Parkplatz, führten hinüber zum Fluss und wieder zurück.

»Das waren entweder sehr schwere Männer oder sie haben jemanden getragen. Nach der Art der Spuren hat einer wohl die Beine, der andere die Arme gehalten«, meinte Pat, kniete sich nieder und tastete die Abdrücke ab wie ein Fährtensucher die Spuren eines Büffels in der amerikanischen Wildnis. »Und hier sind sie zurückgekommen. Die Eindrücke sind wesentlich weniger tief.«

»Also zwei Täter«, sagte Rocco. Die anderen nickten. Sie folgten den Spuren vorsichtig bis zum Ufer.

»Da, sehen Sie. Sie sind hier durchs Gestrüpp getrampelt.« Während Pat Rocco die abgeknickten Zweige zeigte, gingen Charlie und der Kollege nach unten zum Ufer.

»Hier ist es«, riefen die beiden anderen von unten. »Es sieht so aus, als hätten sie sich hier aufgestellt, den Körper ein paarmal hin- und hergeschwenkt und dann in den Fluss geworfen. Es gibt Schleifspuren zwischen den Fußabdrücken. Hätten sie es ein bisschen weiter in die Mitte geschafft oder die Fließgeschwindigkeit wäre höher gewesen, wäre er wer weiß wo gelandet.«

»Ziemliche Dilettanten«, sagte Pat. »Wir müssen die Gegend hier absperren.« Er sah Rocco an. »Sie haben ihn wahrscheinlich nur hierher gebracht, um ihn loszuwerden. Ich gehe zum Parkplatz und sehe nach, ob noch verwertbare Spuren von Schuhen und Reifen zu finden sind. Kommen Sie mit?«

»Mhm.« Rocco war nicht ganz bei der Sache. »Sie finden das schon allein raus. Vielleicht lässt sich ja eine Reifenspur feststellen. Oder mehrere, sodass sich der Wagentyp wenigstens eingrenzen lässt. Ich muss los. Schickt mir doch ein Foto von der Leiche aufs Handy.« Er wollte unbedingt mit dem Verleger sprechen. Er war bislang die einzige Spur zur Identität des Toten.

Dr. Spilden war in einem Meeting, als Rocco im Verlagshaus des Ludwigsburger Abendblatts nach ihm fragte. Und danach, erklärte ihm die Dame am Empfang, müsse er sofort weiter zu einem Geschäftsessen.

»Ich kenne nur eine Branche, in der noch mehr Meetings stattfinden und in der noch mehr gegessen wird wie im Zeitungsgeschäft«, sagte Rocco milde lächelnd.

»So?«, fragte die Dame an der Rezeption mit eisigem Desinteresse und starrte auf ihren Bildschirm.

»Ja«, sagte Rocco. »Rufen Sie Ihren Chef an. Ich brauche wahrscheinlich nur zwei Minuten mit ihm. Es handelt sich um eine schlichte Auskunft, danach bin ich wieder weg.«

Es war der Miene der Empfangsdame nicht anzusehen, ob sie Rocco überhaupt gehört hatte, geschweige denn, ob sie über das Angebot nachdachte. Durch die dünne Glasscheibe der kleinen Lobby – eigentlich war es mehr ein vergrößertes Büro aus den Anfangstagen des Verlags, das irgendwann in stillschweigendem Einverständnis der Besitzer zur Lobby befördert worden war – waren Straßengeräusche zu hören. Stumpf betrachtete Rocco das dreckige Beige des Teppichbodens und die kleine Sitzecke mit einstmals schicken, jetzt etwas abgewetzten Ledersesseln und einem niedrigen Tischchen, auf dem einige Exemplare der heutigen Zeitung ausgelegt waren.

»Okay«, sagte die Dame hinter ihrer Theke. »Ich versuche es mal.« Während sie telefonierte, spielte sie mit den Fingern an einer dünnen, goldenen Kette, die sie um ihren Hals trug. Rocco überlegte, ob sie wohl ein Geschenk von Dr. Spilden war. Er ging hinüber zur Sitzecke und blätterte in einer Zeitung.

Es dauerte nicht lange, und aus einer schmalen Glastür kam ein hochgewachsener, hagerer Herr in einem teuren, aber schlecht sitzenden dunkelblauen Anzug. Seine dünnen, grau melierten Haare waren sorgfältig zurückgekämmt. Eine schmalrandige Brille baumelte an einem goldenen Kettchen um seinen braunen Hals. Sonnenstudio, dachte Rocco. Kein Zweifel, das musste Dr. Spilden sein.

Die Dame am Empfang war von ihrem Drehstuhl aufgestanden und beugte sich über die Theke. Sie lächelte und zuckte entschuldigend mit der Schulter, als sie auf die Sitzecke zeigte. Rocco sah, wie der Herr sie mit einem Nicken beruhigte und zu ihm kam.

»Dr. Spilden«, stellte er sich vor, nachdem sie sich die Hände geschüttelt hatten, und sah Rocco mit leeren, grauen Augen durchdringend an.

»Hauptkommissar Marino. Guten Tag«, sagte Rocco.

»Setzen wir uns doch.« Dr. Spilden deutete auf einen Sessel. Einen Augenblick kam die Sonne zwischen den Wolken hindurch und verlieh dem Anzug des Verlegers einen schimmernden Glanz. »Was kann ich für Sie tun?«

»Ja, Dr. … Spilden«, begann Rocco. »Im Grunde komme ich wegen einer Kleinigkeit zu Ihnen. Andererseits ist es auch wieder eine heikle Sache.«

»Ich verstehe.« Dr. Spilden sagte das, als würde er vollkommen verstehen. Tatsächlich verstand er überhaupt nichts. Das war seit Langem seine Art, Wissen vorzutäuschen. Eines der wenigen Dinge, die er sehr gut beherrschte. Sein Blick gab nichts preis, wenn er sein Gegenüber scharf fixierte, aber er verursachte bei vielen Menschen ein gewisses Unbehagen, das meist aus der Art des Blicks und seiner Stellung resultierte. Er wirkte stets souverän und immerhin stand er einem erfolgreichen Medienunternehmen vor. Die Zeitung war seit drei Generationen im Besitz seiner Familie.

Wenige Leute nahmen bei Dr. Spildens Anblick an, der Erfolg seines Unternehmens gründe darauf, dass seine Zeitung in der Gegend sehr wenig Konkurrenz fürchten müsse. Außerdem waren die meisten Anzeigenkunden mittelständische, oft handwerkliche Betriebe, die schon mit seinem Vater zusammengearbeitet hatten und, solange Dr. Spilden die richtige Partei unterstützte und bei diversen Vereinen und Unternehmertreffen eine Rede hielt oder einen Innovationspreis ausschrieb, auch keinen Grund sahen, ihre Anzeigen bei einem Konkurrenzblatt zu schalten, dessen politische Ausrichtung vielleicht weniger, nun ja, geradlinig war.

In Wirklichkeit musste Dr. Spilden also nicht viel tun für seinen Ruf als tatkräftiger und energischer Unternehmer. In Wirklichkeit saß er oft lange Stunden in seinem Büro und sah beispielsweise aus dem Fenster. Er hatte ein Büro in dem zur Chefetage ausgebauten Dachgeschoss des Hauses und konnte von dort aus auf verschiedene Dachterrassen und Balkone blicken. Die Pflanzen, Markisen und Bewohner dort durften sich seines milden Interesses sicher sein. Sein Geist beschäftigte sich weniger mit neuen Marketingkonzepten, Innovationen und der Effektivität der Redaktionsabläufe in seinem Haus. Oft genug ertappte er sich dabei, wie er abschweifte und bei der Beschaffenheit des Rahmens seines neuen Tennisschlägers verweilte, bei der Bespannung, seiner Aufschlagtechnik und wie er darüber nachdachte, ob er wohl bei seinem nächsten Match den Leitenden Staatsanwalt Dr. Davids würde schlagen können.

»Sehen Sie«, sagte Rocco und zog sein Handy aus der Tasche. »Wir haben hier diesen Toten gefunden …«

»Mhm, mhm«, machte Dr. Spilden. »Einen Toten.«

»Ja, und wir sind uns ziemlich sicher, dass er ermordet wurde.«

Dr. Spilden seufzte. »Lieber Herr Hauptkommissar … Sie werden verstehen … Ich habe hier ein Unternehmen zu leiten. Ich bin nicht für die Polizeinachrichten verantwortlich. Bitte wenden Sie sich doch an den dafür zuständigen Redakteur. Das Fräulein am Empfang …«

»Moment, Moment«, unterbrach Rocco. Er suchte auf seinem Handy nach dem Bild, das ihm die Spurensicherung geschickt hatte. »Laut meinen Informationen kennen Sie den Mann, und ich möchte Sie bitten, mir zu sagen, wer das ist.« Er hielt Dr. Spilden das Foto des Toten aus dem Fluss vor die Nase und versuchte, mit dem Daumen den nackten Körper des Mannes zu verdecken, sodass nur sein Gesicht zu sehen war. Es gelang ihm nicht ganz.

»Um Gottes willen«, rief Dr. Spilden und wich zurück. Die Empfangsdame warf einen besorgten Blick zu ihnen herüber. Der Verleger strich sich nervös übers Haar. »W… wer ist das?«

»Ganz genau«, sagte Rocco und hielt ihm bereitwillig weiter das Handy hin. Dr. Spilden näherte sich vorsichtig wieder an und betrachtete das Bild noch einmal.

»Wer, um Himmels willen, hat denn behauptet, ich würde diesen Mann kennen?«

»Das kann ich Ihnen zum jetzigen Zeitpunkt nicht sagen. Aber sie war sich ihrer Sache sehr sicher«, sagte Rocco und lächelte sanft.

»Also, wissen Sie …« Es war deutlich zu sehen, wie es hinter Dr. Spildens Stirn arbeitete. Seine Augen blickten weiter auf das Display von Roccos Handy, nachdenklich, grau und unbestimmt, so, als hätte sich sein Geist in weit entfernte Dimensionen zurückgezogen. Unbehaglich rutschte er auf seinem Sessel hin und her. Er wollte diesen Mann nicht kennen, das war offensichtlich. »Das ist ein furchtbares Bild. Ja, ich kenne ihn«, sagte er schließlich widerwillig. »Was heißt kennen. Ich habe den Mann ein-, zweimal gesehen. Er kam in meine Redaktion, ein anderes Mal hat er mich auf der Straße belästigt. Das ist alles. Wie kommen Sie darauf, ich könnte Ihnen irgendetwas über diesen Cretin erzählen?« Dr. Spilden schüttelte sich, als wäre das eine der schlimmsten Erfahrungen seines Lebens gewesen.

»Wie heißt er?«, fragte Rocco ungerührt.

»Das weiß ich nicht.«

»Was wollte er von Ihnen?«

Dr. Spilden schien mehr damit beschäftigt zu überlegen, wie er aus dieser Situation herauskommen könnte, als darüber nachzudenken, was der Mann von ihm gewollt hatte.

»Er wollte mir etwas verkaufen, Artikel … Höchstwahrscheinlich wollte er für mich arbeiten, als investigativer Journalist oder so was in der Art.«

»Na, kommen Sie, Dr. Spilden.« Rocco begann, sich über das Verhalten des Verlegers zu wundern. Der Verleger lächelte gezwungen und strich sich wieder durchs Haar.

»Ach, wissen Sie … Das ist … war ein furchtbar unangenehmer Zeitgenosse. Einmal hat er mich mitten auf der Straße angehalten und beschimpft.« Seine Augen bekamen einen eigenartigen Glanz. »Ich war mit einer Bekannten unterwegs zu …« Auf einmal schien ihm zu dämmern, woher Rocco seine Informationen bezogen hatte. »Nun ja, das spielt nun wirklich keine Rolle«, unterbrach er sich.

»Und warum hat er Sie beschimpft?« Rocco wollte sich gar nicht vorstellen, wohin Dr. Spilden mit Dr. Mahler unterwegs gewesen war, aber er konnte die langsam anlaufende Maschinerie seiner Vorstellungskraft nicht ganz zügeln.

»Er wollte mir eine Story verkaufen. Ich habe ihm hundert Mal erklärt, dass ich nicht der richtige Ansprechpartner bin. Ich habe ihm gesagt, er soll sich an meinen Ressortleiter für Lokales wenden. Aber er wollte nicht hören. Das sei eine viel größere Story, hat er gesagt. Nichts fürs Lokale …«

»Dann würde es vielleicht etwas nutzen, Ihren Ressortleiter fürs Lokale zu befragen?«

Dr. Spilden sah Rocco verblüfft an. »Ja …«, sagte er gedehnt. »Möglicherweise. Sicher.«

Der Ressortleiter war ein untersetzter Mann namens Emrich, der über dem Hemd einen karierten Pullunder trug. Seine Brille hing ihm an nur einem Bügel seitlich am Kopf herunter. Er trug einen Aktenordner, kam kurz in die Sitzecke in der Lobby und sagte, dass er den Mann kenne. Er heiße Enzo Fischer und hätte ihm die Story seines Lebens über die GALB, die Ludwigsburger Gaswerke, versprochen. Zwei-, dreimal sei er dagewesen, aber er hätte nie auch nur eine Zeile verwertbares Material bei ihm abgegeben. Emrich zuckte mit den Schultern.

»Wie auch?«, fragte er leichthin. »Es war ganz offensichtlich, dass der Mann starker Alkoholiker war. Und in seinen lichten Momenten war er unausstehlich. Halluzinationen nicht ausgeschlossen. Betrunken habe ich ihn, Gott sei Dank, nie erlebt.« Er machte eine kurze Pause. »Vielleicht fragen Sie mal bei der GaStro, der Gas- und Strominitiative, nach. Zumindest hat er behauptet, er würde mit denen eng zusammenarbeiten.«

»Gas- und Strominitiative?« Rocco und Dr. Spilden sahen Emrich ratlos an.

»Eine Organisation, die sich aus Stromkunden der

GALB zusammensetzt, die zwar Strom beziehen, dabei aber der Meinung sind, per se zu viel zu bezahlen und ihre Rechnungen immer nur teilweise begleichen. Sie kämpfen für mehr Transparenz auf dem Strom- und Gasmarkt.«

»Die können doch den Anbieter wechseln, wenn sie wollen«, wandte Rocco ein.

»Ja«, sagte Emrich mäßig geduldig. »Aber sie wollen trotzdem mehr Transparenz im Markt. Offene Bilanzen und so weiter … Sie verstehen?«

Rocco nickte, obwohl er nicht sicher war. Das fiel mehr in Annas Gebiet. Aber die war ja nicht hier. Er versuchte, einen halbherzigen Witz zu machen. »Anarchisten?«

Emrich sah ihn streng an und Dr. Spilden schaltete auf unergründliches Grau. Es war offensichtlich, dass beide seinen Witz bestenfalls für geschmacklos hielten. Hatte überhaupt schon irgendjemand dieses Wort in den heiligen Hallen dieser Redaktion in den Mund genommen, außer vielleicht im Zusammenhang mit linken Chaoten und Randalierern?

»Das sind meistens ehrbare Bürger, die in dieser Beziehung vielleicht einen kleinen Spleen entwickelt haben«, sagte Emrich schließlich.

Rocco verbot sich weitere Scherze, ließ sich die Adresse des GaStro-Vorstands geben und verabschiedete sich von Emrich und Dr. Spilden.

Er hatte die Lobby kaum verlassen, als der Verleger sich erhob und zur Theke der Empfangsdame ging.

»Geben Sie mir ein Telefon«, sagte er. Er wählte eine Nummer und sprach leise in den Hörer: »Ja, Dr. Spilden hier. Geben Sie mir Dr. Davids.« Er hörte der Stimme am anderen Ende nur kurz zu und unterbrach sie dann: »Es ist wichtig. Dringend. Stellen Sie mich sofort durch.« Wieder wartete er kurz, bis Dr. Davids am Telefon war. Dieser begrüßte Dr. Spilden offensichtlich überschwänglich, wurde aber ebenfalls sofort unterbrochen. »Davids, pass auf. Bei mir war gerade eben die Polizei … Die Polizei, ja … Wegen Enzo Fischer … Das ist dieser dämliche Penner, von dem ich dir erzählt habe … Nein … Ja … Nein …« Dr. Spilden wurde immer nervöser, so, als würde ihm die Tragweite von Roccos Besuch erst so langsam klar. »Nein«, rief er und rannte in der Sitzecke auf und ab. »Du musst etwas unternehmen … Der Kerl ist tot.«

KAPITEL 3

Lenny Grünspan stand vor seinem Kleiderschrank und sah auf die Fototapete an der Wand. Sie stellte einen klassischen roten Sonnenuntergang an einem der berühmten Surferstrände in Hawaii oder Kalifornien dar. Der Sand und das Meer schimmerten golden und die Wellen brachen sich weiß am Strand. An der gegenüberliegenden Wand war das Zimmer mit barocken, blaugrünen Mustern und goldenen Ornamenten tapeziert.

Lenny hätte sich Gedanken darüber machen können, welcher halbwegs geschmackvolle, alleinstehende junge Mann heutzutage noch eine Fototapete an der Wand hängen hatte. Er hätte mit Sehnsucht an den Strand denken können, wäre er je dort gewesen, oder an sein Surfbrett, hätte er eines gehabt. Er hätte an die Welle denken können, die er sicher geliebt hätte, an die Brandung, wenn er ein Surfer gewesen wäre. Aber er war kein Surfer. Lenny war Referendar am Landgericht in Stuttgart und überlegte, welchen Anzug er heute anziehen sollte. Und außerdem dachte er darüber nach, warum er nie eine Chance bekam, sich auszuzeichnen. Denn hatte er nicht hochfliegende Pläne? Und war er nicht der Geeignetste für die wirklich kniffligen Fälle?

Seit vollen drei Monaten war Lenny jetzt schon in der Abteilung für Kapitaldelikte beschäftigt, ohne jemals auch nur einen einzigen wichtigen Fall auf den Schreibtisch bekommen zu haben. Ach, was heißt schon Fall? Er hatte eigentlich nur damit zu tun, staubige Akten durch trockene Gänge zu schleppen und in eierschalenfarbenen Büros abzulegen oder wieder einzusammeln. Eierschalenfarben nicht etwa deshalb, weil sich irgendjemand im Haus Gedanken zur Farbgebung der Büros gemacht hätte, nein. Die Farbe war allein dem Nikotinkonsum früherer Generationen zu verdanken.

Ob diese dezente Missachtung seiner Fähigkeiten damit zusammenhing, dass er während der Begrüßungsrede des Leitenden Staatsanwalts für die neuen Referendare versucht hatte, aus dem Automaten im Gang einen Kaffee zu holen? Aber wie hätte der Mann das merken sollen? Lenny war katzengleich durch die angelehnte Tür geglitten, das konnte er nicht mitbekommen haben. Auch der Kaffeeduft hatte ihn nicht auf Lenny aufmerksam gemacht, denn es hatte keinen gegeben. Trotz hartnäckiger Versuche und gutmütigem Klopfen hatte der Apparat keinen Kaffee herausgegeben. Fast so, als hätte er den Befehl bekommen, während der Rede des Leitenden Staatsanwalts eine Pause einzulegen.

Wie auch immer, Lenny wartete auf seine Chance. Er war sicher, dass sein Potenzial eines Tages erkannt werden würde. Eines Tages würde sein Telefon klingeln – nun gut, das seines Referatsleiters, Lenny selbst hatte keinen eigenen Apparat zugeteilt bekommen – und der Leitende Staatsanwalt würde dran sein.

»Herr Grünspan«, würde er ernst sagen, »wir haben hier einen außerordentlichen Fall, eine ganz vertrackte Sache. Etwas für Spezialisten. Es handelt sich um eine Verschwörung, deren Ausmaß noch gar nicht abzusehen ist. Es sind bereits Menschen zu Tode gekommen. Mord, Herr Grünspan, getarnt als natürliche Todesfälle. Immobilien, Grundwasser, der Regenwald … ich kann hier am Telefon nicht mehr sagen … Kommen Sie sofort in mein Büro. Wir müssen reden. Wir müssen *unbedingt* reden …«

Lenny zog einen hellbraunen Anzug aus dem Schrank. Seine beigefarbenen Schuhe würden dazu gut passen. Das Telefon klingelte. Lenny suchte ein Hemd aus und nahm den Hörer ab.

»Herr Grünspan, warum sind Sie nicht im Büro?« Es war sein Chef. Es war der Leitende Staatsanwalt. Unwillkürlich nahm Lenny Haltung an.

»Ich hab heute frei, Sir.« Kurzes Schweigen.

»Ich bin Ihr Chef … Dr. Davids.« Als würde das etwas erklären. Lenny hörte ein kurzes Seufzen am anderen Ende der Leitung. Oder bildete er sich das nur ein? Au Mann, dachte er und sah hinüber zu seinem Couchtisch, auf dem eine leere Pizzaschachtel lag und darauf der Stummel einer dünnen Zigarette und eine gebogene Klammer. Was für einen Film hatte er gestern nur gesehen?

»Hallo?«, fragte Dr. Davids.

»Hallo«, sagte Lenny.

»Grünspan, kommen Sie ins Büro. Es ist dringend. Sofort. Ich erwarte Sie.« Es machte Klick in der Leitung. Lenny hielt den Hörer weiter an sein Ohr gepresst.

»In Ordnung. Ich komme. Auf Wiedersehen.« Es war passiert.

Es war nach Mittag, als Lenny zaghaft an die Tür von Dr. Davids klopfte. Er hatte sorgfältig Morgentoilette gemacht und war sich in Bezug auf seinen Anzug auf einmal nicht mehr ganz sicher gewesen. Zuerst wechselte er zu einem taubenblauen Jackett, das ihm in Kombination mit der hellbraunen Anzugshose aber zu mondän fürs Büro wirkte. Also wechselte er wieder zurück zum ursprünglichen Jackett. Lenny war sicher, dass sein Chef es zu schätzen wüsste, wenn er auch in den kleinen Dingen des Lebens die Sorgfalt an den Tag legte, die er von ihm in seinem Job, im großen Spiel um Gerechtigkeit, erwartete.

»Grünspan, wo bleiben Sie denn?« Dr. Davids wühlte in irgendwelchen Akten, von denen Berge auf seinem Schreibtisch und auf einem Beistelltisch lagen. »Setzen Sie sich«, sagte er, ohne den Blick zu heben, und deutete auf einen Stuhl.

Lenny durchquerte das große Büro und setzte sich. »Ich wollte …«, fing er an, aber Dr. Davids unterbrach ihn mit einer Handbewegung.

»Ich hab's gleich«, sagte er. »Einen Augenblick noch.«

Ein Moment geräuschvoller Ruhe trat ein. Lennys Blick schweifte ab, während Dr. Davids in seinen Unterlagen kramte. Draußen vor dem Fenster fristeten ein paar dunkle Efeupflanzen ihr schattiges Dasein im Innenhof. Leise drangen von der Neckarstraße Geräusche des Straßenverkehrs herein. Dr. Davids klappte den Aktendeckel zu und sah Lenny durch seine dicke Hornbrille zum ersten Mal an.

»So«, sagte er und lehnte sich zurück. Lenny nickte. »Grünspan, Sie sind jetzt seit ein paar Wochen bei uns und ich führe mit allen unseren Referendaren von Zeit zu Zeit ein kleines Orientierungsgespräch.« Das war Lenny neu. »Sie wissen natürlich, dass wir von der Staatsanwaltschaft bei Straftaten einen Ermittlungsauftrag haben. Meistens geben wir die Ermittlungen an die Polizei ab. Das muss aber nicht immer sein. Wir haben durchaus auch die Möglichkeit, eigene Ermittlungen anzustellen. Oder die Untersuchungen der Polizei zu überprüfen. Denn schließlich müssen wir im Zweifel Anklage erheben und möglichst einen erfolgreichen Prozess durchfechten. Das sind wir der Gesellschaft und vor allem den Steuerzahlern schuldig. Und hier kommen Sie ins Spiel.« Lenny war wieder hellwach. Zugegeben, er hatte nach den ersten Sätzen des Staatsanwalts schon fast abgeschaltet. Das lag nicht an seinem Mangel an Konzentrationsfähigkeit, sagte er sich, sondern vor allem an der monotonen Stimme Dr. Davids'. Außerdem hatte er den Eindruck, sein Chef setze zu einem grundsätzlichen Monolog über das Rechtswesen in der Demokratie an, was für ihn durchaus eine ausreichende Rechtfertigung fürs Abschalten gewesen wäre. Von wegen Orientierungsgespräch.

»Grünspan, mir geht es um eine heikle Angelegenheit, und ich kann sie nicht irgendeinem x-beliebigen Beamten anvertrauen. Ich brauche einen neuen Mann mit einem unverbrauchten Blick, dem ich hundertprozentig vertrauen kann.« Dr. Davids beugte sich über den Tisch und sah Lenny zwischen seinen Aktenbergen hindurch eindringlich an. »Grünspan, kann ich Ihnen vertrauen?«

Lenny nickte eifrig. »Sicher, Dr. Davids. Hundertprozentig.«

»Sehr schön. Das hatte ich gehofft.« Der Staatsanwalt legte seine Fingerkuppen aneinander. »Denn ehrlich gesagt, bis jetzt haben Sie sich noch nicht sehr hervorgetan, mein Lieber. Man hat von Ihnen noch nicht viel gesehen … Und, nun ja, da war eine Sache ganz zu Anfang Ihrer … Arbeit hier …« Er kramte in seinen Akten und nahm schließlich einen Notizzettel zur Hand. »Ah ja.« Er legte ihn wieder beiseite, ohne näher darauf einzugehen.

Lenny bemerkte, wie seine Handflächen anfingen zu schwitzen. Sie machten Aufzeichnungen über ihn. Wurde er etwa überwacht? Oder war das üblich? Machten sie das von allen Referendaren, um herauszufinden, wer besonders geeignet sein könnte für die sogenannten heiklen Aufgaben? War er am Ende aufgefallen wegen seiner besonderen Fähigkeiten, die ihn vielleicht sogar dafür qualifizierten, im Geheimdienst eine Rolle zu spielen? Er erinnerte sich an diverse Filme, in denen junge begabte Männer von älteren skrupellosen Männern angeworben wurden, um beispielsweise fürs Vaterland zu töten. Doch was für geheime Talente sollten das sein, die ihn für diese Arbeit prädestinierten? Sicher, die Verteilung der Akten lief meistens korrekt ab. Nur wenige Irrläufer geisterten durchs Haus, abgesehen von denen, die er absichtlich auf falsche Bahnen gebracht hatte. Und er vertrug viel, bestimmt ein Plus im Geheimdienstgeschäft. Schon sein Großvater hatte gesagt: »Er sieht nicht so aus, aber er kann einen Russen unter den Tisch saufen, wenn's sein muss.« Prinzipiell war Lenny stolz auf diese Anerkennung – es war die einzige, die ihm von seinem Großvater je zuteilgeworden war, und jetzt war er tot –, auch wenn er den rassistischen Teil der Bemerkung immer anfocht.

»Was …?«, fing er an, aber wie zu Beginn ihres Gesprächs unterbrach ihn Dr. Davids sofort mit einer Handbewegung.

»Hören Sie. Wir haben jetzt einen solchen Fall, in dem die Staatsanwaltschaft eigene Ermittlungen anstellen muss. Es ist, wie gesagt, eine heikle Sache, und ich will, dass Sie mir direkt Bericht erstatten. Ich brauche dafür einen loyalen Mitarbeiter. Einen hundertprozentig loyalen Mitarbeiter. Sind Sie loyal, Herr Grünspan?«

»Ich … Ich weiß gar nicht …«, stotterte Lenny. Es fehlte nur noch, dass Dr. Davids den Regenwald erwähnte. »Ich weiß gar nicht, was ich …«

»Sind Sie loyal, Grünspan?«, fragte Dr. Davids plötzlich mit unvermuteter Schärfe.

»Ja«, sagte Lenny gereizt und spürte eine gewisse Schwäche in seinen Knien. »Ich bin loyal. Sie können sich ganz auf mich verlassen.« Dabei fiel ihm auf, dass Dr. Davids noch gar nicht gesagt hatte, um was für einen heiklen Fall es sich denn eigentlich handelte. »Darf ich fragen, um welchen Fall es sich handelt?«

Dr. Davids zog die Augenbrauen nach oben. Dann beugte er sich weit nach vorn. »Gut«, sagte er. »Es handelt sich um Mord. Aber das ist nicht irgendein Mord. Heute Morgen wurde ein Mann aus dem Neckar gefischt. Er war tot. Nackt und tot. An diesem Fall hängt mehr, als man auf den ersten Blick vermuten könnte. Und ich möchte Sie dem ermittelnden Beamten beistellen. Sie sind allein mir auskunftspflichtig und ich erwarte von Ihnen regelmäßige Berichte über den Fortgang der Ermittlungen und über die Maßnahmen und Ergebnisse des zuständigen Kommissars. Ist das klar?«

»Ja«, sagte Lenny wieder und fragte sich, ob das Bemerkenswerte an diesem Fall die Nacktheit des Toten war, da Dr. Davids sie so explizit erwähnte.

»Die Methoden und Schlüsse des Kommissars sind mir sehr wichtig«, sagte der Staatsanwalt wie nebenbei und suchte erneut in den Aktenbergen herum. Lässig warf er Lenny einen dünnen Ordner hin, der auf der Kante des Schreibtischs landete und unweigerlich zu Boden gefallen wäre, wenn Lenny nicht aufgesprungen wäre, um das Ding zu fangen. »Vergessen Sie das nicht.«

Lenny stand da, unschlüssig, ob er gehen oder sich wieder setzen sollte.

»Gehen Sie. Haben Sie einen Wagen?« Lenny nickte.

»Gut. Fahren Sie am besten gleich nach Ludwigsburg und machen Sie sich ein Bild von der Lage.«

Lenny überlegte, ob er dem Staatsanwalt erklären solle, dass er zwar einen Wagen habe, jedoch von Ludwigsburg aus, wo er wohnte, immer mit der S-Bahn zur Arbeit fuhr. Und natürlich auch wieder zurück. Aber er hielt es für überflüssig, das zu erwähnen.

Sobald Lenny das Büro verlassen hatte, griff Dr. Davids zum Telefon.

»Verbinden Sie mich mit Dr. Spilden«, sagte er und klopfte mit dem Finger einen synkopischen Rhythmus gegen die Tischkante, während er wartete.

»Spilden, alter Knabe«, rief er, als sich dieser meldete. »Ja ... ja ... jetzt warte doch mal. Ich habe alles in die Wege geleitet. Ich habe den mit Abstand faulsten, unfähigsten und begriffsstutzigsten meiner Mitarbeiter auf den Fall angesetzt. Ich glaube, der ist die ganze Zeit stoned oder so. Es ist mir ein Rätsel, wie er das Examen geschafft hat ...« Dr. Davids hielt inne. »Was soll das heißen? Stoned? Ein Mensch, der Marihuana raucht ... Ja ... ja ... Nein, da wird nichts dabei rauskommen. Die Sache wird im Sand verlaufen, glaub mir ... Vielleicht verhaften sie jemanden, na und? ... Ja ... Er berichtet mir regelmäßig. Sag mal, spielen wir morgen? Ich bin da. Auf dem Platz. Wir können dann alles noch mal in Ruhe besprechen.«

KAPITEL 4

Rocco und Anna hatten sich eine kleine Ecke mit einem Espressokocher eingerichtet. Es war nur eine kleine Metallkanne mit einer Kochplatte, die auf einem Tischchen stand. Als Anna noch da war, hatten sie meistens kein Espressopulver und mussten Automatenkaffee vom Gang holen. Seit Anna weg war, hatte Rocco seltsamerweise daran gedacht, welches mitzubringen. Besser gesagt: Natale, sein Vater, hatte ihm eine Packung in die Hand gedrückt.

Als Rocco ins Büro kam, zischte die Kanne leise vor sich hin. Auf Annas Platz saß ein junger Mann und hielt eine Tasse in der Hand. Er trug einen braunen Anzug.

»Das ist sehr minderwertiger Kaffee«, sagte er und hob die Tasse hoch.

Rocco runzelte die Stirn, erwiderte nichts und ging an seinen Schreibtisch. Er nahm den Hörer seines Telefons und tippte eine Nummer.

»Ja, Rocco Marino, Kriminalpolizei. Ich hätte gern Herrn Emrich gesprochen.« Rocco lehnte sich zurück, wartete einen Moment und trommelte auf der Schreibtischplatte. Ein paar Regentropfen schlugen mit einem leisen ›Tok‹ gegen die Fensterscheibe. Rocco betrachtete mit leerem Gesichtsausdruck den Anzug seines Besuchers.

»Ja, hallo?«, fragte er schließlich in den Hörer und setzte sich auf. »Herr Emrich? Ich bin es noch mal, Kommissar Marino. Ich hatte ganz vergessen, Sie nach der Adresse von Enzo Fischer zu fragen.«

»*Tut mir leid*«, sagte Emrich am anderen Ende. »*Aber ich habe da gar keine Adresse. Es wurde ja nichts von ihm gedruckt. Er hat nie etwas abgegeben. Ergo taucht er weder in der Buchhaltung noch in der Personalabteilung bei uns auf. Keine Abrechnung, keine Daten.*«

Ergo, dachte Rocco und verdrehte die Augen. »Mist«, murmelte er. »Okay, das war es schon. Mal sehen, was ich da mache. Wiederhören.« Er legte auf.

Der junge Mann im braunen Anzug erhob sich. »Ich darf mich vorstellen …«, begann er, als die Tür mit Schwung geöffnet wurde und Roth hereinkam. Er trug einen dunkelblauen Anzug, der darauf hindeutete, dass er heute noch einen wichtigen Termin wahrnehmen musste. Die Weste unter dem Jackett spannte um den Bauch und Roth schwitzte, obwohl es schon lange nicht mehr heiß war. Das Weiß seiner Augen schimmerte in einem ungesunden Eierschalengelb. Roth war der Leiter der Mordkommission.

»Das ist Herr Grünspan von der Staatsanwaltschaft«, sagte er ohne Umschweife und deutete auf den jungen Mann. »Guten Tag, meine Herren.«

Lenny nickte, knöpfte einen Knopf seiner Anzugsjacke zu und stand gewissermaßen stramm. Er versuchte, seinem weichen Gesicht einen Zug von Entschlossenheit und seinen blauen Augen einen harten Glanz zu geben. Doch schon wenige Sekunden später schien er den Plan zu verwerfen. Er öffnete sein Jackett wieder und lehnte sich gegen den Schreibtisch, als sei etwas Luft aus ihm entwichen. Rocco zog die Augenbrauen hoch.

»Und?«, fragte er.

»Sie werden im Fall dieser … Wasserleiche aus dem Neckar mit Herrn Grünspan zusammenarbeiten.«

Rocco musterte Lenny eingehend. Er war wie aus dem Ei gepellt: teurer Anzug, teure Schuhe, blonde halblange Haare … Wahrscheinlich sah so jemand aus, der bei der Staatsanwaltschaft Karriere machen wollte. Und doch schien etwas mit ihm nicht zu stimmen. Rocco konnte nicht genau sagen, was es war …

»Mmh, nein?«, sagte er. »Danke, aber ich komme alleine klar.« Er lächelte Lenny unverbindlich an.

»Diese Entscheidung können Sie getrost mir überlassen«, erwiderte Roth und warf ihm einen scharfen Blick zu.

Rocco war sich sicher, dass es Roth nicht passte, jemanden von der Staatsanwaltschaft ins Haus gesetzt zu bekommen. Es hatte den Beigeschmack von Überwachung. Was konnte das bedeuten? Hatte die Staatsanwaltschaft kein Vertrauen mehr in die Fähigkeiten der Polizei? Vermuteten sie etwa, dass in Roths Abteilung nicht alles rundlief? Das wäre für seinen Chef alles andere als förderlich. Schließlich wollte er nicht ewig Chef der Mordkommission Ludwigsburg bleiben. Es zog ihn in höhere Ämter, in die Verwaltung, die Politik … Sollte irgendetwas an seiner Amtsführung auszusetzen sein, dann könnte er seine Pläne ad acta legen.

»Ich komme mit dem Fall allein klar«, wiederholte Rocco stur. »Es sieht nach einer einfachen Sache aus. Der Mann war Trinker und hat sich mit allen möglichen Leuten angelegt. Das ist schnell erledigt. Es besteht keine Notwendigkeit, deshalb jemanden von der Staatsanwaltschaft zu bemühen. Außerdem habe ich eine Partnerin.«

»Ihre Partnerin ist auf unbestimmte Zeit im Urlaub, Marino.« Roth rollte seine ungesund aussehenden Augen. »Ich will prinzipiell nicht, dass meine Leute allein ermitteln. Da kommt uns eine Unterstützung von der Staatsanwaltschaft doch sehr gelegen.« Er lächelte. »Wir sind ja sowieso permanent unterbesetzt.«

»Teilen Sie ihn Müller zu.«

»Soviel ich weiß, haben wir hier keinen Müller.«

»Schmidt?«

»Marino. Hören Sie auf. Ich habe nicht ewig Zeit, um mit Ihnen lächerliche Spielchen zu spielen. Herr Grünspan wird Ihnen zugeteilt und Sie werden mit ihm zusammenarbeiten. Zusammenarbeiten. Ist das klar?«

Rocco atmete tief durch.

»Ist das klar?«, fragte Roth.

»Ja«, sagte Rocco leise.

Lenny räusperte sich. »Lenny Grünspan«, stellte er sich vor. »Ich darf hinzufügen, dass ich jüdischer Abstammung bin. Einige meiner Vorfahren starben in den Folterkammern des Naziregimes in Deutschland. Trotzdem sind meine Großeltern nach ihrer Flucht wieder aus Amerika zurückgekehrt, um die von den Faschisten und den Bombenangriffen zerstörte Hauptstadt wiederaufzubauen. Später sind sie in den Südwesten übergesiedelt … Eine lange, eine immerwährende Reise, wie bei Ahasver, dem Ewigen Juden …«

»Italiener«, sagte Rocco schnell.

Roth hob die Hand. »Ich bin überzeugt, dass Sie prima miteinander auskommen werden. Meine Herren …« Er verschwand so schnell, wie er gekommen war, und Rocco war fast dankbar dafür.

Seit Rocco für die Mordkommission arbeitete, war es seines Wissens noch nie vorgekommen, dass die Staatsanwaltschaft jemanden zur Unterstützung der Ermittlungen vorbeigeschickt hatte. Da nicht anzunehmen war, dass sie dort Mitleid mit Roth und seiner dünnen Personaldecke hatten, musste etwas anderes dahinterstecken. Aber was? Die naheliegendste Möglichkeit war natürlich, dass Rocco selbst überprüft werden sollte. Dafür bestand aber nicht der geringste Grund. Die Tatsache, dass sein Vater Natale aus Apulien stammte, reichte für eine schärfere Beobachtung wohl kaum aus. Außerdem hatte Natale jahrzehntelang den ehrlichen Beruf eines Schweißers ausgeübt und war längst in Pension. Rocco selbst hatte sich vielleicht in frühester Jugend mit seinem alten Kumpel Louis ein paar kleinere Unregelmäßigkeiten zuschulden kommen lassen. Aber das war schon lange Schnee von gestern, etwas derbere Schuljungenstreiche – mehr nicht. Also musste es um etwas anderes gehen.

Vielleicht war ja Anna der Grund ihres Interesses? Immerhin hatte sie wegen der Ermittlungen in ihrem letzten Fall einen Bericht über ihn verfasst, der nicht gerade schmeichelhaft für Rocco gewesen sein dürfte, auch wenn sie ihn abgeschwächt hatte. Und sie hatte ihre letzte Stelle beinahe Hals über Kopf verlassen, ohne dass sie ein Wort darüber verloren hatte, was passiert war. Aber Anna war weg. Sie war auf eigenen Wunsch für unbestimmte Zeit beurlaubt, und mehr hatte Rocco bis jetzt weder aus Roth noch aus Annas Freundin Julia herausbekommen können.

Was blieb? Rocco konnte sich beim besten Willen nicht vorstellen, dass Roth Dreck am Stecken hatte. Selten war ihm ein Mensch begegnet, der mehr auf Integrität, Political Correctness und Seriosität bedacht war. Roth war sozusagen noch ein Mann der alten Schule: Er war der Überzeugung, dass sich hohe moralische und ethische Werte durchsetzen und sie für seine Karriere nützlich sein würden. Wahrscheinlich rechnete niemand außer ihm – und vielleicht seiner Frau – damit, dass er mit dieser Haltung jemals mehr erreichen würde als den Posten, den er zurzeit innehatte. Interessant würde es erst werden, wenn er selbst sich dessen gewahr werden würde.

Doch so weit dachte Rocco nicht. Er schloss einfach aus, dass Roth der Grund für Lennys Anwesenheit war. Also blieb für ihn nur ein Schluss: Es musste der Fall sein, der die Staatsanwaltschaft interessierte. Der tote Trinker im Neckar. Sollte er etwas übersehen haben?

Rocco war mit Lenny auf dem Weg ins gerichtsmedizinische Institut zu Dr. Mahler. Lenny saß auf dem Beifahrersitz. Er hatte seit seiner kleinen Begrüßungsrede nicht mehr viel gesagt, außer ob er im Auto rauchen dürfe. Rocco hatte verneint, aber Lenny sah trotzdem relativ zufrieden aus dem Fenster. Und Rocco war auf einmal ganz froh, nicht allein zu Dr. Mahler zu müssen, denn die Besuche bei ihr waren sein größter Albtraum. Sowohl der Ort als auch die Frau bargen Geheimnisse, Ungewissheiten … Rocco konnte sich nicht gegen eine immer wiederkehrende Beklemmung wehren, wenn er das Institut betrat. Die vielen Flure im Halbdunkel, das Neonlicht des Hauptgangs, das nur scheinbar alles beleuchtete, die silbern glänzenden Bahren, Tische und Instrumente führten ein stummes Eigenleben, das ihm äußerst suspekt war. All diese Ungewissheit, all dieses quasi Transzendente, die Frage: Na gut, hier lagern die Körper, aber wo ist der Geist?, war etwas, das Rocco ganz verrückt machte. Er dachte an Annas lapidar vorgebrachte Sätze, jedes Mal wenn sie auf dem Weg zu Dr. Mahler gewesen waren: »Aber eins ist doch sicher, Rocco. Die Leute dort sind tot.«

Genau. Da schloss sich gleich die nächste Frage an: Was war mit Dr. Mahler? Und der giftig schillernden fleischfressenden Pflanze, die in ihrem Büro vor sich hinvegetierte? Wegen all dieser Unwägbarkeiten war Rocco also ganz zufrieden, einen Begleiter zu haben.

Dr. Mahler saß in ihrem Büro am Schreibtisch, als Rocco und Lenny eintraten.

»Oh«, sagte sie bloß und musterte Lenny mit einem flüchtigen Blick. Dann wandte sie sich wieder der Akte zu, die vor ihr auf dem Schreibtisch lag. Die Pflanze in der Ecke erzitterte leicht vom Windhauch, den das Öffnen der Tür im fensterlosen Raum verursacht hatte.

Als Dr. Mahler ihre Lektüre beendet hatte, nahm sie einen Stift und unterschrieb schwungvoll.

»Das ist nicht Ihr Toter, Marino«, sagte sie und klopfte mit dem Finger auf die Akte. »Ich konnte bisher nur einen oberflächlichen Blick auf ihn werfen.«

»Und Sie schließen aus, dass es Selbstmord war«, ergänzte Lenny, als hätte Dr. Mahler ihren Satz nicht zu Ende gesprochen.

Sie zog ihre Augenbraue so hoch, dass Rocco schon wieder um den Halt ihres Make-ups fürchtete.

»Und Sie sind …?«, fragte Dr. Mahler und verharrte in ihrer Mimik. Sie sollte es lieber unterlassen, dachte Rocco.

Lenny stand förmlich auf, fast so wie vorhin in Roccos Büro, und hielt ihr die Hand hin. »Lenny Grünspan. Ich komme von der Staatsanwaltschaft.«

Langsam entspannte sich Dr. Mahlers Augenbraue wieder. Wenigstens hat er sich den Teil mit seinen Verwandten gespart, dachte Rocco und schmunzelte.

»Na, Marino«, sagte Dr. Mahler leichthin. »Sie haben es auch nicht leicht. Was denkt sich Ihr Chef bloß? Erst Anna Behr und jetzt …«

Rocco fuhr auf. »Anna ist …«, fing er an, hielt aber gleich wieder inne. Es hatte ja keinen Zweck, Anna gegenüber Dr. Mahler in Schutz zu nehmen. Sollte sie doch denken, was sie wollte.

»Um auf Ihre Vermutung zurückzukommen, die ja nur in Unkenntnis der Sachlage entstanden sein kann …«, sagte Dr. Mahler und Rocco vermeinte, unter ihrer Make-up-Schicht ein leichtes Lächeln zu erkennen. »Der Tote hat tatsächlich keinen Selbstmord begangen. Dazu hätte er sich auf wenig angenehme Weise ins Jenseits befördern müssen, um sich anschließend von zwei Bekannten in den Fluss werfen zu lassen.«

Lenny zuckte mit den Schultern. »Nun ja, das war zu befürchten«, sagte er. »Aber es hätte den ganzen Aktenkram erheblich vereinfacht.«

Dr. Mahler nickte anerkennend. »Ein Mann mit Prioritäten.«

»Na, auf welche Art und Weise wurde er denn nun ins Jenseits befördert?«, fragte Rocco leicht gereizt.

Dr. Mahler seufzte und schlug eine dünne Akte auf, die neben ihr auf dem Schreibtisch lag.

»Wie gesagt, das sind vorläufige Ergebnisse. Ich halte sie aber für wichtig genug«, sie überflog die wenigen Blätter im Ordner, »um sie Ihnen vor der endgültigen Obduktion mitzuteilen. Also: Der Mann starb an einem Herzinfarkt.«

»Noch besser«, flüsterte Lenny, wurde aber von Rocco durch einen leichten Stoß mit dem Ellbogen zum Schweigen gebracht.

»Er heißt Enzo Fischer, soweit ich weiß«, sagte Rocco. »Ich war vorhin bei der Zeitung. Die haben ihn als einen ihrer freien Mitarbeiter identifiziert … Vorläufig.«

»Der Herzinfarkt ist zurückzuführen auf Stromladungen verschiedener Stärke, die durch seinen Körper geflossen sind. Die Muskeln waren stark kontrahiert. Der Mann hatte leichte Verbrennungen an den Fingern und an den Zehen. Wahrscheinlich wurden dort Klammern angebracht, ähnlich wie bei Überbrückungskabeln für Autos, nur kleiner.« Dr. Mahler nahm einen Stift und kritzelte den Namen des Toten auf den Aktendeckel. Rocco starrte sie an.

»Was?«, fragte er.

»Herzinfarkt. Stromstöße«, sagte Dr. Mahler ungerührt.

»Aber … aber«, stotterte Lenny und knöpfte sein Jackett aufgeregt zu und wieder auf. »Das bedeutet ja, dass er gefoltert wurde. Oder?«

»Der Schluss liegt nahe«, erwiderte Dr. Mahler. »Aber ich überlasse es dem Kommissar, ihn zu ziehen.«

Rocco war sich noch nicht ganz im Klaren darüber, was er davon halten sollte. Nach allem, was er bisher über Enzo Fischer gehört hatte, war er davon ausgegangen, dass es sich um einen Unfall mit Todesfolge, einen Streit, eine Schlägerei oder etwas Ähnliches handelte. Wenn er aber systematisch mit Stromschlägen gefoltert worden war, musste wohl mehr dahinterstecken.

»Okay«, sagte er. »Das ändert die Sache.«

Draußen setzte Rocco sich auf die flachen Stufen, die vom Eingang des Instituts zu einem kleinen Innenhof führten. Er stützte seine Arme auf die Knie und starrte vor sich hin. Lenny blieb stehen, zog eine dünne Zigarette aus der Innentasche seines Jacketts und zündete sie an. Er blies den Rauch hinaus auf den Hof und sah ihm gedankenverloren hinterher.

»Dr. Davids hat es geahnt«, sagte er. »Er hat einen Riecher für solche Sachen. Er wusste, dass mehr hinter der Sache steckt, als wir vermutet haben.«

»Es ist eher …« Rocco winkte ab. Wie sollte er Lenny erklären, dass ihm nicht die Erkenntnisse von Dr. Mahler schwer im Magen lagen, sondern die Besuche bei ihr? Er stützte sein Kinn in die Hände.

Lenny reichte ihm seine Zigarette. »Hier.«

Rocco hatte früher geraucht, und sie Lenny aus den Fingern zu nehmen, war wie ein Reflex. Vielleicht half es ja. Seit Wochen schon fühlte er sich niedergeschlagen. Er kannte das gar nicht von sich, umso schlimmer kam es ihm vor. Anna war weg. Es regnete. Dr. Mahler und ihr Institut. Du meine Güte, dieses Institut … Folter. Da drin lag ein Mann, der gefoltert worden war. Ein Zug an einer Zigarette, was war schon dabei? Er zog daran und musste husten.

»Sag mal. Was …? Verdammt noch mal, was ist das?« Rocco bekam glasige Augen.

»Das wird dir guttun. Es beruhigt die Nerven.«

»Oh mein Gott.«

KAPITEL 5

Als Rocco am nächsten Morgen erwachte, konnte er sich nicht mehr an allzu viel erinnern, was gestern Abend geschehen war. Nachdem auch beim Einwohnermeldeamt keine Adresse von Enzo Fischer verzeichnet war, hatte Lenny den Vorschlag gemacht, ein paar Kneipen abzuklappern. Vielleicht hätten sie ja Glück, hatte er gesagt, und Enzo Fischer sei dort bekannt. Sie begannen also im Ratskeller in der Stadtmitte, auch wenn Rocco kaum eine Chance darin sah. Trotzdem bestellte Lenny ein kleines Bier, während sie die Kellnerin befragten. Er gab die Parole aus, immer nur ein kleines Bier zu trinken, damit ihre Aufmerksamkeit nicht allzu sehr in Mitleidenschaft gezogen würde. Doch niemand in den paar Kneipen, die sie schließlich besucht und in denen sie nach Enzo Fischer gefragt und sein Bild herumgezeigt hatten, kannte ihn.

Rocco war guter Dinge, als er unter der Dusche stand, denn trotz der Tatsache, dass er einiges getrunken haben musste, hatte er keinen Kater. Er wusste nur nicht mehr genau, in welchen Kneipen sie unterwegs gewesen waren. Aber das konnte er ja Lenny fragen. Als Rocco allerdings etwas zu spät ins Büro kam, war von Lenny nichts zu sehen. Es lag lediglich eine Nachricht von Roths Sekretärin auf seinem Schreibtisch und das Display seines Telefons zeigte an, dass Dr. Mahler angerufen hatte.

Lenny wartete im Flur der Staatsanwaltschaft auf Dr. Davids. Seine marineblaue Krawatte schimmerte vage im Halbdunkel, wenn er auf der schmalen Bank hin und her rutschte, die vor dem Büro für Besucher an der Wand stand. Die mit langen, beigegrauen Steinplatten ausgelegten Flure vermittelten immer einen Eindruck von Kühle, obwohl dort stets eine angenehme Temperatur herrschte. Aber, überlegte Lenny, vielleicht empfanden auch nur die Leute die Temperaturen als angenehm, die hier arbeiteten. Für Besucher, Rechtsanwälte und deren Mandanten fühlten sie sich möglicherweise ganz anders an. Unangenehm.

Der Glanz seiner Krawatte erinnerte ihn an eine Eidechse, die irgendwo im Gebüsch lauerte. Er war gespannt, was Dr. Davids zu den ersten Ergebnissen sagen würde, die er ihm mitzuteilen hatte. Aber es dauerte noch eine ganze Weile, bis er den Flur entlanggeschlendert kam und Lenny von seinen eher beängstigenden Empfindungen erlöste. Als es schließlich so weit war, sprang Lenny rasch auf und eilte dem Staatsanwalt entgegen. Dr. Davids hatte seine Tasche, aus der ein Tennisschläger ragte, lässig geschultert und trug eine gelbe Sonnenbrille.

»Dr. Davids«, rief Lenny aufgeregt. »An dem Fall ist mehr dran, als wir vermutet haben.« Er ließ offen, ob er mit ›wir‹ sich und Dr. Davids oder sich und Rocco meinte. Dr. Davids sah ihn befremdet an und nickte leicht. In aller Ruhe stellte er seine Tasche ab, kramte nach dem Schlüssel seines Büros und schloss auf.

»Kommen Sie herein«, sagte er leise und ging voran.

Nachdem Lenny eingetreten war, schlug Dr. Davids die Tür mit einem lauten Knall zu. Lenny zuckte erschrocken zusammen. Er schätzte die Leere und vor allem die Ruhe dieses Büros. Auch wenn der Schreibtisch voller Akten lag, hatte man nicht das Gefühl, als würde hier jemand arbeiten. Das heißt, man hatte nicht das Gefühl, als würde jemand gewöhnliche Arbeit verrichten. Hier, in diesem beigefarbenen Zimmer mit den schlichten hellbraunen Regalwänden, dem dunkelroten Teppich auf dem blassen Linoleumfußboden und dem großen Schreibtisch, wurden Konzepte entworfen, hier wurde organisiert, Taktiken besprochen, Pläne geschmiedet, hier wurde der Rechtsstaat aufrechterhalten, beschützt sozusagen. Durch den Knall der Tür, die Dr. Davids so heftig hinter Lenny zugeschlagen hatte, geriet dieses Bild nachhaltig ins Wanken. Lenny konnte beinahe sehen, wie die Dinge, die für ihn die Rechtsstaatlichkeit verkörperten, die Akten, der Schreibtisch, der Teppich und das Regal, genauso erschrocken zitterten wie er.

»Reden Sie über diese Sache nie wieder auf dem Gang mit mir«, sagte Dr. Davids mit ruhiger Stimme, ohne auf die Schwingungen der Rechtsstaatlichkeit zu achten.

Lenny nickte. »Der leitende Kommissar dachte, es sei nichts dran an dem Fall. Er ist zuerst von einem Unfall ausgegangen.« Rocco war keinen Augenblick von einem Unfall ausgegangen, aber Lenny fand es passend. »Er dachte auch an eine Schlägerei im Milieu. Der Tote war immerhin schwerer Alkoholiker und einschlägig bekannt.« Lenny versäumte zu sagen, für was Enzo Fischer einschlägig bekannt war. »Aber schließlich haben wir doch etwas entdeckt, das dieser Annahme widerspricht.«

»Was denn?«, fragte Dr. Davids gereizt. Er hatte eines der Wandregale zur Seite geschoben. Dahinter verbarg sich ein kleiner Raum mit einem Waschbecken und einem Spiegel. Dr. Davids legte seine Sonnenbrille ab und wusch sich Hände und Gesicht. Lenny musterte die anderen Regale und fragte sich, ob sie ähnliche Geheimnisse bargen. Eine kleine Bar, na klar. Oder … Lenny wagte kaum, es zu denken, aber es war schon zu spät … Ein Gang, der hinunterführte in die Katakomben der Staatsanwaltschaft … Doch er konnte nichts erkennen, was auf weitere Schiebewände hinwies.

»Der Mann erlitt einen Herzinfarkt«, sagte er.

»Wie bitte?« Dr. Davids sah Lenny zum ersten Mal an. Dann lächelte er. »Na, dann ist ja alles in bester Ordnung.«

»Aufgrund von Stromschlägen, mit denen er gefoltert wurde.«

»Verdammt«, murmelte Dr. Davids und warf das Handtuch, mit dem er sich abgetrocknet hatte, ins Waschbecken. »Und weiter?« Einen Moment lang starrte er im Spiegel sein Gesicht an.

Lenny zuckte mit den Schultern. »Nun ja. Darauf konzentrieren wir uns jetzt.« Er trat zum Fenster und sah hinaus in den Innenhof, zu den Efeuranken im Schatten. »Sie hatten recht. Es steckt mehr hinter dem Fall, als der Kommissar angenommen hatte.«

Dr. Davids atmete tief ein. »Ich hatte nicht recht«, sagte er und kaute nachdenklich auf seiner Unterlippe. »Konzentrieren Sie sich weiter auf die Spur im Trinkermilieu. Der Kommissar macht seine Arbeit sehr gut. Sie sollen mir lediglich berichten.«

Jeder, davon war Dr. Davids überzeugt, wirklich jeder hätte bei seinen Anweisungen vermutet, dass es um eine interne Ermittlung, eine Überwachung des Dezernats, des Dezernatsleiters oder des ermittelnden Beamten ging. Nur Lenny Grünspan nicht. Dieser Mann dachte tatsächlich, es handele sich um den Fall. Und es handelte sich ja um den Fall. Dr. Davids schüttelte den Kopf. Hätte er Lenny Grünspan sagen müssen, es handle sich um eine interne Ermittlung? Möglicherweise hätte er es geglaubt.

Rocco ignorierte sowohl die Nachricht von Roth als auch den Anruf von Dr. Mahler. Stattdessen beschloss er, dem Vorsitzenden der GaStro einen Besuch abzustatten. Dr. Rehle, ein pensionierter Richter, wohnte nahe des Favoriteparks in einer ruhigen Straße hinter der B 27. Der Straßenlärm drang kaum zu den meist in den 60er- und 70er-Jahren gebauten Häuser und Villen.

Rocco parkte vor einem bieder aussehenden Haus mit tiefem Dachfirst. Der Vorgarten war dicht bepflanzt mit hohen, immergrünen Büschen, sodass von der Straße aus fast nichts von Haus und Grundstück zu erkennen war. Ein niedriger, hölzerner Zaun und ein schmiedeeisernes Tor versuchten, ungebetene Gäste fernzuhalten. Drei Klingelknöpfe waren an der Tür angebracht, beschriftet mit ›Dr. Rehle‹ oben, ›Rainer Rehle‹ in der Mitte und ›K. + G. Rehle‹ unten. Rocco klingelte bei ›Rainer Rehle‹.

»*Polizei?*«, drang eine verwischte Stimme aus der Sprechanlage. Rocco hatte sich telefonisch angekündigt.

»Kommissar Marino«, sagte er und drückte gegen das Tor, als der Summer ertönte.

Der Hausherr öffnete die schwere Haustür selbst und bat Rocco herein. Er war leger gekleidet mit weißen Shorts und gelbem Poloshirt, das seine bronzefarbene Bräune im Gesicht gut zur Geltung brachte. Auch seine Beine waren makellos braun. An den Enden seines weißen Schnurrbarts schimmerte es gelblich. Pfeifenraucher, dachte Rocco, oder schlecht gefärbt. Auch die weißen Haare Rehles hatten einen ausgewaschenen, gelblichen Glanz.

Rehle strich sich über den Bauch, der sein Polohemd gut ausfüllte, und lächelte. An seinen durchdringend blauen Augen änderte sich nichts.

»Kommen Sie«, sagte er zu Rocco. Er führte ihn durch

einen schmalen Gang und in einen riesigen, marmorgefliesten Raum, dessen Front nahezu vollständig verglast war und die Sicht auf das Schloss freigab. Links von der Tür befand sich eine großzügige Sitzecke mit mehreren Sesseln und einem großen, übers Eck reichenden Sofa aus weißem Leder. Das Wohnzimmer stand in einer krassen Diskrepanz zur äußeren Fassade eines biederen Häuschens in besserer Gegend. Es war, als wäre Rocco durch ein Wurmloch in die stilistisch fragwürdige Zurschaustellung von schwäbischem Geld und schlechtem Geschmack geführt worden.

»Sie haben Glück, dass wir überhaupt hier sind«, meinte Rehle gutmütig und bat seinen Gast ans Fenster. Wie auf Kommando erhob sich eine rundliche Frau aus einem der Sessel, legte ihr Strickzeug beiseite und kam zu Rocco und Rehle herüber.

»Das ist Gabi, meine Frau.« Rehle sah sie lächelnd an und Rocco reichte ihr die Hand. Die Ähnlichkeit zwischen den beiden war frappierend. Nicht nur, dass Frau Rehle beinahe die gleiche Kleidung trug wie ihr Mann – nur die Farbe des Poloshirts variierte ein wenig –, sie hatte auch einen ähnlich runden Kopf und die gleichen undurchdringlich blauen Augen. Lediglich der Schnurrbart fehlte und statt des verblichen gelblichen Glanzes von Rehles Haupthaar leuchteten ihre vollen Haare in einem für Rocco kaum definierbaren Rotblond. Er fand es schwer, seinen Blick von ihrem gebräunten, faltigen Dekolleté zu wenden. Wie Gräben oder ein längst ausgetrocknetes Flussbett in einer uralten Landschaft liefen die Furchen ineinander und zeugten von langen Stunden in der Sonne.

»Eigentlich wären wir um diese Zeit in Heliopolis.

Aber familiäre Verpflichtungen ...«, sagte Gabi Rehle und seufzte.

»Heliopolis«, murmelte Rocco. Das war die Bestätigung. »Griechenland. Schön.«

»Nein, nein.« Herr Rehle winkte lächelnd ab. »Heliopolis ist eine Ferienkolonie auf den Hyères-Inseln. Eine reine Nudistensiedlung. Wir verbringen dort schon seit ... ach, seit ewigen Zeiten einen Teil des Jahres.«

Rocco brauchte kurz, um die Information zu verinnerlichen. Auf einmal sah er die makellose Bräune der beiden Rehles mit anderen Augen. Er nickte.

»Kaffee?«, fragte Gabi.

»Espresso?«, fragte Rocco zurück.

»Gern.« Gabi entfernte sich.

»Wir sind im Büro«, rief Rehle ihr hinterher und führte Rocco eine schmale Treppe nach oben in ein geräumiges Dachstudio, das er als Arbeitsraum ausgebaut hatte. »Ab und zu mache ich hier noch kleine Rechtsberatungen für gute Freunde«, erklärte er. »Steuer und sonstigen Papierkram. Und natürlich ist das sozusagen die Schaltzentrale der GaStro, wenn Sie so wollen. Hier halten wir regelmäßig unsere Sitzungen ab.«

Rocco sah sich flüchtig um. Ein großer Schreibtisch mit einem bequemen Sessel stand in einer Ecke des lang gezogenen Raums, an den Seiten Regale mit Ordnern. Um einen kleinen, quadratischen Couchtisch, auf dem ein paar Broschüren lagen, standen verschiedene Stühle. Die Sitzgelegenheiten für die anderen Rebellen, dachte Rocco.

»Ich bin in einer etwas delikaten Angelegenheit hier«, sagte er und setzte sich auf den Stuhl, den Rehle ihm anbot. Gabi kam mit dem Espresso und klimperte mit dem Löffel.

»Ich habe schon ein Stück Zucker hineingetan«, sagte sie und lächelte, als wüsste sie genau, dass Rocco es hasste, seinen Kaffee nicht selbst zu süßen. »Ich hoffe, es macht Ihnen nichts aus?«

»Keineswegs. Vielen Dank.« Rocco lächelte gezwungen und nahm die Tasse. »Wie gesagt«, fuhr er an Rehle gewandt fort. »Eine etwas delikate Angelegenheit. Wie soll ich sagen … Es ist jemand zu Tode gekommen. Und es gibt Hinweise darauf, dass er zu ihren Kreisen … dass er der GaStro nahestand oder zumindest Kontakt zu Ihnen hatte.«

Rehle hatte aufmerksam zugehört und hob die Augenbrauen. Seine Frau war zu ihm gegangen und nahm seine Hand.

»Es wird doch niemand aus unserer Gruppe …?«, fragte sie jetzt mehr ihren Mann als Rocco.

»Nein, nein.« Rocco winkte ab. »Es ist niemand aus ihrer Gruppe. Ich habe hier ein Bild …« Er erhob sich, um Rehle einen Blick auf sein Handy werfen zu lassen und sah Gabi dabei zweifelnd an. »Ich weiß nicht, ob Sie das sehen möchten …«

»Sicher nicht«, sagte Gabi. »Ich muss mich sowieso ums Mittagessen kümmern.« Entschlossen erhob sie sich und ging nach unten.

Rehle starrte auf Roccos Display.

»Ich weiß nicht … so auf den ersten Blick kann ich mich nicht erinnern, diesen Mann schon mal gesehen zu haben.«

»Dr. Emrich vom Abendblatt hat mich zu Ihnen geschickt«, sagte Rocco. »Der Mann heißt Enzo Fischer und hat versucht, der Zeitung eine Story über die Ludwigsburger Gas- und Stromwerke zu verkaufen. Emrich meinte, er hatte auch Kontakt zu Ihrer Gruppe.«

»Ermitteln Sie in diese Richtung?«, fragte Rehle statt einer Antwort. »Ich meine, denken Sie, sein Tod hat etwas mit seinen Recherchen über die GALB oder über uns zu tun?« Er klopfte mit dem Finger auf Roccos Handy.

»Wir ermitteln in alle Richtungen«, erwiderte Rocco vage. Rehle lächelte emotionslos.

»Ich habe 29 Jahre als Richter am Landgericht in München hinter mir«, sagte er und sein Ton wurde plötzlich schärfer. »Ich weiß, dass Sie in alle Richtungen ermitteln. Trotzdem meine Frage: Hat sein Tod etwas mit der GALB oder uns zu tun?« Rocco spürte auf einmal deutlich den Richter hinter Rehles jovialer, ganzkörpergebräunter Fassade und von welcher Art er gewesen war.

»Wir stehen wirklich noch ganz am Anfang«, sagte er geduldig. »Eine Spur führt uns tatsächlich zur GALB, sie ist aber genauso gut oder schlecht wie jede andere. Und ich möchte von Ihnen einfach nur wissen, in welcher Beziehung Enzo Fischer zu Ihrer Initiative stand.« Rocco machte eine kleine Pause und sah nach draußen. Von Westen waren einige dunkle Wolken im Anzug. »Er war anscheinend hochgradiger Trinker und es ist mindestens genauso wahrscheinlich, dass wir seinen Mörder in diesem Milieu finden. Es sieht allerdings nach einer geplanten Tat aus. Mehr kann ich Ihnen zu diesem Zeitpunkt nicht sagen.«

Rehle nickte. »Ich kenne den Mann. Er war einige Male hier bei unseren Treffen. Es waren ziemlich unangenehme Begegnungen.«

Rehle erzählte eine ähnliche Geschichte, wie sie Rocco auch schon von Dr. Spilden und Emrich gehört hatte. Enzo Fischer war zu den Treffen der GaStro gekommen und hatte baldige, spektakuläre Enthüllungen angekündigt. Er hatte von dem Verein verlangt, seine Recherchen finanziell zu unterstützen. Als die Mitglieder das bei einem weiteren Treffen ablehnten, war er laut und ausfallend geworden, hatte die ehrbaren GaStro-Rebellen unflätig beschimpft und war dann fluchend abgezogen.

»Gabi und die anderen waren entsetzt«, endete Rehle seinen kurzen Bericht. »Ich selbst bin von meiner Zeit am Gericht ja einiges gewöhnt.«

Rocco nippte an seinem Kaffee und fand ihn erstaunlich gut. »Gut«, sagte er und zeigte mit dem Löffel auf die Tasse.

»Nicht wahr?« Rehle lächelte erfreut.

»Um was für Enthüllungen handelte es sich denn?«, fragte Rocco und nickte mitfühlend. Er wusste ja noch nicht viel über Enzo Fischer, aber nach allem, was er bisher gehört hatte, konnte er sich lebhaft vorstellen, was sein Auftritt in den Reihen dieser ehrbaren schwäbischen Hausbesitzer ausgelöst hatte. Empörung dürfte ein zu schwaches Wort dafür sein.

»Tja, das ist so eine Sache …« Rehle strich sich über den Bauch und dann seine weißgelben Haare nach hinten. »So genau weiß ich das auch nicht. Es ist ja auch alles schon eine ganze Weile her. Kurz darauf sind wir für ein paar Wochen nach Heliopolis gereist …«

»Aber es muss doch mit den Gas- und Stromwerken zu tun gehabt haben.« Langsam wurde Rocco ungeduldig.

»Ja, sicher. Fischer betonte immer wieder, dass wir zwei unterschiedliche Ziele verfolgen. Aber was *er* für Ziele verfolgte, sagte er uns nicht. Und jetzt ist er tot.« Rehle hob bedauernd die Hände.

»Was verfolgen Sie denn für Ziele?«

»Oh, das ist einfach.« Der ehemalige Richter strahlte Rocco an und legte die Fingerspitzen aneinander. »Wir kämpfen für mehr Transparenz auf dem Strom- und Gasmarkt.«

»Wenn ich richtig unterrichtet bin, kann sich heutzutage jeder seinen Versorger selbst aussuchen«, sagte Rocco.

»Da haben Sie theoretisch recht. Praktisch sieht die Sache natürlich anders aus. Nicht jeder Anbieter ist in allen Regionen vertreten. Es gibt immer noch einige Gegenden, in denen lediglich ein Gasversorger zur Verfügung steht. Die Leute dort haben keine Wahl. Ein Argument der Strom- und Gaskonzernlobby war immer, dass der Markt sich mit der Öffnung für viele Anbieter selbst regulieren und die Preise fallen würden. Tatsächlich ist das aber nicht der Fall, insbesondere im Bereich der Gasversorgung. Wir haben im Gegenteil den Eindruck, als würden für Bestandskunden die Preise kontinuierlich erhöht. Und um Neukunden wird in diesem Segment kaum geworben. Die Investitionskosten für die Leitungen sind schlichtweg viel zu hoch. Also fällt der vielbemühte Preiskampf aus.«

»Und Sie sind der Meinung, dass die Gas- und Stromwerke Sie bei den Abrechnungen übers Ohr hauen?«, fragte Rocco vorsichtig. Rehle war jetzt offensichtlich in seinem Element, und Rocco war sich nicht sicher, ob er allen routiniert und monoton vorgebrachten Ausführungen des Richters folgen konnte.

»Wir glauben, dass die GALB nach ihrem Preissystem korrekt abrechnet. Was wir infrage stellen, ist das Preissystem an sich. Die Erhöhungen der letzten Jahre erscheinen willkürlich und sind durch den allgemeinen Anstieg der Kosten kaum zu rechtfertigen. Genau das macht die GALB aber. Sie behauptet, lediglich ihre höheren Betriebskosten an den Verbraucher weitergegeben zu haben. Das ist blanker Unsinn.«

»Und was ist Ihre Forderung?«

»Wir wollen, dass die Strom- und Gaskonzerne ihre Bilanzen offenlegen und die Preise transparent machen. Nur so kann gewährleistet werden, dass fair abgerechnet wird.« Rehle seufzte. »Bisher reicht es normalerweise aus, wenn ein Gutachter bestätigt, dass die Anbieter im Rahmen ihrer eigenen Kosten Preiserhöhungen weitergeben. Das ist natürlich ein Witz, denn jeder Konzern findet Gutachter zuhauf, die ihm das bestätigen. Und wir als Kunden haben keine Möglichkeit, die Verhältnismäßigkeit zu prüfen. Es gibt zwar ein paar Urteile, die dem entgegenstehen, aber einen entscheidenden Durchbruch haben wir noch nicht erzielt.«

»Aber wenn das schon vor Gericht verhandelt wird und Emrich und andere Journalisten informiert sind … Was wollte Fischer denn von Ihnen? Was hatte er für Informationen?«

Rehle zuckte mit den Schultern. »Ich kann da nur spekulieren. Vielleicht hatte er einen Informanten in der GALB. Wenn ja, wären die Informationen vor Gericht aber nicht verwertbar, es sei denn, es würde jemand aussagen. Und das kann ich mir beim besten Willen nicht vorstellen.«

Rocco wurde hellhörig. »Einen Informanten? Haben Sie einen Verdacht?«

»Nein«, sagte Rehle. Seine blauen Augen waren undurchdringlich. Er spitzte die Lippen. »Ich kann Ihnen dazu nichts sagen …« Er zögerte und schien zu überlegen. Dann schüttelte er den Kopf und seufzte wieder. »Hören Sie, Kommissar. Wir sind alles rechtschaffene Bürger, keine Querulanten oder Anarchisten. Unser Verein, die GaStro, hat sich vor inzwischen beinahe acht Jahren zusammengefunden. Wir folgen nur unserem Rechtsverständnis und arbeiten eng mit der Verbraucherschutzzentrale zusammen. Nichts liegt uns ferner, als Krawall anzuzetteln. Aber was Recht ist, muss Recht bleiben. Und in einer Demokratie haben wir nicht nur das Recht, sondern sogar die Pflicht, uns mit den gebotenen Mitteln einzumischen. Fischer *war* ein Querulant, so viel steht fest. Von dieser Sorte sind früher einige vor meinem Schreibtisch gestanden. Es kann gut sein, dass er tot ist, weil er sich irgendwo in die Nesseln gesetzt hat. Aber ich tippe da eher auf seine Saufkumpane. Wir hatten jedenfalls schon lange nichts mehr mit ihm zu tun.«

Draußen roch es nach Buchsbaum und Rosen. Rocco atmete unwillkürlich auf, als er das Haus der Rehles verließ. Er hatte sich von Gabi verabschiedet, die in der Küche Kartoffeln oder etwas Ähnliches kochte. Auf seinem Weg durch den schmalen Vorgarten zum Tor spürte er den wachsamen Blick des Hausherrn in seinem Rücken und kam sich vor wie früher, wenn er von der Schule noch mit einem Freund nach Hause gegangen war, um bei dessen Eltern zu Mittag zu essen. Kurz war er versucht zu fragen, was es denn mit der dritten Klingel auf sich hatte, die mit ›K. + G. Rehle‹ beschriftet war. Zögernd drehte er sich um.

»Ich … kann Sie doch anrufen, wenn ich noch Fragen habe?«

Rehle beschattete seine Augen mit der Hand, als würde er genau ins Gegenlicht blicken, dabei sah es aus, als finge es gleich zu regnen an.

»Jederzeit, wenn es sich um Fragen zu unserem Verein oder der Vorgehensweise der GALB handelt. Zu Fischer habe ich Ihnen alles gesagt, was ich weiß. Außerdem werden wir spätestens in zwei Wochen wieder weg sein. Sie wissen schon …«

»Heliopolis«, sagte Rocco und winkte.

»Heliopolis«, bestätigte Rehle und lachte.

Rocco erreichte seinen Wagen gerade in dem Moment, als die ersten Tropfen fielen. Es war nur ein kurzer heftiger Schauer. Rocco wartete ihn ab und sah Rehle noch einen Augenblick in der Tür stehen, bevor er sie zögernd schloss. Rocco schmunzelte und ließ das Fenster einen Spalt herunter. Es wäre ihm lieber gewesen, wenn ich losgefahren wäre, dachte er und fühlte aus keinem bestimmten Grund Genugtuung. Von der Straße stieg ihm der Geruch von nassem Asphalt in die Nase und erinnerte ihn an den unglaublich heißen Sommer, der jetzt vergangen war. Es kam nicht oft vor, aber wenn Rocco an den letzten Fall und an Anna dachte, dann wünschte er sich manchmal, ein paar Dinge anders gemacht zu haben.

Er schüttelte den Kopf und sah auf die Uhr. Es war erst später Mittag. Zu früh, um ein Bier trinken zu gehen. Andererseits brauchte er nach diesem Bad in Understatement und schwäbischer Biederkeit dringend Luftveränderung.

Sein Handy klingelte.

»*Wo bist du?*«, fragte eine Stimme, die Rocco nach kurzem Überlegen Lenny zuordnete.

»Bei der Arbeit«, erwiderte er gereizt. »Und wo, verdammt noch mal, bist du?«

»*Kein Grund zu fluchen.*« Lenny kicherte. »*Ich bin auch bei der Arbeit.*«

»Hm. Als ich dich heute Morgen im Büro abholen wollte, warst du es jedenfalls noch nicht. Ich war beim Vorsitzenden der GaStro.«

»*GaStro?*« Lenny kicherte wieder. »*Hast du dir eine Liste aller Kneipen in Ludwigsburg besorgt?*«

Rocco verdrehte die Augen. Wenigstens brauchte er sich bei diesem Partner keine Sorgen zu machen, dass er wegen Depressionen ausfiel. »Die GaStro ist ein Verein, der sich gegen die Preise der Gas- und Stromversorger in der Gegend wehrt«, erklärte er.

Am anderen Ende herrschte kurz Stille.

»*Hm*«, machte Lenny dann. »*Wir sollten die Spur mit den Trinkern nicht aus den Augen verlieren. Vielleicht finden wir so wenigstens mal Fischers Wohnung.*«

»Das kommt mir entgegen«, sagte Rocco und startete den Wagen. »Ich hole dich ab. Ich kenne da jemanden, der uns helfen kann.«

KAPITEL 6

Finanziell gesehen war die Bekanntschaft mit Rocco für Louis ein Desaster. Zwar nahm Rocco für ein paar Informationen aus der Halbwelt seine Geschäfte nicht so genau unter die Lupe. Das wog die Nachteile für Louis aber bei Weitem nicht auf. Im Gegenzug musste er Rocco zur Verfügung stehen. Zuletzt hatte er Julia, eine Freundin Annas, auf einer Party eingeschleust, die er im Auftrag der Fairy Tale GmbH organisiert hatte. Im Zuge von Roccos und Annas Ermittlungen war Lohhausen, der Chef der Firma, anschließend festgenommen worden. Seitdem wartete Louis auf sein Geld. Die paar Kröten, die Rocco ihm ab und zu für geleistete Dienste zusteckte, waren ein Witz dagegen. Ganz abgesehen davon, dass er immer das Gefühl hatte, ein Almosen zu bekommen.

Man konnte nicht direkt sagen, dass Louis in seiner Bar saß und über sein Verhältnis zu Rocco nachgrübelte. Vielmehr achtete er gerade darauf, dass der Barmann die Theke auf Vordermann brachte. Und doch, in einer verdrehten Windung seines Hirns kreisten seine Gedanken oft um Rocco und warum er, Louis, sich immer wieder auf seine wenig lukrativen Deals einließ. Wahrscheinlich hätte es Rocco nicht einmal sonderlich interessiert, wenn er sich weigern würde, ihm weiter Informationen zu liefern. Und dass Louis jetzt als Manager dieser Bar jobbte, war eins zu eins auf den Verdienstausfall bei der Fairy Tale GmbH zurückzuführen. Wenigstens redete sich Louis das ein. Dennoch konnte er sich Rocco nicht entziehen. Er fühlte sich ihm verbunden. Vielleicht war Rocco der einzige Mensch auf der Welt, dem er sich auf eine gewisse Weise verbunden fühlte. Sie waren zusammen zur Schule gegangen, sie hatten ihre Jugend zusammen verbracht, Rocco war einer der wenigen, die ihn akzeptierten, so wie er war … Louis schüttelte unwirsch den Kopf.

»Hey.«

Louis drehte sich um. Die Tür stand einen Spalt offen und ließ die Abendsonne in die düstere Bar, die den Raum mit einem schmalen, orangefarbenen Strahl mühelos bis zur Theke durchschnitt. Rocco streckte seinen Kopf herein. Louis kniff die Augen zusammen. Es dauerte eine Weile, bis er ihn erkannte.

»Oh nein«, sagte er und sank auf einen der Barhocker an der Theke.

»Habt ihr schon geöffnet? Ich weiß, es ist noch früh, aber wir haben Durst.« Rocco hatte einen dünnen Kerl mit längeren, blonden Haaren in einem schicken Anzug im Schlepptau, der angestrengt die Augen zusammenkniff und an den Plastikblumen schnupperte, die als Deko auf den Tischen standen.

»Okay, was wollt ihr?«, fragte Louis, nachdem er sich wieder gefasst hatte.

»Haben Sie ein kleines Bier?«, fragte der Kerl im Anzug.

»Was?« Louis starrte zuerst ihn an und dann Rocco. »Wer ist das?«

»Lenny Grünspan«, sagte Rocco. »Er ist von der Staatsanwaltschaft.«

»Von der …« Louis verdrehte die Augen. »Von der … Sag mal, spinnst du?«

»Lenny ist okay«, versuchte Rocco, ihn zu beruhigen. »Wir ermitteln zusammen in einem Mordfall.«

»Grünspan«, murmelte Louis. »Was ist denn das für ein Name?«

»Er ist Jude.«

»Ach, du meine Güte. Auch das noch. Sag mal, bist du noch zu retten?«

»Louis«, rief Rocco beschwichtigend. »Louis. Ich hab ihn mir nicht ausgesucht. Er wurde mir zugeteilt. Und er ist ganz okay, soweit ich das beurteilen kann.«

»Hi«, sagte Lenny. »Haben Sie etwas gegen Juden?«

»Sag bloß nicht, dass du was gegen Juden hast«, warnte Rocco Louis. Er hatte Lennys Einführungsrede in seinem Büro noch gut in Erinnerung.

»Ich hab ja auch nichts gegen Juden«, sagte Louis erstaunt. »Einige große Mafia-Leute waren Juden. Ich nenne nur Dutch Schultz. Es ist nur so ... schwierig. Man fühlt sich immer schuldig, wenn man in Deutschland aufgewachsen ist.«

»Du bist halb Schweizer und halb Portugiese«, erinnerte ihn Rocco. »Zumindest hat keiner deiner Vorfahren diese Schuld auf sich geladen.«

Lenny lachte. »Und ich dachte, die Leute fühlen sich schuldig, weil ich von der Staatsanwaltschaft bin.«

Die Tür war wieder zugefallen und schloss die Sonne aus. Lediglich ein paar kleine Strahler beleuchteten schwach die abgeschabte, glänzend glatte Holzfläche der Theke. Die ganze Bar schien nur aus der lang gezogenen Theke und einigen kleinen Tischchen seitlich zu bestehen. Die ganze Welt schien nur daraus zu bestehen. Weiter hinten waren undeutlich ein paar Türen zu erkennen. Louis stand auf und schenkte zwei kleine Bier ein und für sich ein Glas Wodka.

»Kennst du den Mann?«, fragte Rocco und hielt ihm sein Handy hin. Louis warf einen flüchtigen Blick darauf.

»Kann ich nicht sagen«, meinte er leichthin. »Prost.« Er stieß mit Lenny an und nippte an seinem Glas.

»Dann schau noch mal hin«, beharrte Rocco.

Louis verdrehte die Augen. »Und wenn?«, fragte er. »Was hat er angestellt?«

»Irgendwas Schlimmes«, sagte Rocco. »Er ist jetzt nämlich tot.«

»Oh.« Louis nippte an seinem Glas.

»Nun sieh dir das Bild noch mal an.« Rocco nahm einen großen Schluck aus seinem Bier. »Wir verfolgen verschiedene Spuren. Wir wissen, wie der Typ heißt, aber wir haben keine Ahnung, wo er wohnt und um was es bei dem Mord ging. Nur so viel: Wahrscheinlich war er hinter einer Story her, bei der es um die Strom- und Gaswerke geht.«

»Möglicherweise hatte er auch nur Streit mit seinen Kumpels«, warf Lenny ein. »Er war Alkoholiker und laut den Aussagen einiger Zeugen ziemlich streitsüchtig.«

Rocco nickte. »Wir glauben natürlich nicht an die ›Trinkerkumpane erschlagen ihren Freund im Suff‹-Geschichte. Aber möglicherweise bekommen wir in den Kneipen am ehesten heraus, wo er gewohnt hat. Wenn er überhaupt eine Wohnung hatte.«

»Wir glauben nicht an die Trinkerkumpane-Streit-Geschichte?« Lenny sah Rocco irritiert an. »Ich dachte, es ist eine von mehreren Möglichkeiten …«

»Ja. Um herauszufinden, wo Enzo wohnt. Ich meine, Lenny, der Mann wurde gefoltert und in den Fluss geworfen. Sieht das nach einer Kneipenschlägerei mit Todesfolge aus?«

Lenny zuckte mit den Schultern. »Was sich die Leute heute alles so einfallen lassen …«, sagte er einfach. »Außerdem ist es noch gar nicht sicher, ob Enzo sich die Verbrennungen …«

»Vielleicht selbst zugefügt hat?«, vollendete Rocco gereizt Lennys Satz. »Ja klar.« Er tippte sich an die Stirn.

»Was wird das?«, fragte Louis, der sich Enzos Bild genauer ansah. »Good cop, bad cop, nur ohne Verdächtige?«

»Komm mal mit«, sagte Rocco, ohne auf Louis zu achten. Er zog Lenny an eines der Tischchen, die im schummrigen Halbdunkel neben der Theke standen.

»Du glaubst doch nicht ernsthaft, dass der Typ bei einer Schlägerei gestorben ist?«, fragte er Lenny leise und mit unterdrücktem Ärger.

Lenny blinzelte sehr langsam. »Na ja. Mein Chef …«

»Ich bin dein Chef«, unterbrach Rocco ihn. »Oder etwa nicht?«

»Doch, schon«, sagte Lenny. »Aber da ist auch noch Dr. Davids.«

»Der Staatsanwalt?«

Lenny nickte.

»Hm.« Rocco dachte einen Augenblick nach. »Dr Davids ist der Meinung, dass es sich bei der Sache hier um einen banalen Kneipenstreit handelt? Und deshalb schickt er dich als Unterstützung?«

Lenny wurde unsicher. »Es ist eine Möglichkeit, die wir weiterverfolgen können«, sagte er vage.

»Warten wir die endgültigen Ergebnisse von Dr. Mahler ab«, erwiderte Rocco. »Aber ich gebe dir einen Tipp: Glaube nie etwas, nur weil andere es zu wissen glauben.«

Lenny starrte ihn an. »Wa… Was?«

»Also, ich weiß ja nicht, ob euch das noch interessiert«, rief Louis von der Theke herüber. »Aber ich hab den Typ schon mal gesehen.«

Rocco stand auf und ging zu ihm hinüber. Lenny blieb

sitzen, holte einen Tabakbeutel aus der Tasche und drehte sich eine dünne Zigarette.

»Hey«, flüsterte Louis. »Siehst du, was dein Kumpel da macht?«

»Er dreht sich eine Zigarette. Na und? Bist du jetzt Nichtraucher? Los, sag schon. Wer ist das? Beziehungsweise, was weißt du über ihn?« Rocco klopfte ungeduldig aufs Display seines Handys.

»Ja, komische Zigarette. Bist du sicher, dass der von der Staatsanwaltschaft ist?«

Rocco grinste. »Na ja … Jetzt, wo du fragst … Ein bisschen seltsam kommt er mir schon vor.«

Louis sah ihn an und schüttelte den Kopf. »Der Typ heißt nicht Enzo«, sagte er dann. »Ihr müsst im Irish Pub fragen. Ich hab ihn dort öfter gesehen. Die Bedienung kennt ihn bestimmt.«

»Der Kerl heißt Enzo Fischer. Das haben mir inzwischen drei Leute bestätigt.«

Louis zuckte mit den Schultern. »Mir fällt der Name nicht mehr ein. Aber Enzo Fischer war es nicht, so viel ist sicher.«

»War er hier bei dir auch schon mal?«

»Nicht, dass ich wüsste. Aber ich bin ja nicht jeden Tag hier. Und allzu lange mache ich den Job auch noch nicht.« Er warf Rocco einen bösen Blick zu. »Wie du weißt …«

»Jetzt fang bloß nicht wieder damit an«, sagte Rocco und verdrehte die Augen. »Wie heißt denn die Bedienung im Irish Pub?«

»Frag nach Babsie«, sagte Louis. Die Art, wie er den Namen sagte, ließ Rocco aufhorchen. Allerdings sagte Louis mit derselben öligen Betonung auch Anna oder Julia.

»Babsie …« Er schmunzelte.

»Na und?«

»Sag mal, darf man hier drin rauchen?«, fragte Lenny. Er war ohne weitere Umstände vom Sie zum Du gewechselt.

»Normale Zigaretten schon«, sagte Louis und zündete sich eine an.

»Los, komm, Lenny«, meinte Rocco. »Trinken wir aus. Wir müssen noch in eine andere Kneipe.« Im gleichen Moment, als er den Satz aussprach, fragte er sich, ob Lenny vielleicht nur deshalb so hartnäckig an der Theorie der Kneipenschlägerei festhielt, weil er dadurch eine Menge Kneipen abklappern konnte. Er kannte ihn noch nicht lange, aber die Möglichkeit bestand.

Als sie Louis' Bar verließen, dämmerte es. Im Westen hing noch ein orangefarbener Streifen Abendrot am Himmel, aber immer mehr rauchfarbene Wolken drängten sich davor. Es wehte ein kühler Wind durch die schmale Straße, während die Laternen gerade flackernd angingen. Ihr Licht war gegen den Himmel noch blass und wirkungslos. Doch bald würde es dunkel genug sein.

Rocco sah hinüber zur Eisenbahnbrücke, aber es kam kein Zug. Hatte er dort jemals einen fahren sehen? Gehört schon, er erinnerte sich an das Rumpeln, das Donnern unter der Brücke. Er erinnerte sich an seine kindliche Überlegung, ob er wohl schnell genug wäre, wenn die Brücke unter dem Gewicht des Zuges einstürzen würde. Nicht weit von hier hatte er gewohnt und sein Schulweg hatte ihn hier vorbeigeführt, wenn er Sport hatte. Natale, sein Vater, wohnte immer noch in dem kleinen Häuschen unterhalb des Marstall-Centers, das er in den 80er-Jahren gekauft hatte.

Lenny zündete seine Zigarette an und blickte in die gleiche Richtung wie Rocco. Vermutlich sah er etwas anderes. Einen Moment standen sie so da, ohne etwas zu sagen, dann gingen sie zum Wagen, der auf der anderen Straßenseite parkte.

»Darf man im Wagen rauchen?«, fragte Lenny, als hätte ihm Rocco das nicht schon gestern verboten.

»Nein«, sagte Rocco. Lenny nahm noch einen Zug und drückte die Zigarette vorsichtig an einer Hauswand aus. Den Rest packte er sorgfältig in seinen Tabakbeutel. Sie stiegen ein. Rocco wendete den Wagen und warf noch einen letzten Blick auf das verschwindende Abendrot.

»Bist du wirklich Jude?« Sie standen an der Theke des Irish Pub und warteten auf Babsie. Sie war noch nicht da, und das Mädchen hinter der Theke kannte Enzo nicht.

»Irgendwie schon, glaube ich«, sagte Lenny.

»Was heißt denn hier ›irgendwie schon‹? Entweder du bist einer oder eben nicht. Ich bin als Katholik geboren, also bin ich katholisch. Klar, es soll Leute geben, die treten aus der Kirche aus. Ich weiß allerdings wirklich nicht, ob die dann plötzlich nicht mehr katholisch sind. Ich kann mir zumindest nicht vorstellen, dass das so einfach geht.« Rocco hatte sich noch nie viele Gedanken über Religion gemacht, und je länger er redete, desto mehr fiel es ihm auf. Er würde Lenny gern genauer erklären, was es bedeutete, einer Glaubensgemeinschaft anzugehören. Aber was bedeutete es eigentlich? Dass man als Kind den Katechismus lernen musste? Zur Kommunion und zur Firmung einen schwarzen Anzug tragen? Beichten? Rocco lebte einfach damit, ohne daran zu glauben. Er lächelte über seinen Vater und seine Schwester, die regelmäßig zur Kirche gingen, aber er akzeptierte es.

»Oh, du meinst, ob ich jüdischen Glaubens bin. Da geht's mir wohl wie den Katholiken, die nach dem Kirchenaustritt nicht wissen, ob sie jetzt nicht mehr katholisch sind«, sagte Lenny. »Aber ehrlich gesagt ist es mir egal. Gibt es das bei euch nicht?«

»Doch. Doch, das gibt's bei uns auch«, beeilte sich Rocco zu sagen und schwenkte schnell auf ein anderes Thema um. »Sag mal, verdient man bei der Staatsanwaltschaft so viel Geld, dass man sich so teure Anzüge leisten kann?«

Lenny sah an sich herunter. »Geld … Meine Familie ist sehr vermögend«, sagte er dann. Es klang fast, als sei es ihm peinlich.

»Die Grünspans …«, sagte Rocco und nahm einen großen Schluck von seinem Bier.

»Ja. Die Grünspans«, bestätigte Lenny und nahm ebenfalls einen Schluck. »Eigentlich gibt es nur noch meine Tante. Und mich.«

Rocco sah ihn von der Seite an. »Deine Tante?«

»Ja. Meine Tante …« Lenny lächelte. »Sie lebt in Berlin.«

Es dauerte noch ein weiteres Bier, bis Babsie kam. Außerdem hatte Lenny die Karte entdeckt und Rocco glaubhaft versichert, dass ein paar sehr gute schottische Whiskys darauf standen. Also nahmen sie einen Whisky.

Dann kam Babsie. Sie war ein kräftiges Mädchen mit grünen Strähnen in ihren rotblonden Haaren und einem frischen, hellen Teint. Ihre blauen Augen leuchteten wie der Frühling. Rocco war fasziniert von ihr. So hatte er sich Irland immer vorgestellt, und auch Lenny konnte seinen Blick nicht von ihr wenden. Babsie trug ein enges T-Shirt mit der Aufschrift ›Irish Beer‹. Die Worte waren übereinandergeschrieben und das ›Irish‹ dehnte sich nach unten, das ›Beer‹ nach oben ziemlich aus. Die wenigen Gäste, die um diese Zeit im Irish Pub saßen, schienen allesamt aufzuleben, als sie hinter der Theke erschien. Zumindest bestellten die meisten noch ein Bier.

Rocco und Lenny zeigten ihr das Foto.

»Oh my God«, sagte Babsie und sah die beiden mit großen Augen an. »Was ist passiert?«

»Nun ja, wie soll ich sagen …«, begann Rocco.

»Er wurde ermordet«, fiel ihm Lenny ins Wort. Rocco verdrehte die Augen und Babsie verzog den Mund.

»Wirklich?«, fragte sie ungläubig.

»Wirklich«, bestätigte Rocco.

»Oh, Mann.« Babsie schüttelte den Kopf. »Ich meine, nicht dass es mich wahnsinnig wundern würde. Aber trotz allem ist das ein Schock.«

»Was heißt denn ›trotz allem‹?«, fragte Rocco.

»Nun ja. Er war nicht gerade der Beliebteste unter unseren Gästen. Er trank hier manchmal mit ein paar Jungs. Wenn sie betrunken waren, gab es jedes Mal Streit. Es war immer das Gleiche. Zuerst saßen sie friedlich an einem der Tische, irgendwann kamen sie nach und nach an die Theke, haben mit anderen Gästen geredet, ein Wort führte zum anderen … Ätzend. Wenn keine anderen Gäste da waren, die sich mit ihnen eingelassen haben, dann haben sie untereinander gestritten. Frank, das ist mein Boss, wollte sie das nächste Mal rauswerfen. Er hat schon lange die Nase voll von den Typen.« Sie zog die Augenbrauen hoch. »Oje, Frank. Er wird mich lynchen.«

»Auf keinen Fall«, protestierte Lenny.

»Warum?«, fragte Rocco besorgt.

»Ich hab mich anfangs dafür eingesetzt, dass Tom einen Deckel bekommt. Ihr wisst schon … Wenn er mal kein Geld hatte, haben wir angeschrieben. Anfangs hat das auch prima geklappt. Er hat immer was abbezahlt, wenn er konnte. Aber irgendwann hat er sich nicht mehr drum gekümmert. Bis er keinen Kredit mehr bekam, hat sich da einiges angesammelt. Das Geld kann ich wohl abschreiben. Oder?«

Lenny nickte mitfühlend. Rocco runzelte die Stirn. Ihm schwante nichts Gutes.

»Tom?«, fragte er misstrauisch. »Wer ist Tom?«

»Wer ist Tom?« Babsie sah Rocco zweifelnd an. »Tom ist der Mann, dessen Bild du mir eben gezeigt hast.« Sie ging ein paar Schritte nach hinten und nahm einen Bierdeckel von der Wand, der neben ein paar anderen unter einem Schild mit der Aufschrift ›Kein Kredit‹ hing. Sie warf ihn auf die Theke, als genüge er zur Feststellung der Identität des Toten. ›Tom‹ stand mit Kuli geschrieben darauf. Die Buchstaben waren mehrmals nachgefahren. Darunter waren Zahlen gelistet, jeweils mit Datum versehen. Insgesamt belief sich die Summe auf über 100 Euro, wenn Rocco es richtig gesehen hatte.

»Tom Selleck«, sagte Babsie und tippte mit dem Finger auf den Namen.

»Tom Selleck?« Das konnte unmöglich ihr Ernst sein. »Du meinst, ihr kennt Enzo Fischer unter dem Namen Tom Selleck?«

»Du meinst, ihr kennt Tom als Enzo Fischer?« Babsie grinste. »Das ist ja wirklich ein bescheuerter Name.«

»Tom Selleck?«, rief Rocco aufgeregt. Okay, Babsie war um einiges jünger als er, aber konnte es wirklich sein, dass sie nicht wusste, wer Tom Selleck war? »Hey, du weißt vielleicht nicht, wer Tom Selleck ist …«

»Ich weiß, wer Tom Selleck ist«, unterbrach Babsie ihn und fasste ihn sanft an der Schulter. Rocco beruhigte sich sofort wieder. »Aber er hieß Tom Selleck. Ich meine, ist der Name so außergewöhnlich? Sicher gibt es viele Leute, die Tom Selleck heißen. Und er war eben einer von ihnen.« Sie lachte. »Am Anfang habe ich ihm auch nicht geglaubt. Ich dachte, er macht einen schlechten Witz. Ihr wisst schon, einen richtig schlechten Witz. Er hatte überhaupt keine Ähnlichkeit mit dem anderen Tom Selleck, weder vom Aussehen noch vom Charakter – also, wie man ihn eben so aus dem Fernsehen kennt. Kennt ihr die Geschichte vom geteilten Visconte? Der eine war unglaublich gut, der andere abgrundtief schlecht. So könnt ihr euch die beiden Sellecks vorstellen.« Sie hielt kurz inne. »Alle nannten ihn so. Das war sein Name.«

»Ich kenne Tom Selleck nicht«, meinte Lenny kleinlaut.

»Ein Schauspieler«, sagten Rocco und Babsie wie aus einem Mund.

Die Kneipe füllte sich langsam, und Babsie wurde gebraucht. Rocco und Lenny saßen auf ihren Barhockern, schlürften ihr Bier und überdachten die neue Lage.

»Ein zweiter Name«, sagte Rocco. »Kein Wunder, dass Enzo Fischer nirgends gemeldet war.« Er sah Lenny an. »Damit ist die Theorie mit der Kneipenschlägerei wohl endgültig vom Tisch.«

»Na ja. Immerhin hatte er oft Ärger«, wandte Lenny ein. »Und der Wirt, wollte ihn rauswerfen …«

»Ja, Mann. Es ist ja auch üblich unter Ludwigsburgs Kneipiers, ihre Gäste zusammenzuschlagen und mit Elektroschocks zu foltern, um sie dann im Fluss zu entsorgen«, erwiderte Rocco gereizt. »Außerdem war der Mann ihm Geld schuldig.«

»Ist ja gut. Ich will nur nicht, dass irgendwelche Fakten verloren gehen.«

»Danke.«

Babsie kam zu ihnen und deutete auf einen langen, schlaksigen Kerl, der eben zur Tür hereinkam. Er trug einen von Regentropfen glänzenden, abgewetzten Regenmantel und setzte sich gerade ans andere Ende der Theke.

»Das ist einer von ihnen«, sagte sie. »Der Lange da drüben.«

Das Ende von Tom Selleck hatte den Langen nicht sonderlich berührt. Gute Freunde waren sie wohl kaum gewesen. Niemand habe Tom besonders gemocht, sagte er. Von Auffälligkeiten und Veränderungen in letzter Zeit hatte er nichts bemerkt. Allerdings hatten sie laut seiner Aussage in ihrer Runde auch immer nur getrunken und sich so gut wie nie außerhalb der Kneipe getroffen. Sie wüssten nur wenig voneinander. Immerhin bestätigte er den Namen des Toten und kannte seine Adresse. Rocco und Lenny könnten ja warten, bis die anderen kommen, sagte er. Die würden seine Aussage bestätigen.

Rocco ließ sich seinen Ausweis zeigen, notierte seine Anschrift und erklärte dem Langen, dass er sich zur weiteren Verfügung halten müsse. Weder er noch Lenny hatten große Lust zu warten, bis einer der anderen Saufkumpane auftauchte. Sie verabschiedeten sich von Babsie und gingen nach draußen. Dort standen sie unentschlossen auf dem Marktplatz herum. Einzelne Tropfen fielen, der Wind zerrte an Lennys Sommeranzug und an seiner Krawatte. Er holte seine angefangene Zigarette hervor und zündete sie mühevoll an.

Inzwischen war es vollends dunkel geworden. Die Kirchen am Marktplatz sowie die Läden und Restaurants unter den Arkaden schimmerten im Licht und luden wahlweise zur Besinnung oder zum Vergnügen ein. Rocco sah nach oben auf die Kirchturmuhr. Es war noch nicht spät, erst kurz nach 22 Uhr. Er fühlte sich müde, aber die kühle Luft und die vereinzelten Regentropfen erfrischten ihn.

»Es ist noch nicht spät«, sagte er.

»Nein«, bestätigte Lenny.

»Was meinst du? Sollen wir uns seine Wohnung mal anschauen? Wir haben zwar keinen Schlüssel, aber wir könnten ja mal vorbeifahren.«

»Na klar.« Lenny war begeistert.

Sie gingen hinüber zum Rathausplatz, holten den Wagen und fuhren in die Weststadt zu Toms Wohnung.

KAPITEL 7

Als sie von der Hauptstraße abbogen, spürte Rocco ein leichtes Flattern seiner Nerven, eigentlich mehr eine Art elektrisches Kribbeln unter der Haut. Er achtete nicht weiter darauf und folgte der Straße, die sich beinahe schnurgerade an kleinen, von Hecken und Zäunen eingefassten Einfamilienhäuschen entlangzog. Nach kurzer Zeit begann links von ihnen das Industriegebiet, rechts standen einige größere Mietshäuser. Weiter hinten konnte man das Ende der Stadt ahnen, eine große, leere Straße kreuzte, dahinter lagen ein paar trostlose Wiesen, die von den Straßenlampen in gelbes Licht getaucht waren und dann gespenstisch im Dunkel verschwanden.

»Da ist es.« Lenny flüsterte unwillkürlich und zeigte auf eines der Mietshäuser. Auf der Straße war es dunkel, nur auf der rechten Häuserseite gab es spärliche Beleuchtung. Vereinzelt brannte Licht in den Fenstern, aber die meisten Leute hatten schon ihre Rollläden und Jalousien heruntergelassen. Rechts parkten Autos, links befanden sich kaum Parkplätze. Dort lagen, etwas von der Straße zurückgesetzt, die Einfahrten und großen Parkplätze der Firmen und Lagerhallen.

Rocco stellte den Wagen auf der linken Seite ab. Sie stiegen aus und gingen hinüber zum Haus. Ein schmaler Weg führte durch kniehohes Gestrüpp, das früher wohl einmal die Vorgartenbepflanzung gewesen war, bis zur Tür. Er war nicht beleuchtet und Rocco konnte kaum seine Hand vor Augen sehen.

»Warte mal«, sagte er zu Lenny. »Ich hole eine Taschenlampe.«

»Ach was.« Lenny bewegte sich zielsicher vorwärts bis zu den Klingeln. »Ich habe es gleich.« Er beugte sich über die schwach beleuchteten Namen und fand den Lichtschalter. Im Haus ging das Flurlicht an und strahlte durch die gläserne Haustür. Eine nackte Glühbirne an der Wand sorgte für etwas Licht. Rocco und Lenny untersuchten die Klingelschilder. Sechs davon waren ordentlich beschriftet, das siebte daneben konnten beide kaum lesen.

»Könnte Selleck heißen«, meinte Rocco, nachdem sie eine Weile darauf gestarrt hatten.

»Könnte aber auch Fischer heißen«, sagte Lenny.

Rocco grinste. »Na, dann sind wir auf jeden Fall richtig.«

»Ja, und jetzt?« Lenny sah an dem schmutzig weißen Verputz des Hauses nach oben. Nichts rührte sich. Nur in einem Fenster flimmerten blaue Schatten an der Wand. Maschinengewehrfeuer und das Geräusch einer Explosion drangen leise zu ihnen.

»Keine Ahnung«, sagte Rocco und sah sich um. Es war nichts zu sehen.

»Vielleicht klingeln wir mal?«

»Er wird nicht zu Hause sein.«

»Ja, aber möglicherweise lebt er ja mit jemandem zusammen?«

Rocco drückte den Klingelknopf. Im Hausflur war ein tiefes Summen zu hören. Immer noch rührte sich nichts.

»Das war wohl nichts«, sagte Rocco leise.

»Hm.« Lenny drückte gegen die Glastür. Mit einem leisen Schnappen sprang sie auf.

»Na, so was.« Rocco ging voraus und ein paar Stufen nach oben, als das Licht ausging. »Mist«, fluchte er, suchte und fand den Schalter in der Mitte der Wand zwischen den zwei Wohnungstüren des Erdgeschosses. Er las die Namensschilder. Weder Fischer noch Selleck war dabei.

Sie arbeiteten sich die drei Stockwerke des Hauses nach oben. Fehlanzeige. Alle Wohnungen waren beschriftet, aber weder Fischer noch Selleck stand irgendwo.

»Er muss im Souterrain wohnen«, folgerte Rocco, als von unten auf einmal gedämpfte Geräusche und Schritte auf der Treppe zu hören waren.

»Hallo?«, rief Rocco. Die Schritte hielten inne.

»Hallo?«, rief Rocco noch einmal. Keine Antwort. »Komm«, sagte er, als erneut das Licht ausging. Er spürte ein Kribbeln im Nacken und zog seine Pistole.

»Hast du eine Pistole?«, fragte er Lenny leise.

»Was?«, rief Lenny. »Nein, ich …

Unten war wieder lautes Getrappel zu hören, die Haustür wurde aufgerissen und mit einem lauten Schlag zugeworfen. Hektisch drückte Rocco auf den Lichtschalter und rannte nach unten. Lenny folgte ihm in einigem Abstand.

Als er den Gehweg erreichte, stand Rocco schon mitten auf der Straße und sah sich suchend um. Aber es war nur die lange Schlange parkender Autos auf der rechten Seite und ihr eigenes auf der linken zu sehen.

»Vielleicht waren es irgendwelche Leute aus dem Haus«, rief Lenny außer Atem.

Rocco schwenkte verneinend den Zeigefinger. »Nein, nein, nein. Wir würden sie noch sehen. Die waren in Enzos Wohnung. Wir Idioten sind nach oben gegangen, obwohl der Kerl im Souterrain wohnt.«

»Wer auch immer ›die‹ sind«, meinte Lenny.

»Ich gehe jetzt mal die Straße ab. Vielleicht sitzen sie in einem der Autos.« Rocco, die Pistole im Anschlag, war noch keine drei Wagen weit gekommen, als nur wenige Meter vor ihm der Motor eines Lieferwagens angelassen wurde. Die Scheinwerfer flammten auf und mit quietschenden Reifen fuhr der Van aus der Parklücke. Er rammte das Rücklicht des vor ihm stehenden Wagens, schlingerte leicht über die Straße und steuerte direkt auf Rocco zu.

Rocco konnte nur noch reagieren. Mit einem Satz sprang er auf die Motorhaube des neben ihm stehenden Fahrzeugs, rollte sich über die Schulter ab und blieb auf dem Rücken liegen. Die Pistole fiel ihm aus der Hand und rutschte über die Straße. Er hörte ein hässliches kratzendes Geräusch und sah den Lieferwagen genau an dem Auto vorbeischrammen, auf dem er lag. Mit einem Klirren flog der Rückspiegel weg. Der Fahrer gab Gas, überrollte Roccos Pistole und raste die Straße entlang. Als Rocco sich wieder aufrappelte und von der Motorhaube kletterte, war der Wagen an der nächsten Kreuzung schon zur Ausfallstraße aus der Stadt abgebogen und außer Sichtweite.

»Mann«, schrie Rocco wütend und klopfte sich den Staub von seinem Hemd. In den umliegenden Häusern gingen ein paar Rollläden nach oben.

»Rocco. Alles okay?«, rief Lenny und eilte zu ihm. Unterwegs hob er Roccos Pistole auf und reichte sie ihm.

»Alles okay, glaube ich«, murmelte Rocco. »Los, hinterher.«

Lenny sah ihn verwundert an. »Das bringt doch nichts. Die sind längst über alle Berge.«

»Wer auch immer ›die‹ sind. Stimmt.« Rocco sah Lenny ärgerlich an und atmete tief durch. »Ich konnte gar nichts erkennen. Es ging alles so schnell.«

»Wenn dir mit der Autonummer gedient ist …?«, sagte Lenny lässig und zündete sich eine seiner selbstgedrehten Zigaretten an. »Ich hab sie mir gemerkt.«

»Ich hätte es wissen müssen.« Das Kribbeln im Nacken, das Rocco schon gespürt hatte, als sie mit dem Wagen in die Straße eingebogen waren, war normalerweise sein Zeichen dafür, dass etwas nicht stimmte. Immer, das hatte er auch Anna schon erklärt, immer, wenn er dieses Kribbeln spürte, lag Gefahr in der Luft. Es war eine Art Warnsystem für ihn, und er konnte sich hundertprozentig darauf verlassen. Anna hatte jedes Mal den Kopf geschüttelt und abgewinkt. Als er es Lenny erklärte, stieß er auf mehr Verständnis.

»Das ist eine prima Sache«, sagte er, ohne Roccos Geschichte infrage zu stellen.

»Ja«, brummte Rocco. »Wenn man drauf hört.«

Er hatte die Nummer des Lieferwagens an die Zentrale durchgegeben und die Spurensicherung angerufen. Dann waren sie im Haus die paar Stufen zu Toms Wohnung hinuntergegangen. Der Weg führte vorbei an klapprigen Fahrrädern und alten Obstkisten, die in einer Ecke gestapelt waren. Rocco warf einen flüchtigen Blick hinein, aber die Kisten waren leer.

Die Tür zu Enzos Wohnung war nur angelehnt und das Schloss unversehrt. Rocco linste hinein, drin war es stockdunkel. Aber dieses Mal hatte er an seine Taschenlampe gedacht. Er leuchtete hinein und folgte mit den Augen dem Kegel, der sich an der gegenüberliegenden Wand abzeichnete. Nichts rührte sich. Schließlich stieß er die Tür weiter auf und tastete mit der Hand nach dem Lichtschalter. Er fand ihn ziemlich weit oben an der Wand, es war ein Drehschalter, wie man ihn in alten Häusern für den Keller benutzte. Der Schein einer kahlen Glühbirne, die von der Decke baumelte, tauchte das ganze Zimmer schlagartig in ein tristes, grelles Licht.

»Ach du meine Güte«, sagte Lenny, der hinter Rocco ins Zimmer kam.

»Puuh, hier stinkt es vielleicht.« Rocco wedelte mit der Hand vor der Nase.

Der Raum war sehr klein und Enzo – oder Tom – hatte offensichtlich nicht viel von Wohnkomfort und Möbeln gehalten. Das grelle Licht der Glühbirne fiel auf einen blanken Steinboden, der nur mit einem alten, früher wahrscheinlich orangefarbenen Badteppich bedeckt war, sah man einmal von einer Menge CDs, DVDs und Zeitschriften ab, die ebenfalls überall herumlagen. Als Tisch und Hocker hatte Tom ein paar der alten Obstkisten aus dem Flur rekrutiert, die teilweise mit einem billigen Plastiktischtuch überzogen waren. Leere, verschimmelte Pizzakartons und Bierdosen lagen auf einer schmalen Pritsche, die als Bett gedient hatte. In einer Ecke stand ein Bürostuhl vor einem kleinen Schreibtisch. Daneben befand sich eine schmale Tür, die in eine Art Badezimmer führte. Darin stand eine alte Einbaudusche, an der Wand hing über einem großen Waschbecken ein hölzernes Ablagebrett.

»Das ist nur ein Kellerraum«, stellte Lenny fest.

Rocco nickte. Er ging zum Fenster und öffnete es. Es führte zu einem Lichtschacht, durch den an hellen Tagen vielleicht ein bisschen Sonnenlicht fiel. Der Schachtboden war voller Laub und roch ähnlich wie das ganze Zimmer nach Moder und altem Essen. Auch dort lagen Pizzakartons und Papierservietten von diversen Fast-Food-Restaurants herum. Rocco verzog den Mund und knallte das Fenster wieder zu.

Lenny war hinüber zum Schreibtisch gegangen.

»Hier ist ein Computer«, rief er und zeigte auf das Notebook, das zugeklappt auf dem Tisch lag.

»Hab ich gesehen«, sagte Rocco mürrisch. Die Einbrecher waren offensichtlich nicht lange vor ihnen gekommen. Sie hatten kaum mehr Zeit gehabt, als die CDs und DVDs auf den Boden zu werfen. Obwohl Rocco, als er das Chaos näher betrachtete, nicht sicher war, ob die Unordnung hier nicht einfach den Normalzustand darstellte. Er bückte sich und hob einen großen Plastikbeutel auf. Darin lag ein brauner, zusammengepresster Klotz. Die Tüte war beschriftet mit ›Kas‹. Rocco wunderte sich nicht darüber, in dieser Bude Dope zu finden, aber es kam ihm seltsam vor, dass es so sorgfältig verpackt war.

»Und ein Handy …« Lenny zog es unter einem Stoß Blätter hervor, der neben dem Notebook lag.

»Ein Handy?« Rocco kam zu ihm, nahm einen Plastikbeutel aus der Tasche und legte das Telefon vorsichtig hinein. »Fass nichts an. Das macht es für die Leute von der Spurensicherung nur noch schwerer.«

»Pffh«, machte Lenny. »Du hast doch auch was angefasst.«

»Was?« Rocco starrte ihn an. »Ich hab …« Er winkte ab. »Hier, dann zieh wenigstens die Handschuhe an.« Er holte ein Paar Latexhandschuhe aus der Tasche und sie kramten vorsichtig in den Papieren auf dem Tisch, bis die drei von der Spurensicherung kamen. Charlie oder Pat und seine Leute in ihren Ganzkörperanzügen.

»Ich fahr dich heim«, sagte Rocco, als sie wieder im Wagen saßen. »Wo wohnst du?«

»Gleich hinterm Schloss«, sagte Lenny.

»Okay.« Rocco ließ den Motor an.

Sie hatten bei ihrer oberflächlichen Suche außer dem Handy und dem Dope nichts von Belang gefunden. Allerdings waren weder Lenny noch Rocco richtig bei der Sache gewesen. Lenny hatte vielleicht ein bisschen zu viel geraucht und Rocco kam immer wieder die Szene auf der Straße in den Sinn. Wie in Zeitlupe lief sie in seiner Erinnerung ab. Der Van war nur wenige Zentimeter an ihm vorbeigeschrammt. Der Fahrer hätte keinerlei Skrupel gehabt, ihn einfach über den Haufen zu fahren. Rocco spürte ein leichtes Zittern in seiner Hand.

Es hatte wieder begonnen, leicht zu regnen, sodass er die Scheibenwischer einschaltete. Langsam fuhren sie die schmale Straße zurück in Richtung Stadt. Jeder hing seinen Gedanken nach. Rocco dachte an Anna und daran, dass er jetzt eigentlich einen weiteren Drink vertragen könnte. Aber vielleicht hatte er sein untrügliches Warnzeichen ja deshalb nicht gleich erkannt oder nicht beachtet, weil er zu viel getrunken hatte? Er hatte schon einmal gezögert und dann war ein Mann gestorben. Das war damals zumindest Annas Auffassung gewesen. Obwohl: Sie glaubte kein Stück an seine Vorahnungen. Also könnte er auch noch einen Schluck trinken. Ohne sie weiter auf Logik zu überprüfen, nahm er seine Schlussfolgerung hin.

»Wir sind heute weit gekommen«, sagte Lenny, der seinen Kopf gegen die Scheibe des Seitenfensters gelehnt hatte. Rocco konnte nicht genau heraushören, ob es als Frage oder als Feststellung gedacht war.

»Na ja. Wir haben die Wohnung gefunden. Aber eigentlich haben sich doch mehr Fragen als Antworten aufgetan. Mal sehen, was die Maulwürfe zutage bringen.«

»Maulwürfe?«

»Die Spurensicherung.«

Sie fuhren die Wilhelmstraße entlang. Rocco war es so vorgekommen, als wäre es schon spät nachts, aber hier waren noch viele Leute unterwegs, die Straßen hell erleuchtet. Es war erst kurz nach Mitternacht, und es hatte den Anschein, als wären sie in einer anderen Stadt, als lebten die Menschen im Vorort in einer völlig anderen Zeit, an einem völlig anderen Ort, ein völlig anderes Leben. Ob sie wohl jeden Tag aus ihren Häusern schlüpfen, hinüber in die Firmen, und dann wieder zurück?, dachte Rocco. Sie könnten ihr ganzes Leben so verbringen. Ein paar Straßen weiter lag ein großer Supermarkt. Sie müssten ihr Viertel nie verlassen …

»Und jetzt?«, fragte er.

»Geradeaus.«

Wenig später bogen sie ab und standen vor einem großen Altbau in einer schmalen Gasse hinter dem Schloss.

»Hier wohne ich«, sagte Lenny.

»Na, dann …«

Lenny zögerte. »Willst du noch auf ein Glas mit reinkommen?«

Rocco überlegte nicht lange. Anna hatte ihn das nie gefragt. »Warum nicht.«

»Scheiße. Scheiße, Scheiße, Scheiße.« Vlad schlug aufs Lenkrad des Lieferwagens.

»Mann, ist ja gut.« Ingo lehnte sich in seinem Sitz zurück und sah gleichgültig nach draußen. Sie hatten die Ausfallstraße aus der Stadt in einem Affenzahn überquert und fuhren jetzt langsam durchs Industriegebiet in eine dunkle, ruhige Wohnsiedlung. Hier war niemand mehr auf der Straße, nur ab und zu kreuzten ein paar Autos ihren Weg. Jedes Mal, wenn hinter ihnen ein Scheinwerfer aufblitzte, zuckte Vlad zusammen.

»Ich hätte ihn beinahe erwischt«, sagte er. Es begann, leicht zu regnen.

»Die sind uns nicht gefolgt, glaub mir«, meinte Ingo und drehte sich eine dünne Zigarette.

»Woher willst du das wissen?«, fragte Vlad gereizt. »Woher willst ausgerechnet *du* das wissen?«

»Schalt mal die Scheibenwischer ein.«

»Okay. Was machen wir jetzt? Glaubst du, die haben das Auto erkannt? Ich meine, die Nummer?«

»Gut möglich. Wir dürfen auf jeden Fall kein Risiko eingehen. Der Wagen muss weg, würde ich sagen.« Ingo nahm einen tiefen Zug. »Schalt mal die Scheibenwischer ein. Es regnet.«

»Ich schalte die Scheibenwischer ein, wenn es mir passt. Ich kann noch gut sehen.«

»Wir sollten vielleicht nicht gerade jetzt besonders auffällig durch die Gegend kurven«, sagte Ingo ruhig, öffnete das Fenster einen Spalt und blies den Rauch hinaus. »Und bei Regen ohne Scheibenwischer rumzufahren, ist nicht besonders unauffällig.«

Vlad warf ihm einen bösen Blick zu. »Ich mache die Scheibenwischer an, wann ich will«, knurrte er und schaltete sie ein. »Mach lieber das Scheißding aus, bevor die Karre abbrennt.«

»Ach was.«

Vlad kurvte ziellos an der Eisenbahnbrücke hinter dem Bahnhof herum. »So eine Scheiße«, sagte er irgendwann.

»Warum mussten die auch ausgerechnet jetzt auftauchen? Das gibt's doch gar nicht.«

»Anscheinend sind sie bei der Polizei doch nicht so blöd«, sagte Ingo. »Und der Kerl, der dort für uns arbeitet, macht seinen Job nicht.«

»Das ist aber nicht unser Problem«, sagte Vlad empört.

»Nee. Aber die Karre ist unser Problem.«

»Vorschlag: Wir stellen sie einfach hier ab.« Vlad zeigte auf eine Parklücke in einer der kleinen Seitenstraßen, durch die sie jetzt schon seit einiger Zeit fuhren.

»Vorschlag: Das machen wir nicht«, erwiderte Ingo.

»Wieso nicht? Bis sie das Ding finden, dauert es eine Ewigkeit.«

»Hier fahren dauernd Bullen durch die Gegend. Die finden das Ding doch in Nullkommanix. Völliger Quatsch.«

»Völliger Quatsch«, brummte Vlad. »Dann mach doch einen besseren Vorschlag.«

»Ich überlege ja gerade«, murmelte Ingo. Er nahm noch einen Zug von seiner Zigarette und warf sie aus dem Fenster. »Wir könnten es im Fluss versenken.«

»Großartig. Groooßartig«, rief Vlad und lachte. »Das hat ja auch mit Enzo schon prima geklappt. Da steckt die Karre dann irgendwo im Schlamm fest …«

»Wenn ich dich erinnern darf: Das mit Enzo war deine Idee.«

Vlad zuckte ärgerlich mit den Schultern. Er steuerte den Lieferwagen immer weiter aus der Stadt hinaus, die Häuser und Lagerhallen wichen zurück und schließlich fuhren sie über die Felder. Es war stockdunkel, nur ihre Scheinwerfer beleuchteten die Straße und die dreckige Böschung. Es dauerte allerdings nicht lange, bis das nächste Industriegebiet auftauchte. Sie waren irgendwo hinter dem Güterbahnhof in Richtung Kornwestheim.

»Wenn du so weiterfährst, landen wir in Stammheim«, sagte Ingo. »Willst du das?«

»Mir egal.«

»Halt mal an. Ich hab eine Idee. Lass mich ans Steuer.«

Vlad tippte sich an die Stirn. »Du bist total stoned. Ich lass dich doch so nicht fahren.«

»Dann fahr dahin, wo ich sage.«

»Sag mir erst, was du vorhast.«

»Mann, du bist vielleicht misstrauisch …« Ingo schüttelte ärgerlich den Kopf. Wie lange arbeitete er jetzt schon mit Vlad zusammen? Er versuchte, nachzurechnen, aber die Zahlen und Ereignisse verwirrten sich in seinem Kopf. Ach, egal, dachte er. Lange genug jedenfalls. Und immer noch hatte dieser Kerl kein Vertrauen zu ihm. »Also gut: Ich kenne einen verlassenen Steinbruch ganz in der Nähe. Wir fahren dorthin, schrauben die Nummernschilder ab, werfen den Wagen runter und gehen zurück ins Hotel.« Er strahlte Vlad an. »Na, was sagst du? Ein verlassener Steinbruch. Gut, was? Kein Mensch wird das Ding dort finden, schon gar nicht bei so schlechtem Wetter. Vielleicht geht die Karre in Flammen auf, umso besser.«

»Das ist scheiße.«

»Das ist überhaupt nicht scheiße.« Ingo verdrehte die Augen. »So wird es gemacht, klar?«

»Nein.«

»Doch.«

KAPITEL 8

Der nächtliche Regen hatte aufgehört. Sein leichtes, sanftes Rauschen hatte Rocco in den Schlaf getragen. Jetzt tropfte es nur noch unregelmäßig von der Regenrinne. Rocco wachte auf. Er stöhnte leise und drehte sich auf den Rücken. Wo war er? Alles fühlte sich so anders an, obwohl er nichts sehen konnte. Weil er nichts sehen konnte? Träumte er noch? Langsam öffnete Rocco die Augen. Direkt über ihm hing von der hohen Decke ein großer Kristallleuchter, der definitiv nicht in seine Wohnung gehörte. Er drehte den Kopf. Mit den Augen folgte er den langen Dielen des Schiffbrettbodens bis zur Wand, die mit einer barocken Ornamenttapete beklebt war. Das war definitiv nicht seine Tapete. Nicht sein Boden, nicht seine Tapete, nicht seine Wohnung. Rocco spürte seine Zunge trocken am Gaumen kleben. Sie hatten gestern noch einiges getrunken, zu viel, um nach Hause zu fahren. Lenny hatte noch eine seiner Zigaretten geraucht …

Rocco richtete sich auf der Couch auf. Vor den hohen Fenstern wartete ein grauer Morgen. Durch die offen stehende Tür zu Lennys Schlafzimmer konnte er an der anderen Wand einen roten Sonnenuntergang am Meer erkennen. Lenny lag im Bett. Rocco fuhr sich übers Gesicht und durch die Haare. Dann stand er auf, zog Hemd und Hose an und machte sich auf die Suche nach der Küche, in der er eine große, wie neu glänzende Espressomaschine fand. Überhaupt schien alles in dieser Küche neu zu sein.

»Hm.« Rocco fragte sich, ob Lenny sie überhaupt schon

einmal betreten hatte. Er überprüfte die Espressomaschine. Zumindest ein Mal musste Lenny da gewesen sein, um Bohnen und Wasser aufzufüllen. Er nahm eine Tasse aus dem Schrank und drückte auf den Knopf. Mit einem leisen Surren wurde der Kaffee gemahlen. Dampfend, schaumig und dickflüssig kam der Espresso aus der Düse.

Rocco ließ sich auf einen Stuhl fallen und wählte Annas Nummer. Er hörte dem monotonen Tuten zu, während er einen Schluck nahm. Es würde wieder niemand abnehmen … Wie jedes Mal, dachte er und wollte gerade auflegen, als es in der Leitung klickte. Jemand hatte den Hörer abgenommen.

»*Hallo?*«, fragte eine Stimme. Es war nicht die von Anna.

Rocco war so überrascht, dass er einen Moment lang gar nicht wusste, was er sagen sollte.

»Rocco Marino«, sagte er schließlich. »Ich möchte gerne Anna Behr sprechen.«

»*Anna ist nicht da. Ich bin ihre Tante. Soll ich ihr ausrichten, dass Sie angerufen haben?*«

»Ja …«, sagte Rocco verblüfft. Er überlegte. »Wann kann ich sie denn am besten erreichen?«

Am anderen Ende herrschte Schweigen, Rocco spürte ein Zögern, als gäbe es da noch etwas anderes, als wäre noch etwas zu klären. Vielleicht stand sie ja neben ihr, dachte er.

»Versuchen Sie es heute Abend«, sagte Annas Tante.

»Gut …« Bevor Rocco noch etwas sagen konnte, hatte sie aufgelegt.

Einen Moment lang starrte Rocco vor sich hin. Als er aufstand, um sich noch einen Espresso zu machen, klingelte sein Handy.

»*Marino, wo stecken Sie?*« Es war Roth. Er schien schon am frühen Morgen einem cholerischen Anfall nahe zu sein.

»Ich bin unterwegs«, sagte Rocco.

»*Ich erwarte Sie seit gestern. Kommen Sie sofort in mein Büro.*«

»Bin unterwegs«, sagte Rocco noch einmal.

Roth legte ohne ein weiteres Wort auf. Rocco seufzte und weckte Lenny.

Eine Stunde später saßen Rocco und Lenny in Roths Büro. Lennys Anzug war etwas zerknittert und seine Krawatte nachlässig gebunden. Auch Rocco sah nicht ganz fit aus. Roth achtete nicht darauf. Er nahm eine Tablette aus einer Schublade seines Schreibtischs und schluckte sie. Er sah ebenfalls so aus, als hätte er sich die Nacht um die Ohren geschlagen, hatte dunkle Ringe unter den Augen und das Weiße seines Augapfels war noch gelber geworden. Die Blässe seiner Haut wurde durch den dunkelblauen Anzug unterstützt. Immer noch die Galle, dachte Rocco.

»Meine Herrn«, begann Roth förmlich. »Würden Sie mich freundlicherweise auf den neuesten Stand Ihrer Ermittlungen bringen? Aufgrund der Erkenntnisse der Gerichtsmedizin kann es ja wohl kaum sein, dass unser Toter aus dem Fluss einer Kneipenschlägerei zum Opfer gefallen ist. Ich brauche so langsam mal was Handfestes. Die Presse rennt mir die Bude ein und Sie treiben sich in irgendwelchen Spelunken herum.«

»Wir?« Rocco gab sich entrüstet. »Spelunken? Entschuldigen Sie, wir haben bis spät in die Nacht ermittelt. Wir haben den Wohnort des Toten ausfindig gemacht. Und seine Identität. Seine Identitäten«, verbesserte er sich.

»Identitäten? Marino?«

»Der Mann hat offensichtlich zwei Identitäten gepflegt. Enzo Fischer und Tom Selleck.«

»Tom …« Roth fixierte Rocco scharf, als galt es herauszufinden, ob er ihn auf den Arm nehmen wollte. »Und?«, fragte er dann kurz. »Welche stimmt?«

»Das ist noch nicht abschließend geklärt. Wahrscheinlich hieß der Mann tatsächlich Tom Selleck. Bei der Zeitung, für die er als freier Reporter arbeiten wollte, hat er sich aber mit Enzo Fischer vorgestellt. Und einen Ausweis haben wir bislang nicht gefunden. Laut dem Verleger Dr. Spilden hat er dem Abendblatt eine Riesenstory versprochen, aber nie etwas geliefert. Außerdem hatte er Kontakt zu einer Gruppe von Leuten, die sich mit der städtischen Strom- und Gasversorgung anlegen. Angeblich wegen überhöhter Preise.« Rocco machte eine kurze Pause. »Seine Wohnung ist ein Kellerloch in der Weststadt. Als wir dort aufgetaucht sind, war schon jemand da. Die Wohnung sollte offensichtlich durchsucht werden, wir haben die Einbrecher gestört, aber sie konnten unerkannt entkommen.«

Roth rollte verzweifelt mit den Augen.

»Wir haben ihre Autonummer.« Rocco lächelte triumphierend. »Und jetzt kommt das Beste: Der Lieferwagen, mit dem sie geflohen sind, ist auf die GALB zugelassen.« Rocco hatte heute Morgen einen Zettel auf seinem Schreibtisch gefunden, kurz bevor er zu Roth ins Büro gegangen war. Darauf standen die Nummer und der Halter. »Es scheint so, als hätten die Gas- und Stromwerke etwas mit der Sache zu tun. So unwahrscheinlich das auch klingt. Tom Selleck muss hinter einer Story her gewesen sein, die mit der GALB zusammenhängt. In den letzten zwei Tagen stoßen wir immer wieder auf Zusammenhänge. Die einzigen Fixpunkte in dieser Geschichte sind die GALB und die Tatsache, dass Tom ein echtes Ekel gewesen sein muss.«

»Kein Grund, ihn umzubringen«, brummte Roth. Lenny zuckte mit den Schultern. Er war noch etwas verschlafen, und es war seine erste Gemütsäußerung, seit sie in Roths Büro saßen.

»Sehen Sie das anders, Herr Grünspan?«, fragte Roth scharf.

»Auf keinen Fall«, sagte Lenny und setzte sich in seinem Stuhl aufrechter hin.

»Jedenfalls ist es Zeit, der GALB mal einen Besuch abzustatten«, meinte Rocco. »Ich werde nachher gleich mal anrufen und uns ankündigen. Die müssten doch etwas davon mitbekommen haben, dass da einer recherchiert. Und vor allem würde mich interessieren, warum ihr Lieferwagen vor der Tür des Toten geparkt war und mich beinahe über den Haufen gefahren hätte.«

Roth warf einen Blick aus dem Fenster in den schweren, grauen, eintönigen Himmel, der so aussah, als würden jeden Augenblick wieder Regentropfen aus ihm fallen. Er seufzte. »Einige wichtige Leute sind bei der GALB im Vorstand und im Aufsichtsrat. Sie können sich das denken. Ich will, dass Sie mit äußerstem Fingerspitzengefühl vorgehen. Die Bilanzen der Firma gehen uns nichts an, es sei denn, Sie haben einen konkreten Grund, danach zu fragen. Wenn Sie das Gefühl haben, dass da etwas nicht stimmt, will ich sofort informiert werden.« Er wandte sich Rocco zu. »Bevor Sie etwas unternehmen. Ist das klar?«

»Ja«, sagte Rocco und überlegte, ob es Roth nicht manchmal auf die Nerven ging, diese ständige Rücksichtnahme auf die sogenannten ›wichtigen Leute‹. Musste er nicht immer die Belange von Politik und Wirtschaft im Blick haben? Er war bekannt mit Lokal- und Kommunalpolitikern, mit Unternehmern und Vorständen. All diese Leute fühlten sich schnell auf den Schlips getreten, wünschten alle eine individuelle und bevorzugte Behandlung, Diskretion und Verständnis. Sie alle musste Roth besänftigen, beschützen, soweit möglich, und doch das Recht durchsetzen, soweit nötig. Ein riskanter Job, fand Rocco plötzlich, der viel Fingerspitzengefühl erforderte. Das Fingerspitzengefühl, das Roth von ihm immer einforderte. Rocco wollte nicht in seiner Haut stecken. Er stand auf und Lenny schloss sich ihm eilig an.

Als sie sich verabschiedeten, hielt Roth Rocco zurück. »Marino«, sagte er leise und beobachtete Lenny, der auf dem Gang versuchte, einen Kaffee aus dem Automaten zu holen. »Wie macht sich denn unser Referendar?«

Rocco zuckte mit den Schultern. »Ganz gut. Ohne ihn hätten wir die Autonummer der Einbrecher von gestern Nacht nicht.«

»Hm.« Roth nickte. »Und sonst?«

»Er ist ein bisschen … seltsam«, sagte Rocco zögernd. »Nicht das, was man von der Staatsanwaltschaft erwarten würde. Aber er ist noch jung und …« Er zuckte wieder mit den Schultern. Was sollte er Roth schon sagen? Dass er froh war, dass Lenny finanziell gesehen nicht auf den Job angewiesen war? Dass er ein bisschen zu viel Gras rauchte, was seiner Karriere bei der Staatsanwaltschaft sicher nicht förderlich war? Dass Lenny sich bei der Jobwahl vielleicht vergriffen hatte?

»Sie wissen, was ich meine, oder?«, fragte Roth. »Ist er wegen des Falls hier oder … wegen etwas anderem?«

Erst jetzt dämmerte Rocco langsam, worauf Roth hinauswollte. Er befürchtete, dass Lenny ihm zugeteilt worden war, weil es von Seiten der Staatsanwaltschaft Anlass gab, seine – Roths – Abteilung, zu überprüfen.

»Bestimmt nicht«, beeilte er sich zu sagen. »Aber wenn Sie möchten, werde ich ihn fragen.«

Roth rollte seine gelben Augen. »Unterstehen Sie sich«, knurrte er und warf die Tür zu.

Als Rocco und Lenny das Präsidium verlassen wollten, hielt ein uniformierter Polizist sie auf.

»Hey, Rocco. Warte mal.« Er wedelte mit einem grünen Aktenordner in der Luft. »Ich hab hier noch was für dich.«

»Was gibt's denn? Wir haben es eilig.« Rocco ging langsam weiter.

»Hattest du nicht nach dem Halter eines Lieferwagens gefragt?«

»Ja. Ich habe die Adresse schon. Wir sind gerade auf dem Weg. Warum?« Rocco blieb stehen.

»Da gibt's noch was, das könnte von Interesse für dich sein …« Er drückte Rocco den Ordner in die Hand.

Rocco sah ihn flüchtig durch. Erstaunt hob er die Augenbrauen. »Allerdings. Vielen Dank.«

Sie mussten nicht lange fahren. In dieser Stadt lag nichts weit auseinander und doch hatte man oft den Eindruck, in ein anderes Dorf, eine andere Stadt gekommen zu sein. Über die einzelnen Dörfer mit ihrer eigenen Struktur hatten die barocken Architekten in geraden Linien einfach ihr breites Gitterraster aus langen Straßen gelegt.

Die Zentrale der GALB befand sich nahe der Stadtmitte. Das Unternehmen hatte vor wenigen Jahren neu gebaut. Lenny staunte, als sich der imposante Bau aus Glas und Beton vor ihnen zwischen niedrigen Einfamilien- und

Mietshäusern erhob. Dahinter schlossen sich ein paar Baracken und alte Lagerhallen an.

»Das sieht aus, als wäre ein Raumschiff zwischen den Hütten der Eingeborenen gelandet«, sagte Lenny.

»Guten Morgen«, meinte Rocco.

»Genau die Art von Architektur, die Provinzstädter mit Exklusivität, Stil und dem Hauch der großen, weiten Welt verwechseln.«

Rocco lachte. »Mit diesen Ansichten wirst du dir in dieser Stadt keine Freunde machen.« Er parkte den Wagen vor dem Haupthaus. Ein paar Plätze waren mit ›Besucher‹ ausgeschildert. Den Zugang zum Parkplatz daneben versperrte eine Schranke, er schien nur für die Angestellten zu sein.

Sie meldeten sich in der verglasten Lobby beim Empfang und mussten nicht lange warten, bis ein schwarzhaariger Mann, ungefähr in Roccos Alter, aus dem Lift trat und auf sie zukam. Er trug einen schmalen Oberlippenbart und hatte einen dunklen Teint. Obwohl er noch einige Meter von ihnen entfernt war, hatte Rocco das Gefühl, seine Präsenz beinahe körperlich zu spüren. Er war nicht sehr groß, machte aber einen durchtrainierten Eindruck. Sein schwarzer Anzug saß makellos.

»Arthur Fomin«, sagte er, lächelte und streckte Rocco und Lenny die Hand hin. »Ich bin der Sicherheitschef hier.«

Fomin. Rocco überlegte, woher der Name wohl stammen könnte. »Sicherheitschef?«, fragte er. »Wir wollten eigentlich den Geschäftsführer sprechen.« Er schüttelte Fomins Hand.

»Das werden Sie«, sagte der Sicherheitschef. »Unverzüglich. Aber wenn es um Anfragen der Polizei geht, werde ich automatisch benachrichtigt. Gehen wir. Ich bringe Sie in Herrn Müllers Büro.«

Mit einer Handbewegung wies er den Weg zu den Aufzügen und führte sie anschließend durch ein Gitternetz von Gängen und Fluren, die immer wieder den Blick auf kleinere Innenhöfe und Lichtschächte freigaben, bis sie vor dem Büro des Geschäftsführers standen. Mit einem leisen Klopfen traten sie ein.

Herr Müller saß hinter einem großen Schreibtisch am anderen Ende des Raums. Das Büro war riesig und komplett verglast, bis auf eine Wand aus grauem Beton, auf der noch die Textur der Verschalung zu sehen war. Ein großformatiges Bild hing dort. Für den Besucher ging der Blick durch die Glasscheiben weit hinaus, zur einen Seite über die niedrigen Dächer des Viertels hinüber zu dem Industriegebiet, in dem Toms Wohnung lag, zur anderen zum Grün des Favoriteparks.

»Wenigstens *ein* schönes Büro in diesen Trümmern«, flüsterte Lenny Rocco zu.

Herr Müller stand auf und bat sie, in der Sitzecke mit bequemem Ledersofa und mehreren Sesseln Platz zu nehmen.

»Meine Herrn, was kann ich für Sie tun?«, fragte er und strich sich sein braunes, an den Schläfen leicht ergrautes Haar zurück. Er trug einen hellen Anzug, der mehr schlecht als recht saß und ihn als typischen Unternehmer der Gegend auswies. Fomin war ganz klar nicht von hier. Sein Anzug war zwar konventionell, saß aber perfekt und war von erstklassiger Qualität. Am verwegensten, aber trotz einer gewissen Extravaganz mit Leichtigkeit der Geschmackvollste war Lenny mit seiner Kombination aus beinahe French Beige und einer blassblauen Krawatte.

»Nun ja«, sagte Rocco zögernd. »Wo soll ich anfangen? Zunächst einmal: Es handelt sich eher um eine Kleinigkeit und normalerweise hätte ich Sie nicht damit belästigt. Ich bin sicher, Ihr Sicherheitschef kann uns alle unsere Fragen zur vollsten Zufriedenheit beantworten …«

Fomin lächelte unergründlich.

»Allerdings gibt es ein paar Fragen im Zusammenhang mit einer Mordermittlung und ich wollte hier im Betrieb nicht einfach ohne Ihr Einverständnis Befragungen durchführen.«

Müller runzelte die Stirn. »Mordermittlung? Ist einem unserer Mitarbeiter etwas zugestoßen?«

»Nein, nein«, sagte Rocco eilig. »Beziehungsweise, ich weiß es nicht. Sagt Ihnen der Name Enzo Fischer etwas?«

Müller warf Fomin einen Blick zu. Sein Gesicht zeigte keine Reaktion. »Nein«, sagte er. »Ich glaube nicht …«

»Tom Selleck?«

Müller lachte. »Allerdings.«

»Nicht *der* Tom Selleck«, unterbrach Rocco ihn und hob die Hand. »Der Mann hieß auch so.«

»Ach so. Und beide sind … tot?«

Lenny lachte kurz auf. »Na ja«, sagte er. »So könnte man es sagen.«

»Sie sind sicher nicht zu uns gekommen, um lustige Namensrätsel zu spielen?« Fomin lächelte dünn.

»Nein. Natürlich nicht. Ich habe hier ein Bild des Mannes.« Rocco reichte sein Handy mit dem Foto an Fomin, der es kurz betrachtete und dann an Müller weitergab. »Unsere Ermittlungen haben uns immer wieder zur GALB geführt. Deshalb sind wir hier. Selleck hatte Kontakt zu einer Gruppe, die sich GaStro nennt.«

Müller verdrehte die Augen. Er gab Rocco das Handy mit einem Schulterzucken zurück. »Die GaStro. Ja, die kenne ich in der Tat. Allerdings nicht jedes einzelne Mitglied. Aber ihr Vorsitzender, Rehle, reicht mir völlig aus. Ein pensionierter Richter, der …«

»Ich kenne Rehle«, unterbrach Rocco ihn, lächelte verbindlich und fuhr fort: »Und Selleck hatte Kontakt mit einigen Redakteuren vom Abendblatt und mit dem Verleger, Dr. Spilden.«

»Mit Spilden …« Müller schien verwirrt und warf Fomin wieder einen fragenden Blick zu. Der verzog geringschätzig den Mund.

»Sie kennen Dr. Spilden?«, fragte Rocco interessiert.

»Ja. Allerdings weiß ich nicht, was das in diesem Zusammenhang für eine Rolle spielt.«

»Woher kennen Sie ihn denn?«

Fomin räusperte sich. »Er ist im Aufsichtsrat der GALB«, sagte er kurz. »Und bevor wir weitere Fragen beantworten, würden wir gern erfahren, inwieweit das relevant für Ihre Ermittlungen ist.«

»Dr. Spilden ist vielleicht nicht relevant für unsere Ermittlungen. Allerdings sind wir gestern Abend bei der Untersuchung der Wohnung des Ermordeten auf Einbrecher gestoßen, die in einem Lieferwagen entkommen konnten. Der Wagen ist auf die GALB zugelassen. Da dürfte die Frage erlaubt sein, in was für einem Verhältnis Tom Selleck zu Ihrem Unternehmen stand.«

»Einer unserer Wagen? Vor der Wohnung Ihres Toten?« Müller schien ehrlich erschüttert zu sein. »Ich weiß nicht …«

»Das kann sich nur um einen Irrtum handeln. Ich werde das sofort klären«, sagte Fomin streng.

Rocco lachte. »Kein Irrtum«, erwiderte er trocken. »Der Wagen hätte mich beinahe über den Haufen gefahren.«

»Kann das sein? Herr Fomin«, sagte Müller, »ist es möglich, dass unsere Wagen …«

Fomin lächelte süffisant. »Unmöglich«, beharrte er. »Wir haben einen Fahrdienstleiter, der sich um den Einsatz der Fahrzeuge kümmert. Eigentlich sind alle Wagen bis auf die von ein paar Außendienstmitarbeitern abends in der Halle. Wenn wir hier fertig sind, bringe ich Sie sofort zu unserem Fahrdienstleiter. Der kann die Sache ganz sicher aufklären. Wir sind hier doch fertig?«

Rocco wandte sich an Müller, ohne auf Fomin zu achten. »Herr Müller, haben Sie den Mann – unter dem Namen Enzo Fischer oder Tom Selleck – schon einmal getroffen? Oder vielleicht nur gesehen? War er hier im Gebäude? Ein früherer Angestellter? Oder lief er auf einer Demonstration der GaStro mit?«

»Davon weiß ich nichts. Nein, es gab keine Demonstrationen, um Himmels willen«, rief Müller erschrocken. »Wir betreiben kein Kernkraftwerk. Rehle und seine Bande wollen einfach den Tarif nicht zahlen. Unsere Preise sind fair kalkuliert.« Er beruhigte sich wieder. »Hier in der Zentrale arbeiten 150 Leute. Ich kenne sie nicht alle und meines Wissens war ein Enzo Fischer oder ein Tom Selleck nicht bei uns beschäftigt.«

»Ich glaube, das reicht jetzt«, mischte Fomin sich wieder ein. Er stand auf.

»Würden Sie uns eine Liste Ihrer Angestellten ausdrucken?«, fragte Lenny, der bis dahin nur teilnahmslos aus dem Fenster gesehen hatte, und lächelte Fomin freundlich an.

Fomin musterte ihn abschätzend. »Sicher«, sagte er.

»Gut, dann sind wir hier vorerst fertig«, meinte Rocco und erhob sich. Lenny schien überrascht. Er zögerte, stand dann aber ebenfalls auf. »Vielen Dank für Ihre Zeit.« Rocco reichte Müller die Hand. »Dann statten wir mal Ihrem Fahrdienstleiter einen Besuch ab.«

Sie wollten gerade gehen, als ein Handy klingelte. Es vibrierte in Roccos Tasche. Überrascht sah er Lenny an und kramte die Plastiktüte mit Toms Handy heraus. ›Unbekannter Anrufer‹ stand auf dem Display.

»Entschuldigen Sie bitte.« Er ging eilig ein paar Schritte hinüber zum Fenster und nahm ab. »Hallo?«, sagte er leise. Am anderen Ende war ein Rauschen und leises Atmen zu hören. »Hallo? Wer ist denn da?« Rocco sah hinüber zu der Gruppe, die an der Tür stand und auf ihn wartete. Was sollte er tun? Noch ein Satz und dem Anrufer würde klar sein, dass er den Falschen an der Strippe hatte. Er musste etwas sagen …

»*Tom?*« Es war die Stimme einer Frau, brüchig und zaghaft, leise und gedämpft, als könne sie gerade nicht laut sprechen.

»Hallo …«, sagte Rocco vage und hielt den Atem an.

Klick. Die Frau hatte aufgelegt. Rocco lauschte noch einen Moment und sah aufs Display. ›Anruf beendet‹ stand dort.

»Mist«, rief er. Dann ging er zu den anderen zurück. »Entschuldigen Sie, aber das war wichtig.«

»Es kam wohl nicht viel dabei raus?«, erkundigte sich Fomin teilnahmsvoll.

»Das Handy des Toten«, sagte Rocco, hielt es kurz hoch und steckte es in die Tasche.

Die abweisende Art, die Fomin während des Gesprächs mit Müller angenommen hatte, war wie verflogen, als sie über die Gänge zurück zum Hof gingen, in der der Fahrdienstleiter sein Büro hatte. Auf dem Weg dorthin kamen sie an Regalen mit PC-Gehäusen, Festplatten, Monitoren und Tastaturen vorbei, dazwischen saß ein kleiner scheuer Mann. Fomin stellte ihn als den EDV-Leiter Bergmann vor und fragte ihn, ob man einen Anruf mit unterdrückter Rufnummer zurückverfolgen könne. »Die Herren sind von der Polizei«, rief Fomin freundlich und klopfte Bergmann auf die Schulter.

Der EDV-Leiter zuckte erschrocken zusammen. »Polizei?«

»Sie untersuchen einen Mordfall. Es ist jemand zu Tode gekommen, Herr Bergmann.«

»Ach, du meine Güte.« Bergmann sah geflissentlich an Rocco und Lenny vorbei. »Ja, natürlich … kann man die Nummer zurückverfolgen. Aber das werden die Herren … Der Mobilfunkanbieter hat doch die Daten, nehme ich an. Aber das weiß doch die Polizei, nicht wahr?«

Rocco nickte beruhigend.

»Nun ja, bei einem Todesfall«, meinte Fomin genüsslich, »da setzt die Polizei alle Hebel in Bewegung …«

»Ja, ja«, sagte Rocco. »Können wir dann?« Irgendetwas an Fomins Art kam ihm komisch vor. Es hatte fast den Anschein, als wolle er Bergmann einschüchtern.

Auf dem Hof kam ihnen der Fahrdienstleiter schon entgegen.

»Ich kann es nicht fassen«, rief er von Weitem. »Herr Fomin. Man hat uns einen Wagen gestohlen.«

»Na, so was«, sagte Rocco spöttisch und sah Lenny an. Der hob die Augenbrauen und verzog beeindruckt den Mund. »Wie ist das möglich?«, fragte er.

»Das … weiß ich nicht. Wer sind Sie?«

»Die Herren sind von der Polizei«, sagte Fomin. »Was heißt gestohlen?«

»Der Wagen ist weg. Ich wollte ihn heute Morgen vergeben, aber er war nicht da. In der Werkstatt ist er auch nicht und die Schlüssel fehlen.«

»Aber das ganze Gelände ist doch umzäunt?«, fragte Rocco.

»Ja, natürlich. Und der Wagen stand in der Halle, wie die meisten unserer Fahrzeuge.«

»Puuuh«, machte Fomin, als hätte er eine sehr schwierige Aufgabe zu lösen. »Also, das ist wahnsinnig ärgerlich. Wir müssen natürlich die Autonummer überprüfen. Aber, meine Herren«, er wandte sich an Rocco und Lenny, »wenn es sich um den Wagen handelt, den Sie letzte Nacht vor der Wohnung des Toten gesehen haben, dann hat unser Unternehmen zumindest nichts damit zu tun.«

Rocco nickte und lächelte freundlich. »Möglich. Da bleiben nur zwei Ungereimtheiten. Erstens: Wer kann einen Firmenwagen einfach so vom Gelände fahren? Und zweitens: Der Wagen wurde nicht nur gestern Nacht gesehen. Er wurde in der Nacht des Mordes an Tom Selleck in der Marbacher Straße geblitzt, als er unterwegs zum Fluss war. Das war etwa eine halbe Stunde nach dem errechneten Todeszeitpunkt. Ein bisschen viel Zufall, finden Sie nicht?«

KAPITEL 9

»War das jetzt alles eine große, gut einstudierte Show?«, fragte Rocco, als sie vom Gelände der GALB fuhren.

»Die sind hier reichlich nervös«, sagte Lenny.

»Und der eine weiß nicht, was der andere tut. Zumindest hat es den Anschein.«

»Es hat aber auch den Anschein, als wüsste dieser Fomin ganz genau, was die anderen so tun.« Lenny kramte seinen Tabakbeutel heraus und drehte sich eine dünne Zigarette.

»Na ja. Das ist sein Job«, sagte Rocco. »Sag mal, meinst du nicht, dass du es mit deinen … Zigaretten ein bisschen übertreibst?«

Lenny hielt den Blick auf den Tabakbeutel gerichtet. »Was meinst du?«

»Ich meine, dass du die ganze Zeit Gras rauchst. Oder ist das etwa kein Gras?«

»Du bist nicht meine Mutter«, sagte Lenny. »Darf man hier drin rauchen?«

»Nein, verdammt noch mal. Das hab ich dir schon gestern gesagt. Und am Tag davor auch.«

»Du meinst vorgestern.«

»Ja. Vorgestern.« Rocco starrte auf die Straße. Ein paar Regentropfen schlugen gegen die Windschutzscheibe. Er schaltete den Scheibenwischer ein. »Wo bekommst du das Zeug eigentlich her?«

»Früher habe ich immer bei zwei Amerikanern gekauft«, antwortete Lenny mürrisch. »Die hatten erstaunliche

Sachen im Angebot. Aber ich habe sie schon seit Wochen nicht mehr gesehen.«

Rocco zog erstaunt die Augenbrauen hoch.

»Also kaufe ich jetzt wieder bei den gängigen Händlern«, erklärte Lenny, als ginge es um Avocados.

»Was heißt denn ›gängige Händler‹?«, fragte Rocco gereizt.

Lenny grinste. »Rocco … Die sind harmlos.«

Rocco tippte sich an die Stirn. »Ich bin ja nicht von der Drogenfahndung«, sagte er. »Aber harmlos? Du hast einen Knall. Glaubst du, die verkaufen nur dein blödes Gras? Mann …«

»Gehen wir was trinken?«, fragte Lenny.

»Es ist gerade Mittag. Wir können später was trinken. Jetzt fahren wir erst mal zurück ins Präsidium. Mal sehen, was die Spurensicherung herausgefunden hat.«

Sie waren kaum zurück in Roccos Büro, als Roth zur Tür hereinkam.

»Marino. Wo stecken Sie denn? Warum gehen Sie nicht ans Telefon?«

Sein Blick fiel auf Lenny, der in der Ecke stand und die Espressomaschine mit Kaffeepulver füllte. Roth stockte und zog seine Krawatte zurecht. Lennys Anblick brachte ihn immer noch aus dem Konzept. Rocco glaubte zu sehen, wie das Rätsel über dessen Anwesenheit Roths normalen Gedankenfluss durchkreuzte und ein aufgewühltes, unsicheres Fahrwasser hinterließ.

»Wir waren unterwegs«, sagte er ruhig. »Ich habe auch ein Mobiltelefon.«

»Ja, ja.« Roth winkte ab. »Ich habe hier die Beschwerde einer Umweltschutzgruppe aus Remseck.«

Lenny kicherte.

»Finden Sie das witzig, Herr Grünspan?«, fragte Roth hitzig.

»Nei-nein«, stotterte Lenny, überrascht von Roths Gereiztheit. »Überhaupt nicht. Ich dachte nur …«

»Was dachten Sie denn?«

»Wir sind ja hier bei der Mordkommission. Das ist vielleicht nicht die richtige Adresse für Beschwerden von Umweltschutzgruppen …?« Vorsichtshalber betonte Lenny seine Aussage als Frage. Möglicherweise sah Roth die Sache ja anders, und es war ganz offensichtlich, dass es nicht sinnvoll war, ihm in seiner derzeitigen Verfassung zu widersprechen. Allerdings fragte sich Lenny so langsam, ob Roth überhaupt je in einer anderen Verfassung anzutreffen war.

»Ja, richtig. Wir sind hier bei der Mordkommission. Und … da … sind Sie … ganz allein … darauf gekommen …« Roth hielt inne und atmete tief durch. »Der Wagen wurde gefunden, dessen Nummer Sie mir heute Morgen gezeigt haben. Er liegt im Steinbruch von Remseck. Die Spurensicherung ist schon dort«, fuhr er dann an Rocco gewandt fort.

»Im Steinbruch von … Wie kommen die denn auf diese verrückte Idee?«, fragte Rocco erstaunt. »Ich meine … Wollten die Einbrecher, dass wir den Wagen so schnell wie möglich finden?«

Roth zuckte mit den Schultern. »Keine Ahnung. Auf jeden Fall hat ihn heute Morgen ein Hobbyfotograf entdeckt, der im Steinbruch Tier- und Pflanzenaufnahmen machen wollte. Er hat sofort die Umweltschützer alarmiert.«

Lenny konnte sich ein weiteres Kichern nicht verkneifen

und wandte sich wieder der Espressomaschine zu. Roth sah ihn böse an, sagte aber nichts.

»Wenn die gewollt hätten, dass wir den Wagen finden, hätten sie ihn doch einfach irgendwo abstellen können.« Rocco schüttelte den Kopf.

»Marino. Das ist Ihre Sache. Und beruhigen Sie diese Frau von der Umweltschutzgruppe. Sie ist ganz aufgelöst und verlangt die sofortige Entfernung des Lieferwagens …«

»Von uns? Das ist absurd. Sind wir jetzt für die Stadtreinigung von Remseck verantwortlich?«

»Marino. Wir brauchen den Wagen doch sowieso.« Roth verdrehte die Augen und sah zur Decke. »Die Frau sagte, je länger der Lieferwagen dort liege, desto schlimmer der Schaden für Flora und Fauna dieses einmaligen Naturschutzgebiets.«

»Das war ein Steinbruch«, sagte Lenny. »Richtig?«

Überrascht drehte sich Roth um. »Richtig«, bestätigte er.

»Unberührte Natur sieht wohl anders aus«, meinte Lenny. »Alles eine Frage der Zeit, nicht wahr, dann wird aus dem Raubbau an der Natur im Kopf der Leute ein wertvolles Gebiet zum Schutz der Natur. Man verliert aus den Augen, dass die gesamte Region von Menschenhand gestaltet und geformt ist. Unberührte Natur … Wo gibt es das heute schon noch?« Seine blauen Augen bekamen einen wehmütigen Glanz, und er sah zum Fenster hinaus. Es begann wieder zu regnen. »Müssen wir dahin?«, fragte er Rocco.

Die GALB schickte eine Liste aller Angestellten am Standort Ludwigsburg. Und ob Zufall oder Absicht: Müllers

Sekretärin legte noch eine Liste mit allen Subunternehmern bei, die für die GALB tätig waren. Grund genug für Rocco und Lenny, nicht in den Steinbruch zu fahren, sondern die Aufstellungen durchzugehen. Die Ergebnisse der Spurensicherung würden sie nachher begutachten.

Während Rocco die Liste mit den Namen und Funktionen der Angestellten durchblätterte, telefonierte Lenny die Fremdfirmen ab und fragte nach einem Angestellten namens Enzo Fischer oder Tom Selleck.

Schon nach kurzer Zeit warf Rocco seine Liste auf den Tisch. Weder ein Enzo Fischer noch ein Tom Selleck waren darauf zu finden. Es war zum Verzweifeln, aber er konnte keine Verbindung zwischen den Gas- und Stromwerken und dem Opfer herstellen. Doch warum ließen sie seine Wohnung durchsuchen? Oder war alles nur Zufall und der Lieferwagen war der GALB tatsächlich vom Hof gestohlen worden? Rocco schüttelte den Kopf. Alle Erfahrung sprach dagegen. Wo so viele Indizien darauf hindeuteten, da musste es auch eine Verbindung geben. Seufzend erhob er sich, um Espresso zu kochen.

»Kriminalpolizei«, meldete sich Lenny zum vierten Mal am Telefon. »Sie stehen auf der Liste für Subunternehmer bei den Gas- und Stromwerken Ludwigsburg. Ist das richtig, arbeiten Sie für die GALB?« Er warf Rocco einen Blick zu und wedelte mit dem Zettel, um ihm zu bedeuten, dass nicht mehr viele Nummern übrig waren. »Mhm«, brummte er. »Mhm. Arbeitet ein Enzo Fischer oder ein Tom Selleck bei Ihnen?« Er wartete kurz. »Mhm«, machte er dann wieder und grinste. »Ach … Mhm … Enzo …«

Rocco horchte auf.

»Wir haben unseren Mann«, sagte Lenny nach einer kunstvollen Pause, in der er den Hörer auflegte. »Enzo

Fischer hat bei der Firma gearbeitet, die bei der GALB die Büros putzt. Er ist seit drei Tagen nicht mehr zur Arbeit erschienen.«

Da war die Verbindung. Draußen klatschte eine heftige Böe ein paar Regentropfen gegen die Scheibe.

»Nichts wie los«, sagte Rocco nach kurzem Nachdenken. »Wir gehen runter zur Spurensicherung.«

Es waren zwei. Die Spurensicherung hatte im Wagen Fingerabdrücke von zwei Leuten gefunden, die aber niemandem in der Kartei zuzuordnen waren. Das Foto von der Blitzkamera brachte auch keinen weiteren Anhaltspunkt über Fahrer und Beifahrer. Sie waren nicht darauf zu sehen, beinahe so, als hätten sie sich im richtigen Zeitpunkt geduckt.

An der Tür zu Toms Wohnung hatten die Spurensicherer dieselben Fingerabdrücke wie im Wagen entdeckt. Die Einbrecher hatten anscheinend einen Schlüssel besessen. Die Tür war nicht beschädigt worden. Außerdem fanden die Kollegen der Spurensicherung Blutstropfen im Laderaum des Lieferwagens, möglicherweise das von Tom Selleck.

»Na ja, sie hatten Toms Schlüssel«, sagte Lenny.

Rocco nickte. »Wahrscheinlich.«

Auf dem Weg nach oben begegneten Rocco und Lenny einem blassen schmalen Mann, der sich ihnen in den Weg stellte. Er trug eine dünne Brille mit Goldrand und einen karierten Pullunder. Beides ließ ihn von Weitem wie einen Mann aus einem anderen Zeitalter erscheinen, obwohl er noch sehr jung wirkte. Vermutlich, dachte Rocco, würde er niemals die Erfahrung einer Rasur machen, er war so flaumig wie ein Küken.

»Dr. Watson und Mr. Holmes?«, fragte der junge Mann höflich und kicherte verschämt.

Rocco sah Lenny irritiert an, der sich an der Anrede nicht besonders störte. Rocco war sich nicht sicher, ob er sie überhaupt gehört hatte. Und er war nicht sicher, ob *er* richtig gehört hatte. Drogenmissbrauch schien in Staatsdiensten ein schnell um sich greifendes Hobby zu werden.

»Was wollen Sie?«, fragte er grob.

»Wir haben die Nummer, von der zuletzt auf dem Handy des Toten angerufen wurde. Der Anruf kam aus Hamburg.«

»Hamburg?«, fragte Rocco überrascht.

»Hamburg«, bestätigte der junge Mann. Er nickte und drückte Rocco einen Zettel in die Hand. »Ich habe es Ihnen auch per Mail geschickt.« Nachdem keine weiteren Fragen an ihn gestellt wurden, ging er. Dabei sah er sich ein- oder zweimal um, als würde er erwarten, jeden Augenblick zurückgerufen zu werden.

»Ach ja«, rief er vorsichtig, als er fast schon um die nächste Ecke gebogen war. »Die Auswertung des Notebooks hat bis jetzt nichts ergeben …«

Rocco nickte. Er und Lenny warteten stumm, bis der junge Mann verschwunden war. »Tja, dann rufe ich da mal an«, sagte Rocco und betrachtete unentschlossen den Zettel in seiner Hand.

»Und ich gehe duschen und mich umziehen«, erwiderte Lenny. Rocco sagte nichts. Das war vielleicht ein ungewöhnlicher Moment, um duschen zu gehen. Für Lenny aber war es möglicherweise konsequent in einer Art unorthodoxer Logik, die Rocco nicht nachvollziehen wollte.

Er ging zurück ins Büro. Nachdenklich betrachtete er das Telefon und drehte den Zettel mit der Nummer zwischen den Fingern. Er musste zumindest ungefähr wissen, was er sagen wollte, bevor er dort anrief. Es war eine Frauenstimme am Apparat gewesen, vielleicht Toms Frau. Oder seine Tochter … Freundin …? Rocco zuckte mit den Schultern, beugte sich vor und wählte die Nummer. Es dauerte nicht lange und eine Frau meldete sich.

»*Mary. Hallo?*«

»Bitte legen Sie nicht auf. Ich bin von der Kriminalpolizei«, sagte Rocco schnell. »Es geht um Tom. Tom Selleck.« Er lauschte auf das leise Rauschen in der Leitung. »Hallo? Sind Sie noch dran?«

»*Ja*«, sagte Mary. »*Was …? Ist etwas passiert?*«

»Leider ja.« Rocco atmete auf. Sie hatte nicht aufgelegt. In ein paar kurzen Sätzen versuchte er, ihr möglichst schonend beizubringen, dass Tom Selleck tot war. Mary schwieg lange, dann hörte Rocco ein leises Schluchzen. Sie war Toms Freundin, sagte sie ihm. Das Handy, auf dem sie angerufen hatte, sei so eine Art Notfalltelefon. Sie hatte schon einige Zeit nichts mehr von Tom gehört und sich Sorgen gemacht.

»*Zu recht*«, sagte sie und weinte wieder.

»Ja«, meinte Rocco und ließ sie weinen, bevor er fortfuhr: »Notfalltelefon? Ist das nicht ein bisschen ungewöhnlich?«

»*Was genau ist denn passiert?*«, wollte sie wissen, ohne auf seine Frage einzugehen.

»Nun ja. Die Umstände seines Todes sind ein bisschen … heikel und noch Gegenstand der Ermittlung«, erwiderte Rocco. Er wollte ihr ungern am Telefon alles erzählen, was er wusste. »Können Sie nicht zu uns kommen?«

»*Unmöglich*«, sagte sie sofort.

»Warum denn?«

»*Ich … kann hier nicht weg*«, meinte sie zögernd. »*Ich will nicht … Ich will nicht in Toms Angelegenheiten hineingezogen werden.*«

»Sie sind seine Freundin«, sagte Rocco überrascht.

»*Ja … Gewesen. Ich bin seine Freundin gewesen. Also, ich meine, wir hatten uns schon getrennt, bevor er …*« Sie vollendete ihren Satz nicht.

»Hing das mit seiner Arbeit zusammen?«, fragte Rocco.

»*Nicht nur … Aber ich glaube, das geht Sie nichts an.*«

Rocco atmete tief durch. »Hören Sie. Tom ist ermordet worden. Ich persönlich habe kein Interesse an Ihren Problemen. Ich versuche, einen Mord aufzuklären. Und da kann ich leider nicht sehr viel Rücksicht auf persönliche Befindlichkeiten nehmen. Es tut mir leid«, sagte er ein wenig grob.

Trotzdem weigerte sich Mary standhaft, nach Ludwigsburg zu kommen. Sie habe kein Geld, sagte sie. Und keine Zeit. Am Telefon war sie wenig auskunftsfreudig und meinte nur, sicher hänge Toms Tod mit seiner Arbeit zusammen. Und ja, er sei Journalist gewesen. Er habe Probleme gehabt … Mehr wolle sie nicht sagen. Ihre Stimme zitterte, war brüchig, aber Rocco hatte das Gefühl, dass die Trauer um Tom nicht der einzige Grund dafür war.

Und während er versuchte, sie zu überreden, hierher zu kommen, reifte in ihm eine Idee. Warum sollte er nicht nach Hamburg fahren, um Mary dort zu befragen? Es schien ihm wichtig genug, denn er war sicher, dass sie ihm eine Menge Einzelheiten zu erzählen hatte, wenn er ihr nur gegenübersitzen würde. Sie wusste mehr, als sie ihm in einem kurzen Gespräch am Telefon sagen wollte, da war er sicher. Und vielleicht könnte er sie auch überreden, mit ihm zu kommen, wenn er erst einmal dort war. Eventuell würde sich für ihn auch noch eine andere Möglichkeit ergeben, an die er bis jetzt gar nicht gedacht hatte … Eine Möglichkeit, die mit dem Fall rein gar nichts zu tun hatte.

Erstaunlicherweise hatte Mary wenig dagegen einzuwenden, dass er nach Hamburg kam. Und so verblieben sie erst einmal. Natürlich musste Rocco bei Roth eine Genehmigung einholen, aber da sah er keine Probleme.

Es war später Nachmittag, als Lenny das Gerichtsgebäude betrat. Die Gänge waren leer und dunkel. Lenny klopfte zaghaft an Dr. Davids Bürotür. Keine Antwort. Lenny sah sich um. Der Flur zog sich endlos in die Länge wie Gummi. An manchen Stellen schien er breiter zu werden, um sich dann wieder zusammenzuziehen – rhythmisch und langsam, wie eine riesige Lunge. Lenny klopfte noch einmal. Wieder kam keine Antwort. Vorsichtig drückte er die Klinke nach unten und öffnete die Tür. Lenny linste hinein und sah gerade noch eine Gestalt hinter dem Regal mit dem verborgenen Waschtisch verschwinden. Aber war das Dr. Davids? Er hatte den Eindruck, als wäre derjenige viel kleiner, Lenny glaubte auch, feuerrote Haare gesehen zu haben, die im Halbdunkel schimmerten …

»Einen Moment«, krächzte es hinter dem Regal hervor.

Lenny runzelte die Stirn.

Wenige Augenblicke später trat Dr. Davids hervor. Er war es, kein Zweifel. Kein kleinwüchsiges Wesen mit roten Haaren. Lenny musterte ihn unauffällig. Dr. Davids sah aus wie immer, er war der harte, unbestechliche Bürokrat, rund um die Uhr im Einsatz für die Gesellschaft. Nicht für den einzelnen Menschen wohlgemerkt, sondern für das Gesetz und die Gemeinschaft, die er beschützen sollte. Grau und kalt wie immer sah er an Lenny vorbei. Und doch ... War da nicht ein leichtes Vibrieren unter der Oberfläche seiner gemeißelten Züge? Beinahe kam es Lenny so vor, als trüge er eine Maske, als wäre sie nur mit einem dünnen Faden hinter den Ohren zusammengebunden. Es erinnerte ihn an das Atmen des Gebäudes nach Dienstschluss ... Als wären die Dinge nicht so, wie sie schienen. Lenny schüttelte den Kopf. War das noch die Wirklichkeit oder schon Paranoia? Er konnte nur hoffen, das alles bis morgen vergessen zu haben.

»Grünspan. Sie haben sich also nicht an meine Anweisungen gehalten«, sagte Dr. Davids, nachdem Lenny ihm von den neuesten Entwicklungen im Fall Fischer alias Selleck berichtet hatte. Er war unzufrieden wie jemand, der erwartet hatte, enttäuscht zu werden. Leichte Bitterkeit und Resignation schwang in seinem Ton mit, die von der Genugtuung, recht gehabt zu haben, nicht ganz aufgewogen wurde.

»Doch«, sagte Lenny beleidigt. »Aber dieser Kommissar ... Er wollte unbedingt zu den Gas- und Stromwerken. Und nachdem der Lieferwagen der GALB im Steinbruch mit dem Blut des Toten im Laderaum und mit den gleichen Fingerabdrücken wie an der Tür des Toten gefunden wurde ... Da müssen wir doch davon ausgehen, dass jemand von den Gas- und Stromwerken dahintersteckt.«

Dr. Davids seufzte. Er machte eine schnelle Bewegung mit der Hand hinters Ohr, als wolle er prüfen, ob das Band noch richtig saß, das seine Maske hielt.

»Grünspan. Sie ziehen Schlüsse. Hat Ihnen jemand aufgetragen, Schlüsse zu ziehen?«

Lenny schüttelte den Kopf. Es lag in der Natur des Menschen, Schlüsse zu ziehen, Relationen herzustellen, Kausalitäten zu vermuten, wollte er sagen. Die Gedankenspiele eines Hume waren in der Praxis doch, nun ja, nichts weiter als Gedankenspiele. Aber er unterließ es. Auch wenn er sich dessen nicht mehr ganz sicher war, sah er sich doch Dr. Davids gegenübersitzen. Vielleicht, dachte Lenny, wollte Dr. Davids nur Fakten sammeln und sah sich allein für das Ziehen der Schlüsse zuständig.

»Ich dachte nur, Sie könnten etwas mehr Einfluss geltend machen«, sagte Dr. Davids leise. »Ich dachte, Sie könnten mir helfen. Aber ich sehe schon, ich muss mich selbst darum kümmern.«

»Dr. Davids, ich will Ihnen helfen«, beteuerte Lenny. Plötzlich fiel es ihm wie Schuppen von den Augen. Dr. Davids hatte ganz andere Ziele als die bloße Aufklärung des Falles. Wahrscheinlich sah er die Hintergründe, die ihm und Rocco verborgen geblieben waren. Vielleicht ging es ihm gar nicht um Mord?

»Ich werde die Augen offen halten«, versprach Lenny.

»Erstatten Sie mir Bericht«, sagte Dr. Davids müde und entließ Lenny in die atmenden Gänge.

Rocco kam spät nach Hause. Er war mit Lenny noch etwas trinken gewesen. Lenny hatte ihm nicht erzählt, wo er gewesen war. Rocco hatte nicht gefragt. Er hörte auf das leise Rauschen der Straße, das zum Fenster hereindrang, als er es öffnete. Die Luft hatte eine Kühle, die schon etwas von der Härte des Winters in sich barg. Dunkel, gefrorenes Wasser, Reif. Als würde es nie wieder Sommer werden. Aber es wurde immer wieder Sommer. Rocco wusste das. Vielleicht ist es das, was Anna vergessen hat, dachte er und sah auf die Uhr. Es war spät, aber nicht zu spät. Er nahm das Telefon und wählte ihre Nummer.

»*Anna Behr.*« Endlich. Rocco sagte nichts. »*Hallo?*«

»Hallo.« Es war ja albern. Er war nicht einmal verliebt in sie, aber er benahm sich so. »Ich bin es. Rocco. Schön, dich zu hören.«

»*Rocco …*« Hatte sie seinen Anruf erwartet? Ihre Stimme klang verwischt. Oder war es nur das undeutliche Bild aus seiner Erinnerung, das sie hervorrief? Es war nur wenige Monate, eigentlich erst Wochen her, dass sie sich zum letzten Mal gesehen hatten. Und doch fiel es ihm schwer, sich ein umfassendes Bild von ihr zu machen. Kleinigkeiten, Einzelheiten von Anna hatten sich ihm eingeprägt, und er hatte das Gefühl, sie nie wieder loszuwerden. Sie waren untrennbar mit Ereignissen verbunden, keine realen Ereignisse, eher Gesten wie das Zurückstreichen einer Strähne, die Art, wie sie ihr Haar fasste, um es mit ihrem Haargummi neu zu binden. Aber einiges von ihr, das spürte er jetzt schlagartig, war bereits in Vergessenheit geraten. Erst mit ihrer Stimme kam ihm diese Erkenntnis. Und die Hoffnung, es wieder zu wissen.

»Ich hoffe, ich störe nicht?«, fragte er vorsichtig.

»*Na ja.*« Sie lachte leicht. »*Es ist ein bisschen spät. Auf dem Land gehen die Leute früh schlafen.*«

»Habe ich dich geweckt?«, fragte er besorgt.

»*Nein, nein. Ich war noch wach.*« Sie schwieg.

»Ich wollte nur mal hören, wie es dir geht.«

»*Es geht … mir gut. Ganz gut*«, sagte sie, und nach einer kurzen Pause: »*Hast du Schwierigkeiten? Kann ich dir helfen?*«

»Ja. Nein«, stotterte Rocco. »Nein, eigentlich nicht … Ich arbeite gerade an einem neuen Fall …« Er wartete kurz ab, aber Anna fragte nichts. Wie kam sie nur darauf, dass er Schwierigkeiten hatte? »Es ist eine seltsame Geschichte … Ich habe einen neuen Assistenten. Lenny … Er ist ganz in Ordnung, er kifft nur ein bisschen viel.«

»*Er macht was?*«

»Ich glaube, er raucht Gras.«

»*Da hat sich nicht viel verändert bei euch, was? Ein Polizist, der Gras raucht? Und er ist dein Assistent …?*«

»Streng genommen kommt er von der Staatsanwaltschaft. Er ist nur für diesen Fall abgestellt.«

»*Oho.*« Zum ersten Mal klang so etwas wie Neugier in Annas Stimme an. »*Hat Roth Dreck am Stecken? Oder weshalb sind die bei euch?*«

»Es sind nicht ›die‹«, sagte Rocco. »Ich hab anfangs auch darüber nachgedacht. Aber es ist nur Lenny. Der deckt nichts auf, der behindert eher.« Er lachte, aber in dem Moment, als er den Gedanken aussprach, kam er ihm gar nicht mehr so abwegig vor. Warum hatten sie Lenny geschickt? Darauf hatte er nach wie vor keine Antwort. Gut, er hatte auch nicht nachgefragt, aber es war immerhin ungewöhnlich. Und wenn vonseiten der Staatsanwaltschaft Interesse an dem Fall bestünde oder sie interne Ermittlungen durchführten, hätten sie dann wirklich Lenny geschickt? Einen Referendar mit Hang zu Alkohol und Drogen? Und mittlerweile half er eher wider Erwarten mit, den Fall zu lösen. Doch welches Interesse sollte die Staatsanwaltschaft haben, den Fall zu sabotieren?

»*Rocco?*«

»Entschuldige. Ich habe, glaube ich, ein bisschen zu viel getrunken.« Es war ja kompletter Unsinn, was er sich da zusammenreimte.

»*Na prima. Ist das der Grund, warum du angerufen hast?*«

»Nein. Nein«, beeilte sich Rocco zu sagen. »Wirklich nicht. Anna, ich wollte hören, wie es dir geht. Ehrlich. Und natürlich, wann du wieder zurückkommst …« Er sagte absichtlich nicht, ›ob‹.

Anna seufzte.

»*Mir geht es hier ganz gut. Ich … komme langsam wieder zu mir. Es ist ruhig, es gibt nichts außer den Feldern, der Heide, den riesigen Himmel hier … Einen Hund. Ich wohne bei meiner Tante, die hat einen Gasthof. Aber das hat dir bestimmt alles schon Julia erzählt, die treulose Tomate.*«

Treulose Tomate. Rocco zog die Augenbrauen hoch.

»Sie hat mir gar nichts erzählt«, nahm er Julia in Schutz. »Es war viel Arbeit, die Nummer aus ihr herauszubekommen. Drohungen, Einschüchterung, du weißt schon. Die übliche Polizeiarbeit …«

Anna lachte kurz. »*Ich kann dir nicht sagen, ob ich wiederkomme.*« Sie überhörte Roccos Einwand. »*Wirklich nicht. Ich habe … Angst.*« Das klang so schlicht, wie die Wahrheit nun einmal war. Rocco betrachtete das Muster seines Fußbodens, die Maserung des Laminats. Er erinnerte sich daran, dass Maria, seine Nichte, im Kindergarten die Aufgabe bekommen hatte, möglichst viele unterschiedliche Strukturen zu sammeln. Eine seltsame Aufgabe, dachte er jetzt.

»Vielleicht kann ich dir ja helfen«, sagte er und versuchte, nicht ganz zu erfassen, was Anna gemeint hatte. »Ich fahre in den nächsten Tagen nach Hamburg. Die Freundin oder Exfreundin von Tom … von Enzo Fischer lebt dort.« Rocco wollte jetzt nicht erklären, dass Tom Selleck nicht etwa der Schauspieler war, sondern ein Journalist aus Hamburg. »Ich würde dich gerne besuchen und könnte auf dem Rückweg vorbeikommen. Nur kurz.«

Wieder herrschte Schweigen am anderen Ende der Leitung.

»*Komm nicht*«, sagte Anna und legte auf.

KAPITEL 10

Es war nicht so einfach, Roth von seiner Reise nach Hamburg zu überzeugen, wie Rocco gedacht hatte. Roth saß in seinem Büro und sah ihn zweifelnd an. Er hatte allerlei Einwände. Die Kosten, sagte er. Er hatte Bedenken die Zeugin und ihre Wichtigkeit betreffend. Die Hamburger Kollegen könnten das bestimmt ebenso gut erledigen. Rocco hatte allerdings den Eindruck, dass etwas anderes hinter seiner ablehnenden Haltung steckte. Und schließlich äußerte Roth es auch: Er befürchtete, Rocco wollte aus einem eigentlich harmlosen Fall eine große Geschichte machen. Natürlich sagte er es nicht so direkt, aber Rocco meinte, es herauszuhören. Außerdem hatte Roth eigentlich immer Bedenken, egal um was es ging. Er klopfte alles auf eine politische Brisanz ab, die es in Roccos Augen gar nicht gab. Es war eine Art Paranoia. Roth vermutete hinter allem Querverbindungen und Netzwerke, feine Strömungen, deren empfindliches Gleichgewicht man stören würde, wenn man etwas unternähme. Die Kommune, das waren für ihn filigran gewebte Fasern, die ineinandergriffen, ein äußerst komplexes Gebilde, in dem jeder seine Rolle zu spielen hatte und in dem möglichst nichts beschädigt werden durfte. Eigentlich glich Roths Bild von der Gesellschaft dem eines waschechten Verschwörungstheoretikers. Allerdings wollte er nichts aufdecken oder anprangern. Alles sollte möglichst funktionieren, ohne dass er wusste, wie.

Rocco behauptete, schon eine Art Vertrauensverhältnis zu Mary aufgebaut zu haben. Er halte sie für eine sehr wichtige Quelle, beteuerte er. Und auch die Kosten würden sich in Grenzen halten … Roth wand und sträubte sich, aber schließlich bewilligte er Roccos Dienstreise. Das war die Schizophrenie, das Dilemma in Roths Dasein: Er wollte nicht eingreifen, aber sein Job verpflichtete ihn dazu. Seine Aufgabe war es, eben dieses filigrane Gebilde des Gemeinwesens zu beschützen, indem er es eben nicht immer vor sich hinarbeiten ließ. Er war dem System verpflichtet und das System erwartete von ihm, das Gesetz durchzusetzen. Oder nicht?

Rocco war gerade auf dem Weg nach Hause, um seine Reisetasche zu packen, als ihm Lenny über den Weg lief.

»Wo warst du denn?«, fragte er. »Ich habe im Büro auf dich gewartet.«

»Ich … war noch zu Hause«, sagte Lenny.

»Tja, da gehe ich jetzt wieder hin und packe. Roth hat mir die Reise nach Hamburg bewilligt, um mit Mary zu sprechen, der Freundin von Tom.«

»Na, dann.« Lenny war äußerst erfreut. »Ich hole nur meine Sachen und wir treffen uns wieder hier, okay?«

»Ich fahre allein, Lenny. Du bleibst hier. Roth wollte nicht einmal mich fahren lassen, wegen der Kosten. Zwei Leute nach Hamburg, das kannst du dir abschminken. Du kannst mit dem Chef der Reinigungsfirma reden, bei der Tom als Enzo Fischer gearbeitet hat. Und du kannst die neuesten Ergebnisse der Spurensicherung besorgen. Und die Blutanalyse aus dem Lieferwagen. Außerdem rufst du bei Dr. Mahler an und fragst, ob sie etwas Neues für uns hat. Sie müsste mit der Obduktion inzwischen fertig sein.«

Lenny sah ihn entsetzt an. »Auf keinen Fall. Ich muss … ich will unbedingt mit. Ich meine, das ist eine wichtige Zeugin, nicht wahr?«

»Lenny, ich kann da nichts machen, glaub mir. Es ist nicht nötig, dass wir zu zweit fahren. Ich werde versuchen, Mary zu überreden, mit hierherzukommen. Aber versprechen kann ich nichts. Ich bin in zwei oder drei Tagen wieder da.«

Lenny fand noch einige Einwände, die aus seiner Sicht dafür sprachen, zu zweit zu fahren. Rocco fragte sich, ob nicht die Kneipen auf der Reeperbahn Lennys eigentlicher Grund waren.

»Lenny, hör auf«, sagte er schließlich entschieden. »Ich fahre. Du bleibst hier. Ciao.« Und damit ließ er ihn stehen.

Rocco war mit dem Auto auf dem Weg nach Hause und stand an einer Ampel auf der Stuttgarter Straße, als neben ihm ein Wagen hielt. Es war eine große, dunkelblaue Limousine. Rocco sah eher zufällig hinüber. Vielleicht hatten ihn die getönten Scheiben neugierig gemacht, vielleicht dauerte die Ampelphase einfach zu lang. Im Wagen saß Dr. Spilden, Rocco konnte ihn trotz der getönten Scheiben erkennen. Dr. Spilden schaute genau im gleichen Augenblick zu ihm herüber, weshalb Rocco fast automatisch die Hand hob. Doch Dr. Spilden sah schnell weg und gab Gas. Erstaunt blickte Rocco nach oben. Es war grün. Langsam fuhr er an und bog an der nächsten Kreuzung zu seiner Wohnung am Hohenzollernplatz ab. Komischer Vogel, dachte er. Dann fiel ihm wieder ein, dass Dr. Spilden ein Bekannter von Dr. Mahler war.

Dr. Spilden atmete durch und versuchte, die Geschwindigkeitsbegrenzung einzuhalten. Irgendwie dämmerte ihm, dass er sich eben nicht sehr professionell verhalten hatte. Warum nur hatte er diesen Kommissar nicht gegrüßt? Er nahm sich vor, zukünftig besser mit solchen Situationen umzugehen. Und vor allem nahm er sich vor, Dr. Davids und Müller nichts von dieser Begegnung zu erzählen. Was hatte sie auch schon zu bedeuten? Nichts.

Er bog nach links ab zu den Tennisplätzen und steuerte seinen Wagen auf die Parkplätze des Clubs. Im Vereinsheim warteten Dr. Davids und Müller bereits auf ihn. Dr. Davids stocherte in etwas herum, was entfernt an Rigatoni al forno erinnerte. Müller saß vor einem Glas Bier.

»Da bist du ja«, rief Dr. Davids. Dr. Spilden setzte sich.

»Haben Sie Ihren Herrn … Fomin nicht mitgebracht?«, fragte er Müller.

Bevor Müller antworten konnte, schwang Dr. Davids verneinend die Gabel durch die Luft. »Kein Fomin. Der Kerl hat hier nichts zu suchen, auch wenn Müller auf ihn schwört. Ich traue ihm nicht über den Weg. Ich habe das Gefühl, dass Fomin sein eigenes Süppchen kocht. Und außerdem ist er kein Mitglied im Club.«

Dr. Spilden zuckte mit den Schultern. Fomin war ihm egal. Er wunderte sich nur etwas über Dr. Davids entschiedene Reaktion. Der Kellner kam. Mit einem zweifelnden Blick auf die Rigatoni bestellte Dr. Spilden ein Glas Bier.

»Was gibt's denn so Dringendes?«, fragte er, als der Kellner gegangen war.

»Mein Trumpf scheint nicht ganz zu stechen«, sagte Dr. Davids zwischen zwei Bissen. »Ich habe dir von ihm erzählt … Lenny Grünspan.«

Spilden nickte und Müller hob erstaunt die Augenbrauen. »Grünspan? Das ist Ihr Mann? Er war bei mir. Mit einem Kommissar … Marino.«

»Ja, genau.« Dr. Davids schwang wieder seine Gabel. »Grünspan kommt von mir.«

»Was ist denn eigentlich los?«, fragte Dr. Spilden. »Haben wir etwas mit dem Tod dieses angeblichen Sensationsreporters zu tun?«

Dr. Davids unterbrach ihn sofort: »Ich will davon nichts wissen. Du solltest auch nichts davon wissen, und ich hoffe, Sie, Müller, wissen auch nichts davon. Alles, was wir wissen müssen, ist, dass die GALB aufgrund dieses Todesfalls in den Fokus der Ermittlungen gerutscht ist. In einem Betriebsfahrzeug wurden Blutspuren gefunden. Schlimm genug … Diesen Schaden müssen wir begrenzen.

»Ich weiß nichts davon«, sagte Müller einigermaßen überzeugend. »Nicht mehr als wir alle. Dieser Journalist war eine furchtbare Nervensäge … Aber sollten die beiden Polizisten nicht in eine andere Richtung ermitteln?«

Dr. Davids nickte. »Grünspan ist ein Trottel. Und er tut, was ich sage. Aber der Kommissar scheint seinen eigenen Kopf zu haben.«

»Ich bin mir nicht so sicher, ob Sie Ihren Grünspan nicht unterschätzen«, sagte Müller.

»Wie dem auch sei …« Dr. Davids zuckte mit den Schultern.

Der Kellner brachte das Bier. Die drei warteten einen Moment und sahen aus dem Fenster auf die gepflegte Tennisanlage. Nur zwei Plätze waren belegt. Auf einem spielten zwei Mixed-Teams gegeneinander. Eine der Damen nahm einen Ball auf und warf einen besorgten Blick zum Himmel. Es sah aus, als könnte es jeden Augenblick wieder anfangen zu regnen. Auf dem anderen Platz standen sich zwei Herren gegenüber. Einer von ihnen machte gerade mit einem gekonnten Volley einen Punkt. Dr. Spilden verzog anerkennend den Mund. Er bekam Lust, ein bisschen zu spielen. Aber sie waren ja wegen etwas anderem hier. Diese elende GALB … Sicher, der Aufsichtsratsposten brachte ihm jährlich ein hübsches Sümmchen ein. Aber er war nicht darauf gefasst gewesen, sich mehr als die vorgeschriebenen Aufsichtsratssitzungen mit den Gas- und Stromwerken auseinandersetzen zu müssen.

»Wie dem auch sei …«, nahm Dr. Davids den Faden wieder auf, als der Kellner gegangen war. »Die beiden kommen voran und ich habe kein Interesse an der Aufklärung des Falls. Ich darf daran erinnern, dass es Ihr Risiko ist.« Er stieß seine Gabel in Richtung Müller. »Und deins«, fuhr er an Dr. Spilden gewandt fort. »Ich bin lediglich der Berater. Ich habe euch auf höhere Verdienstmöglichkeiten hingewiesen, als es um euren Lieferanten aus Polen und dessen Quellen ging. Was ihr mit diesem Rat anfangt, ist euer Problem.« Er seufzte. »Ich habe nicht wirklich Sorge, dass eure Preisgestaltung zu einem größeren Thema innerhalb der Ermittlungen wird. Aber immerhin war der Kommissar bei Rehle, diesem Stromaktivisten. Er ist also über die laufenden Streitigkeiten der GALB wegen angeblich überhöhter Preise informiert.«

»Dieser … Tote war bei denen«, sagte Dr. Spilden angewidert. Er nahm einen Schluck Bier.

»Sie sind also nicht der Meinung, dass der Tod von Enzo Fischer mit unserem Strom- und Gaseinkauf zusammenhängt?«, fragte Müller.

»Ich glaube nicht, dass sich da eine tragfähige Verbindung herstellen lässt. Das ist alles.« Dr. Davids sah Müller abschätzend an. »Und ich hoffe nicht, dass einer der Beteiligten nervös geworden ist und einen Alleingang versucht hat. Vielleicht sollten Sie mal ein klärendes Gespräch mit

Ihrem Herrn Fomin führen … Er ist schließlich für die Sicherheit der GALB verantwortlich.«

Rocco brauchte nicht lange, um seine Tasche zu packen, und verließ die Stadt auf demselben Weg, den Anna vor einigen Wochen genommen hatte. Es regnete schon wieder. Eigentlich erwartete er nicht, dass das Wetter im Norden besser wurde. Doch als er nach ungefähr fünf Stunden Fahrt endlich an Hannover vorbei war, begann der Himmel aufzuklaren. Es war allerdings bereits dunkel, als er Hamburg erreichte. Nachdem er in seinem Hotel in Altona eingecheckt und seine Tasche dort gelassen hatte, machte er sich auf den Weg zu Mary.

Rocco nahm den Elbtunnel, der um diese Zeit und in diese Richtung einigermaßen passierbar war, und fuhr nach Wilhelmsburg. Sein Navigationsgerät führte ihn zielsicher in eine trostlose Siedlung mit großen, etwas heruntergekommenen Mietshäusern, die in der Nähe eines Kanals lagen. Zwischen Gehweg und Häusern zog sich ein schmaler Grünstreifen, der wie gemacht war als Toilettenparadies für die Hunde der Gegend. Die Straßen waren dunkel und wenig vertrauenerweckend. Als Rocco parkte und ausstieg, rümpfte er die Nase. Es roch nicht besonders gut hier, modrig und irgendwie nach altem Teppich, fand er. Die Luft war feuchtkalt.

Er ging im Dunkeln einen schmalen Weg entlang bis zu einem der großen Häuser und fand schließlich Marys Klingel. Es dauerte nicht lange, bis der Summer ertönte. Als Rocco die Tür aufdrückte, kam ihm der Geruch von scharfem Putzmittel entgegen. Nach einem kurzen Blick auf den Fahrstuhl beschloss er, lieber die Treppe zu nehmen. Mary wohnte schließlich nur im dritten Stock. Als

Rocco fast oben war, ging das Licht aus. Im Dunkeln konnte er den Lichtschalter nicht finden, sodass er sich vorsichtig weiter vortastete. Es war niemand zu sehen oder zu hören. Oder doch? Hatte er da eben nicht das Schlagen einer Tür vernommen? Leise Schritte hinter sich? Rocco drehte sich um. Er spürte ein leichtes Kribbeln im Nacken. War es das Zeichen? Sein Zeichen, dass Gefahr drohte? Rocco konnte es nicht richtig einordnen, aber dieses Mal beschloss er, es ernst zu nehmen. Er zog seine Pistole.

Lenny kam spät nachts in Louis' Bar. Es war nicht viel los. An den Tischen saßen drei Pärchen und an der Bar standen zwei junge Frauen. Weiter hinten herrschte diffuses Licht, die kleinen Tischleuchten ließen der Dunkelheit viel Raum. Eines der Paare drängte sich an ihm vorbei nach draußen. Lenny sah sich kurz um und ging dann mit einem elastischen, leicht schlingernden Gang zur Bar und setzte sich.

»Sag mal, hast du schon was getrunken?« Louis war plötzlich aufgetaucht. Lenny hatte ihn nicht gesehen.

»Na ja«, sagte er.

»Wo ist Rocco?«

»In Hamburg. Eine Zeugin befragen.«

Louis lächelte spöttisch. »Und dich hat er nicht mitgenommen?«

»Nein.« Lenny kniff die Augen zusammen. »Ich habe hier wichtige Arbeit.«

»Ja. Klar.« Louis lachte. »Er vertraut dir nicht.«

»Was?« Lenny runzelte die Stirn. »Quatsch. Es ist ganz anders …«

»Wie denn?«

»Es müssen Dinge erledigt werden … Mmh, Stichwort: Effektivität … Ach, davon verstehst du nichts.« Lenny dachte nach. »Er hatte ein schwaches Herz, deshalb musste er sterben«, fuhr er dann unvermittelt fort.

»Wer?«

»Enzo. Tom … Du weißt schon.«

»Der Kerl, wegen dem ihr gestern hier gewesen seid?«

Lenny nickte.

»Na und? Deshalb war er trotzdem ein Idiot«, sagte Louis grob.

Lenny sah ihn lange an. »Gib mir ein Bier.«

Louis zapfte ein Pils und stellte es vor Lenny auf die Theke.

»Vielleicht würde er noch leben, wenn er nicht diese Herzschwäche gehabt hätte. Die Gerichtsmedizinerin hat es festgestellt. Außerdem war er hochgradiger Trinker.« Lenny prostete Louis zu. »Auch nicht gerade gesundheitsfördernd, wenn man ein schwaches Herz hat.«

»So kommt eins zum anderen …«, sagte Louis ungerührt.

Lenny sah sich um. Er nickte zu den Mädchen hinüber, die an der Theke lehnten. »Wie läuft das hier so?«

»Du spendierst ihnen einen Drink und dann mal sehen, was passiert.«

»Hm.« Lenny nahm einen großen Schluck von seinem Bier. »Du und Rocco, ihr kennt euch schon lange, stimmt's?«

»Das kann man so sagen.« Louis wartete geduldig, ob Lenny etwas erwidern würde. Dann öffnete er den Kühlschrank und nahm eine Flasche und ein Glas Gurken heraus. »Wir waren zusammen auf der Schule.«

»Was ist das?«

»Die Schule? Das ist eine Institution …«

Lenny unterbrach ihn. »Ich meine das, was du in der Hand hast.«

»Gurken. Und Wodka.« Louis schenkte sich ein Glas ein, kippte einen Schluck und biss in eine Gurke. »Wenn du was zu sagen hast, Lenny, dann sag es. Komm mit.« Er nahm sein Glas, die Flasche und die Gurken und setzte sich an einen der Tische. Lenny folgte ihm.

»Kann ich auch so was haben?«

Louis stand noch einmal auf, holte Lenny ein Glas und stellte es vor ihn auf den Tisch. »Rocco ist ein mieser Hund«, sagte er und fixierte Lenny. »Aber wir sind Freunde, seit wir auf der Schule waren. Rocco mag das nichts mehr bedeuten, aber mir schon. Das ist der einzige Grund, warum ich ihm ab und zu behilflich bin. Und ich werde einem Typen von der Staatsanwaltschaft nicht mehr über ihn erzählen.«

Lenny schenkte sich einen Wodka ein. Louis war nicht ganz klar, ob er seinen drohenden Blick tatsächlich nicht bemerkte oder nur vorgab, ihn nicht zu bemerken.

»Warum? Gibt es was zu erzählen?«

»Du hörst wohl schlecht? Ich habe keine Ahnung, aber wenn es was gäbe, würde ich es dir nicht auf die Nase binden.«

»Warum?«, fragte Lenny so arglos, dass Louis ihn einen Moment lang erstaunt anstarrte.

»Weil du von der Staatsanwaltschaft bist? Weil du vielleicht intern gegen ihn ermittelst? Weil ich dich nicht kenne? Es gibt eine Menge Gründe …«

»Mir geht es nur um den Fall«, sagte Lenny und bewegte verneinend seinen Zeigefinger vor Louis. »Wir haben Blutspuren in einem Lieferwagen der GALB gefunden. Es steht jetzt fest, dass sie von Tom sind.«

»Warum erzählst du mir das?«

»Ich weiß auch nicht.« Lenny klang, als sei er selbst überrascht. »Vielleicht, weil Rocco nicht da ist?« Einen Moment lang wirkte er wie ein Hund, der sein Herrchen vermisste. Louis lachte.

»Kennst du einen Müller?«, fragte Lenny.

»Nicht nur einen«, erwiderte Louis.

»Ich meine den Geschäftsführer der Gas- und Stromwerke.«

»Nicht, dass ich wüsste …«

Lenny überlegte. »Fomin?«, fragte er dann.

»Fomin?« Louis stutzte. »Fomin. Klar kenne ich Fomin. Den kennt doch jeder.«

Lenny zog die Augenbrauen hoch. »Und Bergmann?«

Louis schüttelte den Kopf. »Ich glaube nicht.«

»Kommt Fomin manchmal hierher?«

»Ein paarmal … Sehr selten.«

»Ist er dann in Begleitung?«

»Auch das kam schon vor. Ich habe die Herrschaften aber nicht nach ihren Namen gefragt. Ich kenne nur Fomin, und auch das nur flüchtig.«

»Was macht Fomin?«

»Er ist Sicherheitschef bei der GALB, soviel ich weiß. Aber das wird er dir sicher auch selbst erzählen.«

»Was hat er früher gemacht?«

»Ich weiß nicht. Ich weiß nur, dass er und seine Leute aus irgendeinem dieser Ex-Sowjetstaaten kommen. Aserbaidschan, Kasachstan, irgend so was.«

»Seine Leute?«, fragte Lenny neugierig.«

»Ja.«

»Was für Leute?«

»Seine Leute eben … Familie?« Louis atmete tief durch.

Er schenkte sein Glas voll und anschließend Lennys. »Ich bin nicht dein Informant. Wir können hier zusammen was trinken und ein bisschen quatschen. Aber wenn ich Rocco ab und zu mal behilflich bin, heißt das noch lange nicht, dass ich der Staatsanwaltschaft helfe. Und so selbstlos bin ich auch wieder nicht, dass ich mit Rocco *nur* aus reiner Freundschaft zusammenarbeite. Klar?«

Lenny stieß mit ihm an und biss in eine Gurke. Er grinste. »Ja klar. Es geht um Geld, richtig?«

»Exakt.« Louis grinste ebenfalls.

»Kein Problem. Was zahlt Rocco dir denn normalerweise?« Lenny holte sein Portemonnaie heraus. »200? 500? Oder was?«

Louis traute seinen Augen nicht. »Sag mal, bist du irre?«, zischte er. »So läuft das doch nicht.«

»Wieso?« Lenny zog erstaunt die Augenbrauen hoch. »Ich bin sehr vermögend. Mir macht das nichts aus.«

»Wenn jemand hier sieht, dass du mir Geld anbietest …« Louis tippte sich an die Schläfe. »Pack das weg.«

Wie sollte er Lenny erklären, dass er Rocco seine Informationen tatsächlich nur aus Gründen der Freundschaft gab? Es fiel ihm ja schon schwer, das vor sich selbst zuzugeben. Die paar Kröten, die er ihm ab und zu zusteckte, halfen Louis, die Wahrheit zu verschleiern. Aber das Geld war ihm völlig egal. Außerdem, das war seine Prämisse, half er Rocco nur, weil es um Mord ging. Alle anderen Verbrechen interessierten ihn nicht. Er hatte sich lange genug mit fragwürdigen Jobs über Wasser gehalten. Und an das System, das Rocco und seine Kollegen von der Polizei und der Staatsanwaltschaft schützten, glaubte er sowieso nicht. Das war zu wenig: Er wusste, dass es seinerseits nur durch Betrug und Korruption funktionierte.

Einige Schnäpse später waren sie weiter.

»Das System kann mich mal«, sagte Louis hitzig. »Was meinst du, warum ich hier bin? Ich hätte den gleichen Job machen können wie Rocco. Oder wie du.«

»Wir sind die Einzigen, die das System aufrechterhalten«, widersprach Lenny. »Wir sorgen für Recht und Gerechtigkeit. Alle anderen sorgen nur für sich selbst. Du hättest das Gleiche machen können wie wir? Warum hast du es nicht getan?«

»Ich bin nicht drauf gekommen.« Louis lachte und schenkte noch einmal ein. »Und was heißt schon Recht *und* Gerechtigkeit. Das ist ja wohl ein Widerspruch in sich.«

»Ach, komm schon«, sagte Lenny. »Dieser alte Flaubert-Scheiß. Mit Recht lässt sich auch Gerechtigkeit erreichen. Ein besseres System als unseres gibt es nicht.«

Flaubert-Scheiß, dachte Louis. Das klingt gut. Muss ich mir merken.

»Das heißt noch lange nicht, dass es gut ist.« Er kippte seinen Wodka und schenkte gleich noch einmal nach. »Ich sag dir was: Unser System ist das Schlimmste. Es gaukelt den Leuten vor, sie hätten ein Recht auf Mitentscheidung. Es ist perfide, aber wirkungsvoll. Kein Volk glaubt mehr an die stellvertretende Demokratie als die Deutschen, denn es bedeutet, sich in die Hände von Institutionen zu begeben, keine Verantwortung übernehmen zu müssen, und es bietet die Möglichkeit, den Schuldigen anderswo zu suchen, wenn etwas schiefgeht. Besser noch: Es gibt keinen Schuldigen, denn die Institutionen bestehen nicht aus Personen, sondern aus Ausführenden, die sich auf Regeln und Verordnungen berufen. Es gibt niemanden, der entscheidet und der die Verantwortung trägt.«

Lenny kippte ebenfalls seinen Schnaps und schenkte noch einmal nach. Seltsamerweise fielen ihm Dr. Davids und das kleine, rothaarige Männchen in seinem Büro ein. »Wenn in den Institutionen die richtigen Leute sitzen …«, sagte er lahm.

»Wenn dort die richtigen Leute säßen, würden sie versuchen, Institutionen und Bürokratie abzubauen, anstatt sich in einem Dschungel aus Gesetzen und Verordnungen zu verstecken. Sinnlose Wege durch lange karge Gänge, um sich Formulare in einer fremden Sprache zu besorgen …«

Lenny schüttelte den Kopf. War er nicht von Dr. Davids abgestellt worden, um einen Mörder zu fangen? War es sein Geist oder Dr. Davids gewesen, der ihm eingeredet hatte, dass er und Rocco einer ganz vertrackten Sache auf der Spur waren? Lenny wusste, warum er zur Staatsanwaltschaft gegangen war. Er wollte Gerechtigkeit. Und bis jetzt hatte er noch keinen Unterschied zwischen Recht und Gerechtigkeit machen müssen. Allerdings hatte er bis vor wenigen Tagen auch noch Akten in der Staatsanwaltschaft verteilt. Manche – sehr wenige davon – hatte er auf falsche Wege gebracht, aber es schien niemanden zu stören. Das Getriebe arbeitete trotz der kleinen Sandkörnchen, die Lenny Grünspan gestreut hatte. Aber, fragte er sich jetzt, waren das erste Anzeichen dafür gewesen, dass er gegenüber dem Recht, das die Staatsanwaltschaft vertrat, in Wirklichkeit gleichgültig war? Zu gleichgültig, um dort zu funktionieren? Möglicherweise, schoss es ihm durch den Kopf, während er den nächsten Wodka trank, möglicherweise war ihm die Diskrepanz zwischen Recht und Gerechtigkeit schon immer klar gewesen. Ganz sicher, sagte er sich und schenkte nach. War er so weich, weil der Wodka so gut schmeckte?

»Eigentlich wollte ich ja katholische Theologie studieren«, sagte er betrübt.

Louis starrte ihn erstaunt an. »Ich dachte, du bist Jude.«

»Na und?«, fragte Lenny. »Was hat das damit zu tun?«

KAPITEL 11

Rocco stand mit gezogener Pistole im Treppenhaus und sah durchs Fenster hinunter auf die Straße. Zwischen den Wolken kam für kurze Zeit ein bleicher, fast voller Mond hervor. Unten ging ein Mann im Jogginganzug mit einem Hund die Straße entlang. Er hatte seine Baseballmütze in die Stirn gezogen. Sein Hund blieb stehen, krümmte den Rücken und entließ einen Haufen auf den Rasen.

Das Mondlicht reflektierte von der kahlen Wand im Treppenhaus. Als Rocco sich umdrehte, konnte er dort ›Fuck Cops‹ lesen. Irgendwie kam ihm das Graffiti mit dem eckigen Schriftzug und seiner klaren Aussage bekannt vor, aber er erinnerte sich nicht, wo er es schon einmal gesehen hatte. Weiter oben waren Schritte zu hören. Rocco spürte sein Herz schlagen. Gleichzeitig sagte er sich, dass es überhaupt keinen Grund dafür gebe, nervös zu werden. In einem Mietshaus war das Licht im Gang kaputt, das war alles. Oder? Kam seine Nervosität allein von der ungewohnten Umgebung? Vielleicht war er einfach nur verunsichert seit der Sache mit dem Lieferwagen …

Von oben hörte er eine Stimme rufen: »Auf dem Stockwerk ist das Licht kaputt.«

Regungslos blieb er stehen, die Pistole weiterhin in der Hand, als ihn der Lichtstrahl einer hellen Taschenlampe blendete.

»Rocco Marino?«, fragte die Stimme.

»Mary?«, fragte Rocco.

Hastig nahm er die letzten Stufen zum dritten Stock und sah eine schmale Gestalt dort stehen. Eine der Wohnungstüren stand offen und beleuchtete schwach den langen Gang. Von Mary waren lediglich ihre dunklen, halblangen Haare und die Linie ihrer Wangenknochen zu erkennen.

»Kommen Sie rein«, sagte sie und ging zur Tür zurück.

Rocco atmete auf und steckte seine Pistole weg. In Marys Flur roch es nach Schnaps. Rocco war sich ziemlich sicher, dass sie etwas getrunken hatte. Ihre Wangen und Augen waren gerötet, ihre Bewegungen unsicher. Das konnte aber auch an ihm liegen. Wahrscheinlich hatte sie nicht täglich einen Kommissar zu Besuch.

Sie stand im Licht des Flurs und sagte: »Sollen wir was trinken gehen? Ich kann nicht den ganzen Abend zu Hause sitzen.«

Rocco war überrascht. Er hatte gedacht, sie wäre deutlich älter als er, aber es waren höchstens ein paar Jahre, die sie trennten. Und er hätte nicht gedacht, dass sie so hübsch war. Sie wirkte zwar müde und erschöpft, aber es hatte etwas Entspanntes, das gut zu ihr passte. Ihre Stimme war weich und melodisch und widersprach dem strengen Ausdruck um ihren Mund. Nachdem sie eine Jacke übergezogen hatte, nahm sie die kleine Taschenlampe von einem Tischchen und sah ihn mit graugrünen Augen unergründlich an. Sie strich sich eine dunkle Locke aus der Stirn.

»Gehen wir?«

»Ja.«

Der Weg war nicht weit. Mary wusste, wohin sie wollte, und Rocco folgte ihr. Kurz war er versucht gewesen, ihr vorzuschlagen, doch mit seinem Wagen in ein anderes Viertel zu fahren, aber dann er ließ es. In ihrer gewohnten Umgebung würde sie sich sicher fühlen.

Geführt vom schmalen Schein von Marys Taschenlampe gingen sie auf ein einzelstehendes, schmales Backsteinhaus am Ufer des Kanals zu. Über der Tür war ein schmutzig weiß leuchtendes Schild angebracht, auf dem von Weitem zweimal das Wort ›Bar‹ zu lesen stand. Rocco war sich nicht sicher, ob sich in der Mitte zwischen den Wörtern noch so etwas wie ein Name befand.

»Heißt das jetzt Bar Bar oder eher Barbar?«, fragte er Mary.

Sie sah ihn einen Moment lang an, ohne eine Miene zu verziehen. »Du bist witzig«, sagte sie, schaltete ihre Taschenlampe aus und betrat die Kneipe.

»Ich bin nach Hamburg gekommen, um zu studieren«, erzählte sie, als sie sich in einer Ecke an einem groben Holztisch niedergelassen hatten und ein Bier und der erste Schnaps vor ihnen standen. Mary lehnte sich mit den Ellbogen auf den Tisch, nahm das Glas in beide Hände. »Meine Güte, das ist schon so lange her …« Sie nippte bedächtig an ihrem Schnaps und sah Rocco von unten her treuherzig an. »Ich wollte anfangs Kunstgeschichte, später dann Architektur studieren.«

Rocco lehnte sich mit der Schulter gegen die Wand und ließ sich in seinen Stuhl zurücksinken. Er war ein bisschen müde von der langen Fahrt und hörte ihr gern zu. Ihre Stimme hatte eine eigene Melodie und während sie sprach, konnte er sie im Schein der schummrigen Kneipenbeleuchtung genauer betrachten.

Mary war bleich und unter ihren Augen zog sich ein dunkler Schatten, der die Feinheit ihrer Haut hervorhob. An der Nase hatte sie einen Anflug von Sommersprossen. Ihr Glas umschlossen schlanke, gerötete Finger, die nach dem ersten Schluck Schnaps merklich weniger zitterten. Sie hatte etwas an sich, das Rocco anzog. Etwas ziellos Treibendes, Willenloses.

»Ich komme aus dem Norden von Schottland und dort gibt es nur wenige Möglichkeiten ... Ich habe in Edinburgh angefangen und bin dann nach Hamburg gegangen.« Sie kippte ihren Schnaps mit einer routinierten Bewegung und bestellte noch einen. »Ja, das war meine große Leidenschaft«, fuhr sie fort. Es war, als würde sie sich mit jedem Schluck besser erinnern können. »Ich wollte Häuser bauen.« Sie lächelte. »Pragmatische Häuser, nicht diese protzigen Selbstdarstellungstempel, die heute jeder will. Praktisch sollte alles sein, reduziert auf Funktion und Form. Zum Beispiel: keine Treppen. Treppen sind unpraktisch, sie erschweren den Zugang zu wichtigen Funktionen des Hauses.«

»Keine Treppen«, wiederholte Rocco und nickte.

»Ich wollte kompromisslos sein. Das war schon immer ein Fehler, aber seit einigen Jahren ist es ein großer Fehler. Man wird bewundert und unterstützt, solange es um Ideen geht. Ich wollte anknüpfen an die Kompromisslosigkeit Marinettis ...« Sie bestellte wieder einen Schnaps. Rocco zählte in Gedanken mit. Drei ... Das Bier hatte sie noch nicht angerührt. »Stahl, Härte, Klarheit ...« Sie unterbrach sich und lächelte Rocco leicht beschämt an. »Ich weiß, das klingt vielleicht irgendwie ... faschistisch, aber das meine ich nicht. Es liegt etwas Großartiges in der Geradheit der Linie, eine Reinheit in der glänzenden Härte von Stahl und Stein ... Menschen können so etwas nie erreichen und ehrlich gesagt, stören sie darin nur. Mein Bild eines Gebäudes war ohne sie immer vollkommener. Aber das ist natürlich nur Theorie. Und was anfangs noch Anklang und Beifall fand, wurde unter den Stiefeln der Umsetzbarkeit und Kosten-Nutzen-Rechnungen schnell zermahlen. Man sinkt zurück in den Sumpf der Beliebigkeit, der Machbarkeit, des allgemeinen Konsens. Oder man hört auf und macht etwas anderes ...«

»Und dann?«, fragte Rocco. Er hatte, ehrlich gesagt, keine Ahnung, wovon Mary da redete. Aber sie war ohne Zweifel tief in den Sumpf zurückgesunken.

»Und dann? Dann habe ich etwas anderes gemacht. Am Anfang hat mich diese Stadt umgehauen. Ich habe eine Menge Leute kennengelernt, an der Uni, während meiner Praktika. In den Kneipen ... Wie es so ist. Als Studentin lernt man viele Leute kennen. Durch Jobs in Bars oder ...« Sie sah sich in der Kneipe um, als wäre sie aus einem Raumschiff ausgestiegen und erkenne erst nach einiger Zeit die Umgebung und die Menschen wieder, die sie zu Beginn ihrer großen Reise verlassen hatte. »Dann lernte ich Tom kennen.«

Rocco war fast überrascht, als Tom so abrupt in ihrer Erzählung auftauchte. Er hatte ihn für einen Moment fast vergessen.

»Tom Selleck ...«, sagte er.

»Tom kam irgendwo aus Südengland und war hinter einer Story her. Er war immer hinter irgendeiner Story her. Politik, Promis, Drogen, Kriminalität ... Wichtig war ihm vor allem Publicity. Denn damit, sagte er mir, verdient man am meisten Geld. Alle Zeitungen reißen sich darum. Mit ein paar toten Vögeln in der Süderelbe komme ich vielleicht beim Stadtteilboten unter. Im Gegensatz zu mir war er völlig skrupellos. Ich meine jetzt nicht in dem Sinn, dass er Verbrechen begangen hätte. Obwohl, wenn ich es recht bedenke ... Für eine Story nahm er es nicht so genau. Er hatte einfach keine Ideale …« Mary schüttelte den Kopf. »Oh mein Gott. Das ist jetzt sein Nachruf, nachdem ich das erste Mal über ihn rede, seit er tot ist.«

Rocco kam es so vor, als glitzerten Tränen in ihren Augen. Er bestellte noch eine Runde Schnaps. Dann erzählte er ihr, dass Tom offensichtlich für eine seiner Storys recherchiert hätte. Er habe als Putzmann bei einer Firma angeheuert, die für die Reinigung der Büros des städtischen Gas- und Stromversorgers in Ludwigsburg zuständig war. Möglicherweise gab es Unregelmäßigkeiten bei der Preisgestaltung der GALB und Tom habe eine große Geschichte dahinter gewittert. Er fragte Mary, ob sie etwas darüber wisse. Immerhin sei sie wahrscheinlich die Einzige, der die Nummer seines Handys bekannt war. Weitere Anrufe hätten sie nicht darauf gefunden.

»Nein.« Mary schüttelte den Kopf. »Ich weiß nichts darüber. Wir haben uns getrennt. Und Tom ist immer mal wieder aus der Stadt verschwunden, ohne Bescheid zu geben, wohin er geht. Dann war er meistens an einer brandheißen Sache dran.« Sie seufzte. »Es hat eine Weile gedauert, bis ich dahintergekommen bin, dass seine brandheißen Sachen oft nur Hirngespinste waren. Und wenn nicht, dann waren ihm die Kneipen, in denen er mit seinen Verschwörungstheorien und angeblich geheimen Informationen angeben konnte, immer wichtiger als die Story.« Sie sah Rocco an. »Der Alkohol war ihm wichtiger. Er hatte einfach nicht das Durchhaltevermögen, irgendeine verdammte Story zu Ende zu bringen. Er hat sich zu viel zusammengereimt und zu wenig Beweise gesammelt. Das war ihm immer zu mühselig. Schon lange hat ihm keiner mehr einen Artikel abgenommen. Der Alkohol hat ihn ausgelaugt und irgendwann war es so: Solange seine verdammten Recherchen genug für eine gute Story an der Theke hergaben, reichte es ihm aus. Ich hatte so die Schnauze voll.«

Der Überdruss in ihrer Stimme ließ nur vermuten, wie viele Anstrengungen und Enttäuschungen sie ertragen hatte. Rocco konnte sich jetzt den strengen Ausdruck um ihren Mund und die Müdigkeit in ihren Augen erklären. Durch den Schnaps war ihr Gesicht härter geworden, ihre Haut spannte um ihr Kinn, als sie die Lippen aufeinanderpresste.

»Warum, denkst du, sitze ich hier?« Mary winkte wieder zur Theke. »Wir haben die Nächte zusammen durchgemacht. Wir haben getrunken und gefeiert. Dabei haben wir uns, ohne es zu merken, immer weiter von unseren Zielen entfernt.« Sie nahm den Schnaps und spülte ihn dieses Mal mit einem kleinen Schluck Bier hinunter. »Ich wollte meine Ideen umsetzen und ich habe Tom geglaubt, dass er seine Ziele so bedingungslos verfolgt, wie er das in unzähligen Kneipen immer wieder erzählt hat. Es hat lange gedauert, bis ich bemerkt habe, wie weit ich mich von meinen Vorstellungen entfernt habe. Und das hier …« Sie hob ihr Glas, bestellte noch einmal und sah Rocco böse an. »Mir ist schon klar, was mit mir los ist. Ich saufe wie ein Loch. Von allem bleibt nur der Schnaps übrig. Tom? Scheiße.«

Rocco spürte, dass er eingreifen musste. Mary drohte, in Selbstmitleid abzugleiten. Es war immer das Gleiche, ein Schuldiger musste her. In ihrem Fall war es Toms Schuld, dass sie dem Schnaps verfallen war. Vielleicht hatte sie sogar recht, aber das war nicht Roccos Problem. Er brauchte mehr Informationen.

»Dieses Mal war es vermutlich anders«, sagte er ruhig. »Er muss wirklich jemandem auf den Fersen gewesen sein, sonst wäre er nicht umgebracht worden.«

Mary zuckte mit den Schultern. Der Schnaps machte sie langsam gleichgültig. »Ich weiß nicht. Er hat gesagt, er wäre da einer heißen Sache auf der Spur. Das Übliche. Ich habe ihm nicht mehr geglaubt.«

»Die GALB ist vielleicht in unsaubere Geschäfte verwickelt. Er hatte einen Hinweis und ist dem nachgegangen …«

»Das kann ich mir nicht vorstellen.« Mary winkte ab und blickte stumpf auf ihr Bierglas. »Gas … Strom … Irgendein Provinzunternehmen … Ich meine, wo ist da der Reiz? Das war nichts für Tom. Es muss etwas anderes dahinterstecken.«

»Aber was? Immerhin war es ihm wichtig genug, um sogar einen Tarnnamen zu verwenden.«

Mary sah von ihrem Bier auf. »Wie hieß er denn?«

»Enzo Fischer.«

»Hm.« Sie dachte nach. »Er hatte immer geheime Verstecke für seine Unterlagen. Aber Strom- und Gaspreise … Ich meine, da gibt es doch schon überall Organisationen, die sich darum kümmern, oder?«

»Ja, schon, aber vielleicht hatte er ja Beweise für unlautere Machenschaften, einen Betrug …«

»Seine Spezialität waren Drogen«, sagte Mary schleppend. Die Schnäpse zeigten langsam Wirkung.

»Du meinst, außer Alkohol?« Rocco verdrehte die Augen.

»Nein, ich meine die Storys. Drogengeschäfte … internationale Verbindungen. Er war hinter Drogenstorys her. Das bringt Kohle, hat er gesagt. Pffh.«

»Drogengeschäfte?« Das passte nun wirklich gar nicht zu Roccos Ermittlungen.

»Ich müsste den Raum sehen«, sagte Mary und bestellte

noch einen Schnaps. »Wo er gewohnt hat. Ich würde sicher was finden.«

»Das wäre großartig.« Rocco war während des schleichenden Verfalls seiner Tischnachbarin ebenfalls etwas in sich zusammengesunken. Zwischendurch war er sich nicht mehr so sicher gewesen, ob die Befragung in Hamburg wirklich so eine gute Idee gewesen war. Was hätte Roth zu dieser dürftigen Ausbeute gesagt? Aber auf einmal lebte er auf. Sicher, die Spurensicherung war in der Wohnung gewesen. Aber nach geheimen Verstecken hatten sie wahrscheinlich nicht gesucht. »Dann begleite mich. Ich verspreche dir, auf dich aufzupassen.«

Sie hob erstaunt die Augenbrauen und einen kleinen Moment lächelte sie verschmitzt. »Kein Problem«, sagte sie. Rocco befürchtete, dass ihre augenblickliche Courage hauptsächlich auf den Alkohol zurückzuführen war.

»Warum er?«, fragte Rocco, als sie nebeneinander her zurück zu ihrer Wohnung gingen. »Ich meine, er war nicht gerade beliebt. Niemand mochte ihn, oder?«

Mary sah zur Seite und leuchtete mit ihrer Taschenlampe zwischen den Büschen am Straßenrand herum. »Er war älter, er war anders …« Sie zuckte mit den Schultern. »Und jetzt … Sieh mich an.«

»Du bist noch jung«, sagte Rocco. »Du kannst neu anfangen.«

Mary lachte. »Ja. Morgen.«

Der Mond kam halb durch die Wolken und warf einen sanften Glanz auf ihr Gesicht. Alle Härte und Strenge war von ihr genommen und Rocco meinte, sie lächeln zu sehen. Sie hatte doch noch alle Chancen der Welt. Der schmale

Rasenstreifen neben dem Gehweg erschien ihm auf einmal wie glückliche Wiesen, auf denen saftige Kühe weideten. Im Mondlicht waren die trostlosen Mietkasernen wie fest gebaute Häuser, eine Heimat. Der dreckige Kanal war ein stilles Wasser, das die Seele beruhigte.

Marys schmale Gestalt schwankte leicht und berührte ab und zu seinen Arm. Schließlich hakte sie sich bei ihm unter und sie schwankten synchron.

»Das System«, rief Lenny in den Nachthimmel, als er mit Louis die Bar verließ. »Es ist das System.«

»Halt die Klappe und schrei nicht so«, sagte Louis und schloss die Tür ab.

Lenny lehnte sich an die nächste Gartenmauer und drehte eine dünne Zigarette. Louis warf einen prüfenden Blick auf ihn. Er schauderte in der kühlen Nachtluft.

»Wo wohnst du denn? Ist es weit?«

Lenny wies mit dem Arm unbestimmt in eine Richtung. »Hier drüben.«

»Na, komm schon, ich fahre dich.«

»Kannst du denn noch fahren?«, fragte Lenny besorgt und zündete seine Zigarette an.

»Ich kann immer fahren«, erwiderte Louis.

Sie fuhren durch die Wilhelmstraße. Um diese Zeit war kein Mensch mehr unterwegs. Die Gebäude waren unter sich, beleuchtet vom gelben Licht der unermüdlich, aber sinnlos arbeitenden Straßenlaternen.

»Sieht aus wie nach dem Atomkrieg«, flüsterte Lenny. »Alles verstrahlt. Alles leer.«

»Mhm«, machte Louis.

Kurz nach dem Schloss bog er ab in die schmale Gasse, in der Lenny wohnte.

»Kommst du noch auf ein Glas mit rauf?«, fragte Lenny genauso, wie er vor Kurzem Rocco gefragt hatte.

»Du spinnst wohl?« Louis tippte sich an die Stirn. »Ich muss morgen früh raus.«

»Ich auch«, sagte Lenny beleidigt. »Ich muss zu der Firma, bei der Tom gearbeitet hat … Und zur Gerichtsmedizin … Ins Labor …«

»Na, dann« Louis grinste. »Bis bald.«

Auf dem Weg in seine Wohnung drehte Lenny sich noch eine Zigarette. Oben angekommen, schaltete er den Fernseher ein und ließ sich aufs Sofa plumpsen. Es lief ein Film mit Tieren. Kleine, braune Tiere, die im Wald zwischen Büschen flink herumliefen. Als Lenny die Augen das nächste Mal aufschlug, waren Rehe zu sehen, die auf einer dampfenden Lichtung ästen und ihre Ohren wie Antennen in alle möglichen Richtungen stellten.

Es war die Tat eines Wahnsinnigen, dachte er. So werde ich mein Plädoyer beginnen. Dieser Wahnsinnige hat die Tiere meiner Nachbarn abgeschlachtet … Aufgebrochen … Das Herz, die Leber, das klebrige, dunkle Blut, das die Finger so unbedingt schmutzig macht … Er dachte an Dr. Mahler. Der süße Geruch … Da liegen sie im dunklen Morgen der moosigen Bäume, den silbrigen Stämmen der Birken, ihrer Heimat.

Schlaftrunken erhob er sich, nahm eine Kopfschmerztablette und ging ins Bett.

Am nächsten Morgen war der Himmel blau. Verrückt blau. So blau, wie Lenny es gestern Nacht gewesen war. An den Rändern franste er aus in ein leuchtendes Flimmern, das mehr versprach, aber nichts hielt. Lenny beobachtete es vom Bett aus, bis er völlig wach war. Trotz der Gefahren, die von diesem vagen Himmel ausgehen konnten, stand er gut gelaunt auf.

Die Wahl seiner Krawatte nahm heute Morgen wenig Zeit in Anspruch. Lenny kam nur geringfügig zu spät zu seinem Termin mit dem Schichtleiter der Reinigungsfirma. Er traf auf einen dicken, älteren Italiener, der in einem kleinen Büro mit Glasscheibe hinter einem Schreibtisch mit zwei Telefonen saß.

»Grünspan«, stellte Lenny sich vor. »Ich bin von der Mordkommission.« Er fand, das klinge ziemlich gut. Er wiederholte es in Gedanken. Das nächste Mal würde er es ein bisschen zackiger, abgehakter sagen. Grünspan. Mordkommission.

»Pratini«, sagte der Mann. »Ich habe nicht viel Zeit.«

»Wozu haben Sie zwei Telefone?«, fragte Lenny.

»Hat das etwas mit der Sache zu tun, wegen der Sie hier sind?«

»Das weiß ich nicht.«

»Kommissar. Ich habe es eilig. Sehen Sie, die Koordination der Reinigungstrupps ist nicht so einfach, wie Sie vielleicht denken. Man hat Ausfälle, Verspätungen, Zeitpläne müssen eingehalten werden. Niemand will die Leute sehen, die den Dreck wegräumen. Morgens soll einfach alles wieder glänzen. Klar? Das erfordert Planung, Logistik …« Er unterbrach sich »Was wollen Sie?«

Lenny hatte den Eindruck, dass er diese Ansprache nicht zum ersten Mal hielt. »Enzo Fischer war einer Ihrer Angestellten?«

Pratini klickte auf einem Notebook herum, das zwischen den Telefonen stand. »Ja, das ist richtig. Ich habe deshalb schon mit einem Ihrer Kollegen gesprochen.«

»Wie hieß der Kollege?«

Pratini zog die Augenbrauen und die Schultern hoch. »Das weiß ich nicht mehr. Ist das wichtig? Er hat mir am Telefon mitgeteilt, dass Enzo Fischer nicht mehr zur Arbeit erscheinen wird. Dass er tot ist. Er hat gefragt, ob ich irgendwelche sachdienlichen Hinweise habe. Ich habe nein gesagt, ihm die Adresse gegeben, und damit war die Sache erledigt.«

»Er hat sich also nicht ausgewiesen«, sagte Lenny streng. »Ich bin sicher, dass Sie sachdienliche Hinweise haben. Man hat immer irgendwelche sachdienlichen Hinweise. Wie lange hat Enzo Fischer bei Ihnen gearbeitet?«

Wieder klickte Pratini auf seinem Notebook herum. »Ein gutes halbes Jahr«, sagte er.

»Hat er oft gefehlt?«

»Ehrlich gesagt, wenn er nicht gestorben wäre, hätte ich ihn bald gefeuert«, sagte Pratini und kratzte sich hinterm Ohr. »Er war nicht gerade der Zuverlässigste. Auch wenn man über Tote nicht schlecht reden soll.«

Lenny zuckte mit den Schultern.

»Bevor ich erfahren habe, dass er gestorben ist, war er drei Tage nicht zur Arbeit erschienen. Jetzt weiß ich natürlich, warum. Aber damals …«, fuhr Pratini fort.

»Für welche Arbeit war er eingeteilt?«, fragte Lenny. Er hatte den Eindruck, als wolle Pratini sich ständig bekreuzen, aber dann wurde doch nur ein Kratzen hinterm Ohr oder, wie jetzt, unterhalb der Gürtellinie daraus.

Der Schichtleiter rollte auf seinem Stuhl hinüber zu einem Aktenschrank, auf dem ein dickes Buch lag. Er schlug es auf und blätterte darin. »Als er zuletzt gearbeitet hat, war er bei der Kolonne D eingeteilt. Das war am letzten Wochenende, Grundreinigung GALB. Das sind die Gas- und Stromwerke.«

»Ich weiß«, sagte Lenny.

»Er war dort eigentlich fürs Wischen der Gänge im Erdgeschoss eingeteilt. Aber es gab über Enzo Fischer schon wiederholt Beschwerden.«

»Welcher Art?«

»Einige seiner Kollegen haben sich beschwert, er würde seinen Job nicht machen«, sagte Pratini zögernd.

»Und?«

»Na ja ...« Pratini zuckte mit den Schultern. »So was kommt öfter vor. Manchmal ist was dran, manchmal ist es nur ein Streit unter Kollegen, die sich nicht leiden können ... Im Fall von Fischer war ich geneigt, ihnen zu glauben, weil er, wie gesagt, ja auch sonst nicht der Zuverlässigste war.«

»Sie meinen, wenn sich Ihre Kollegen streiten, dann greifen sie zum schäbigen Mittel der Denunziation, um dem anderen eins auszuwischen?«

Pratini verzog genervt den Mund und sah zur Decke. »Kommissar. Das mag Ihnen nicht gefallen, aber das ist sicher nicht nur in Putzkolonnen relativ üblich.«

»Umso schlimmer.« Lenny starrte den Schichtleiter entsetzt an.

»Ja.« Pratini seufzte. »Es ist schrecklich. War's das? Ich habe zu tun.«

»Was hat er denn gemacht, wenn er nicht gewischt hat?«

Der Schichtleiter lächelte schmierig. »So«, sagte er genüsslich. »Sie finden es furchtbar, wenn Leute denunziert werden. Aber Sie wollen schon wissen, um was es ging, wie?«

Lenny warf ihm einen verächtlichen Blick zu. »Enzo Fischer ist tot. Ermordet. Und wir wollen herausbekommen, wer es war. Klar?«

»Was wird er gemacht haben? Er ist in den Büros herumgestreunt«, sagte Pratini mürrisch. »Wenn jemand hereinkam, hat er so getan, als leere er die Mülleimer. Wenn ihm die Vorarbeiterin klargemacht hat, er solle seinen Job erledigen, gab es Streit. Und so weiter … Ich muss jetzt wirklich weitermachen …« Pratini wies auf sein Notebook.

»Danke.« Lenny ging ohne ein weiteres Wort hinaus. Pratini sah ihm verdutzt hinterher.

In Roccos Büro wartete eine schlecht gekleidete Frau auf Lenny. Bis auf ihre Kleidung fand er sie jedoch sehr hübsch. In ihrer großen, runden Brille spiegelte sich das Sonnenlicht, es sah aus, als blitzten ihre tiefblauen Augen fröhlich.

»Kommissar Marino, ich warte schon mehr als eine halbe Stunde auf Sie. Ich möchte wissen, was Sie wegen der Schadstoffe unternehmen wollen, die von dem Autowrack in den Boden und ins Grundwasser gelangt sind.«

Lenny sah sie einen Augenblick perplex an. »Gar nichts«, sagte er dann. »Wir sind nicht verantwortlich dafür, welche Schadstoffe ins Grundwasser gelangen.«

»Aber … Es muss jemand für die notwendigen Reinigungskosten aufkommen. Der Steinbruch ist ein einmaliges Natur- und Kulturgut. Es kann nicht sein, dass dort einfach Autowracks entsorgt werden. Jede Menge Öl und Benzin ist im Boden versickert. Das kann einen nachhaltigen Schaden anrichten. Was heißt *kann* … Es wird einen nachhaltigen Schaden anrichten.«

»Liebe Frau …?« Lenny sah sie fragend an.

»Ahlen. Anja Ahlen.«

»Liebe Frau Ahlen. Wir müssen für die Reinigungskosten ganz sicher nicht aufkommen, denn wir haben die

Verunreinigung ja nicht verschuldet. Ich kann privat vielleicht etwas für Sie tun … Aber ich glaube nicht, dass die Behörde sich hier engagiert.« Lenny lächelte. »Vielleicht könnten Sie ja mit einer Spendenaktion …? Da lassen sich auch immer gleich neue Mitglieder werben …«

Frau Ahlen holte tief Luft, um empört zu protestieren, als Lennys Handy klingelte. Er hob die Hand und nahm ab. »Mhm«, sagte er. »Mhm.« Währenddessen stand er auf und ging zur Tür. Frau Ahlen sah ihm gebannt nach. »Ja, natürlich. Ich komme sofort. Ja …« Lenny hielt die Hand vor den Lautsprecher und flüsterte Frau Ahlen zu: »Ich muss los. Es ist wichtig. Sorry. Legen Sie doch Ihre Karte auf den Tisch, ich rufe Sie an.« Er schloss die Tür hinter sich und eilte den Gang entlang. Aber er bekam Frau Ahlen nicht mehr aus dem Kopf. Ständig sah er ihre bewundeungswürdig blauen Augen vor sich und die Reflexionen, die ihre dünnen Brillengläser schossen. Lenny überlegte, warum er sie nicht zum Essen eingeladen hatte.

KAPITEL 12

Hatte sie Antje oder Anja gesagt? Lenny stand vor dem Gebäude der Staatsanwaltschaft und überlegte. Er wollte ja nicht Frau Ahlen sagen, wenn sie sich das nächste Mal trafen. Er wollte Antje sagen. Oder Anja. Je nachdem, ihren Vornamen eben … Gedankenverloren schritt er durch die Gänge und versuchte, sich zu erinnern. Antje, dachte er. Nein, Anja. Als er vor der Tür des Staatsanwalts ankam, war er so durcheinander, dass er nicht einmal mehr mit Sicherheit wusste, wie sie mit Nachnamen hieß. Er war gefangen in einem Sturm von A-Wörtern, sie vernebelten seine Sicht, nahmen ihm den Atem … Kurz bevor er taumelnd unterging, kam die Rettung in Form eines ausbrechenden Gedankens: Sie hatte hoffentlich ihre Karte auf Roccos Schreibtisch hinterlassen. Normalerweise stand auf Visitenkarten auch der Vorname, dachte er und beruhigte sich. Ein wenig außer Atem klopfte Lenny an Dr. Davids schwere Tür. Keine Antwort.

»Schon wieder«, murmelte er und klopfte noch einmal, dieses Mal etwas lauter. Vielleicht war er einfach nur zu zurückhaltend und Dr. Davids hörte sein zaghaftes Pochen nicht. Wieder kam keine Antwort. Zögernd drückte Lenny die Klinke nach unten. Es war nicht abgeschlossen. Vorsichtig spähte er in den Raum. Das Fenster stand offen und … Warum nur war es in diesem Raum immer so schummrig? Egal zu welcher Tages- oder Nachtzeit, in Dr. Davids Büro herrschte stets das immergleiche, diffuse Licht. Beinahe so, als hätte die Luft hier drin die Farbe von

Rauch. Vielleicht war es auch eine Aura der Unbestimmtheit, die den Leitenden Staatsanwalt umgab? Vielleicht hatte sich aber auch nur Lennys Wahrnehmung geändert.

Dr. Davids stand am Fenster und war auf dem Weg zu seinem Schreibtisch. Oder? Lenny konnte es nicht mit absoluter Sicherheit sagen, aber es kam ihm fast so vor, als sei er in diesem Augenblick durchs Fenster in sein Büro geklettert. Als er die Tür öffnete, hatte der Doktor gerade noch seinen Fuß hereingezogen. Aber wie sollte das möglich sein? Das Büro befand sich im vierten Stock. Lenny schüttelte den Kopf. Es war unmöglich. Er musste sich täuschen.

»Dr. Davids?«, sagte er vorsichtig.

Der Staatsanwalt fuhr herum. »Oh nein«, rief er. »Können Sie nicht anklopfen?«

»Aber ich habe …«

»Was wollen Sie schon wieder? Lassen Sie mich in Ruhe.«

»Aber …« Lenny war perplex. »Sie wollten doch über die neuesten Erkenntnisse im Fall Enzo Fischer alias Tom Selleck informiert werden.«

Dr. Davids war außer Atem und ließ sich in seinen Schreibtischstuhl fallen. Vielleicht hat er ja nur Gymnastik am offenen Fenster gemacht, dachte Lenny.

»Ja«, sagte der Staatsanwalt. »Aber nur, wenn Sie etwas Brauchbares haben.«

»Der Kommissar ist nach Hamburg gefahren. Und ich war heute Vormittag bei einem Herrn Pratini.« Lenny trat vor den Schreibtisch und erzählte Dr. Davids, dass sie die Exfreundin von Tom Selleck ausfindig gemacht hatten. Sie hätten außerdem von der EDV nicht nur die Namen aller Angestellten der GALB erhalten, sondern auch derjenigen, die für die Subunternehmer der GALB arbeiteten. Und Tom Selleck hätte unter dem Namen Enzo Fischer für die Firma gearbeitet, die für die Reinigung der GALB-Büros zuständig war.

Dr. Davids atmete tief durch und sagte lange nichts. Er war ein bisschen bleich geworden. Da war sie also endgültig, die Verbindung zwischen Tom Selleck und der GALB. Dieser Kommissar hatte tatsächlich etwas gefunden. Dr. Davids dachte nicht so sehr darüber nach, was das für Konsequenzen für die GALB, Müller und seinen Freund Dr. Spilden haben könnte. Er musste jetzt darauf achten, dass er selbst nicht in den Fall hineingezogen wurde. Er würde Müller in Zukunft nur noch von einer öffentlichen Telefonzelle aus anrufen. Zu einem geeigneten Zeitpunkt würde er dann seinen Beratervertrag mit der GALB kündigen, aus persönlichen Gründen – mehr Zeit für die Kinder oder etwas Ähnliches. Obwohl …

Dr. Davids verzog unwillig den Mund. Er hatte mit der GALB einen Vertrag über eine rein juristische Beratung. Wenn in dem Betrieb etwas nicht sauber ablief, woher sollte er das wissen? Warum sollte er den nicht unerheblichen Zusatzverdienst als Berater einfach abschreiben? Was konnte die Exfreundin eines Säufers schon für Informationen haben? Und vor allem: Wer würde ihr glauben? Er sicher nicht, und er war immerhin der Leitende Staatsanwalt.

»Dr. Davids?« Lenny räusperte sich.

»Ja?« Dr. Davids sah ihn streng an. »Und deshalb kommen Sie zu mir, Grünspan? Ich will Sie hier nicht mehr sehen, bis Sie relevante Informationen haben. Die Freundin des Toten aus Hamburg. Was heißt, die *Freundin* … Die *Ex*freundin … Der Kommissar finanziert sich einen netten Ausflug auf Staatskosten, was meinen Sie?«

»Aber, Dr. Davids … Immerhin haben wir auch Blutspuren in einem Wagen der GALB gefunden.«

»Das weiß ich bereits. Der Fahrdienstleiter ist ja offensichtlich der Meinung, dass der Wagen gestohlen wurde. Gibt es einen Grund, ihm nicht zu glauben?«

Lenny zog die Schultern hoch und Dr. Davids sah ihn ernst an. Dann versuchte er sich an einem gütigen Lächeln. »Versuchen Sie, Ihren Geist offen zu halten, Grünspan. Das ist alles, was ich Ihnen mit auf den Weg geben kann. Ich möchte nicht, dass Sie sich in eine fixe Idee verrennen. Man muss immer in alle Richtungen ermitteln. Und jetzt raus hier. Ich habe zu tun.«

»Ja …« Lenny stand unschlüssig auf und ging zur Tür. »In Ordnung.« Er würde alles tun, um seinen Geist offen zu halten.

»Adieu.« Dr. Davids winkte ihn mit dem Handrücken sanft, aber energisch hinaus.

Kaum war Lenny verschwunden, kramte er eine Sonnenbrille aus seinen Tennissachen, setzte einen Hut auf und verließ sein Büro.

Am Morgen wehte in Hamburg ein kalter Wind, der den Himmel blank geputzt hatte. Rocco schlug den Kragen seiner Jacke hoch und hielt sie mit den Händen zusammen, aber das nutzte nicht viel. Hastig überquerte er das notdürftig mit Asphalt ausgebesserte Kopfsteinpflaster. Gegenüber dem Hotel befand sich eine kleine, etwas heruntergekommene Bude, die sich auf Alkohol, Chips und gebrauchte Handys spezialisiert hatte. Rocco gefiel diese ungewisse Art des Unperfekten mancher Viertel sehr gut. Die schmutzigen Straßen, die sich vom Hafen sowohl in die armen als auch in die wohlhabenden Gegenden hinaufzogen. Aber es war schlichtweg zu kalt in dieser Stadt. Immer, wenn er hier war, erinnerte er sich an seine Urlaube mit der Familie in Apulien. Natale, sein Vater, stammte aus Apulien. Er dachte zurück an die Wärme, die dunkelblauen Nächte vor den Cafés, seine Großmutter mit ihren schwarzen Röcken … Aber die Röcke erinnerten ihn schnell wieder an die Engstirnigkeit, das Gerede im Dorf, die strengen Regeln und engen Grenzen dessen, was erlaubt war und was nicht. Der Katholizismus regierte die kleinen Gesellschaften in den Dörfern nach wie vor mit eiserner Hand. Aber als kleiner Junge hatte ihn das nicht interessiert. Hauptsächlich war es warm gewesen …

Rocco kaufte eine Flasche Wodka, ließ sie sich notdürftig in braunes Packpapier einschlagen und ging zum Wagen. Er hatte ein schlechtes Gewissen wegen des Schnapses, aber möglicherweise konnte er ihn gut gebrauchen. Nachdem er sein Gepäck im Kofferraum verstaut und die Flasche auf den Beifahrersitz gelegt hatte, machte er sich auf den Weg nach Wilhelmsburg, um Mary abzuholen.

Wie erwartet lag sie noch im Bett. Auf seinem Weg nach oben kam ihm das Treppenhaus längst nicht mehr so bedrohlich vor wie letzte Nacht. Oberflächlich suchte er die Wand nach dem Graffiti ab, konnte es aber nicht entdecken. Hatte er es sich nur eingebildet?

Mary stand in einem weißen Nachthemd da und hielt sich an der Tür fest.

»Guten Morgen«, sagte Rocco und versuchte, einen munteren Eindruck zu machen.

»Was willst du?«, fragte Mary mürrisch. Die Haare hingen ihr ins Gesicht. Sie bekam kaum die Augen auf.

»Hast du Kaffee?«, fragte Rocco und dachte dabei mehr an sie als an sich.

»Mhm«, machte sie, ließ die Tür offen und zeigte auf dem Weg zurück ins Bett in die Küche. »Da drin.«

Rocco suchte eine Weile, bis er das Kaffeepulver und zwei einigermaßen saubere Tassen fand. Er kochte Kaffee und ging damit zu Mary ins Schlafzimmer.

»Hier«, sagte er und hielt ihr eine Tasse hin.

»Hm«, machte sie und wischte sich eine Strähne aus der Stirn. Im Morgenlicht wirkte ihre Haut wie Papier, so weiß und dünn – und verletzlich. Eine Wange war gerötet vom Kissen. Sie nahm Rocco die Tasse aus der Hand und er konnte spüren, dass ihre Finger warm, rau und trocken waren.

»Wir sind verabredet«, sagte er leise. »Schon vergessen?«

»Hm.« Mary nahm einen Schluck Kaffee. »Au, ist der heiß.« Sie kam ein bisschen zu sich.

»Wir haben noch eine lange Fahrt vor uns.«

Mary runzelte die Stirn. »Lange Fahrt?«

Es war, wie Rocco befürchtet hatte.

»Wir fahren nach Ludwigsburg, sobald du deine Sachen gepackt hast. Du hast mir gestern Abend versprochen, mitzukommen.«

Mary winkte ab. »Dafür habe ich keine Zeit«, sagte sie umständlich, fasste hinüber zu ihrem Nachttisch und wollte eine Schublade aufziehen. Mitten in der Bewegung hielt sie inne und drehte sich um.

»So? Was hast du denn vor?«

»Rocco. Lass mich in Ruhe.« Mary wurde ärgerlich. Sie drehte sich wieder zur Seite und verschüttete etwas Kaffee. »Da, sieh dir das an. Alles schmutzig.«

»Mary, es ist sehr wichtig. Wir haben gestern doch darüber gesprochen. Ich habe mich auf dich verlassen.«

»Warum tust du das?« Sie lachte.

»Komm schon. Es ist eine Chance, herauszufinden, warum Tom tot ist. Ist dir das egal?«

»Es ist mir nicht egal«, sagte Mary und sah Rocco böse an. »Aber es würde nichts ändern, wenn ich mitkäme, oder? Tom bleibt tot.«

»Es würde etwas für die ändern, die dafür verantwortlich sind und noch leben.«

Es hatte keinen Zweck. Mary weigerte sich. Irgendwann zog Rocco die Flasche aus der Tasche. Er hatte den Wodka für sie gekauft, sozusagen als Reiseproviant. Sein schlechtes Gewissen wurde dadurch nicht besser, aber er konnte nicht auf ihre Hilfe verzichten. Mary sah ihn fassungslos an.

»Du meinst, du kannst mich mit Schnaps bestechen? Hältst du mich für so eine elende Säuferin?«

»Es ist Wodka«, sagte Rocco. »Ein sehr guter Wodka. Kein Fusel.«

»Weil ich normalerweise nur Fusel trinke … Ich sollte dir dankbar sein …«

»Nein«, erwiderte Rocco verlegen. »Ich meine nur, du brauchst keine Angst zu haben … Ich sorge für dich.«

»Na toll. Du Esel. Steck dir deinen Schnaps sonst wohin«, sagte Mary.

Aber Rocco ließ nicht locker. Es dauerte noch eine Weile, bis er ihr einen Schluck in den Kaffee gießen konnte. Sie sah ihm gebannt dabei zu, als würde er ihr vor ihren Augen Gift verabreichen, als würde er sie abhängig machen, als wäre er schuld an allem. An allem … Sie trank. Er holte noch mehr Kaffee und kippte Wodka hinein.

Später zog Mary sich an. Rocco wartete in der Küche. Als sie aus dem Badezimmer kam, lehnte sie sich an die

Tür und sah ihn an. »Ich weiß wirklich nicht, wer von uns beiden heruntergekommener ist«, sagte sie. »Lass uns gehen.«

Die Fahrt verlief schweigsam. Mary lehnte den Kopf an die Scheibe und sah nach draußen. Sie verließen Wilhelmsburg auf der A 4, kamen am Hafen und den Docks vorbei. Auf der anderen Seite ratterte in der gleichen Richtung ein Güterzug über die Eisenbahnbrücke. Rocco sah kurz hinüber und dann zu Mary. Der Wodka lag unten im Fußraum, sie hielt die Flasche mit den Füßen fest. Der Himmel war blau, aber irgendwie blass, wie ausgewaschen. Wann mochte sie die Stadt zum letzten Mal verlassen haben? Rocco zuckte in Gedanken die Schultern. Er verschwendete nicht allzu viele Gedanken an Mary. Ihm ging etwas anderes im Kopf herum. Möglicherweise wollte Anna ja nicht, dass er kam. Aber natürlich wusste sie, dass er kommen würde. Er konnte nicht anders.

»Wir müssen unterwegs noch anhalten«, sagte er, als sie die Stadt hinter sich gelassen hatten. Mary löste ihren Kopf von der Scheibe.

»Warum?«

»Ich habe noch eine Verabredung. Es wird nicht lange dauern. Spätestens morgen früh fahren wir weiter.«

Mary runzelte die Stirn. »Morgen früh? Lass mich sofort raus. Ich will nach Hause.«

»Ach, komm schon. Red keinen Unsinn. Wir besuchen eine Kollegin von mir. Sie ist sehr nett.« Rocco sah Mary an. »Nimm noch einen Schluck.«

Mary seufzte und biss die Zähne zusammen. Dann legte sie den Kopf wieder an die Scheibe. »Du weißt, wie man mit Frauen redet.« Sie fasste nach unten, nahm die Flasche und trank.

Sie fuhren etwas mehr als eine Stunde nach Süden, bevor Rocco die Autobahn verließ. Annas Tante leitete einen Gasthof am Rand eines kleinen Dorfs in der Lüneburger Heide. Ihr Weg führte sie vorbei an kleinen Wäldchen, Mooren und mit Heidekraut bewachsenen Hügeln, bis die ersten reetgedeckten Dächer des Dorfs auftauchten. Rocco parkte vor einem niedrigen Holzhaus mit weiß angemalten Fensterrahmen. Auf einem Schild stand ›Pension Forellenhof‹ und darunter ›Zimmer frei‹.

Sie stiegen aus und sahen sich um. Auf der anderen Straßenseite begrenzten ein paar eingerammte Holzpfosten die Fahrbahn. Direkt dahinter wucherte dickes Gestrüpp. Kein Mensch war zu sehen. In den Büschen, die den Weg zum Haus säumten, zwitscherte unentwegt und monoton ein Vogel.

»Das klingt wie ein kaputter Einkaufswagen«, sagte Mary. »Oh, meine Güte. Was für eine Idylle. Hier gibt es wahrscheinlich nicht einmal einen Bus, mit dem man flüchten könnte … Das perfekte Gefängnis.«

»Na, na. Stell dich nicht so an. Wir bleiben ja nicht lange. Das Gasthaus sieht doch sehr gemütlich aus. Die haben bestimmt was zu trinken … und zu essen.«

Mary zog die Augenbrauen hoch. »Ich habe deine Flasche noch nicht leer. Der Gasthof zieht nicht.«

»Komm mit.«

Sie gingen nebeneinander her zum Haus. Die Tür war offen, aber auch drinnen war niemand zu sehen. Es war dunkel, durch die kleinen Fenster drang kaum Licht. Rocco ging einen schmalen Flur nach hinten bis zu einer

Tür mit der Aufschrift ›Gastraum‹ und öffnete sie. Der Raum war groß und hell. An der Wand entlang standen einige geschrubbte Holztische, auf der anderen Seite zog sich eine lange Theke ums Eck. Weiter hinten war die gesamte Front verglast und führte hinaus auf eine große Terrasse und einen Biergarten mit verwitterten Holztischen, die unter alten Bäumen standen.

»Hallo?«, rief Rocco. Ein Scheppern hinter der Theke war die Antwort. Er beugte sich über den Tresen. Dahinter führte eine aufgeklappte Falltür in den Keller.

»Ich komme gleich«, rief jemand von unten. Kurz darauf tauchte eine zierliche Frau mit einem Getränkekorb in der Hand auf.

»Hallo«, sagte sie. »Ich habe um diese Zeit keine Gäste erwartet.«

»Wir sind nicht angemeldet«, erwiderte Rocco. »Es ist eher Zufall, dass wir hier sind … Ich suche Anna. Sind Sie ihre Tante?«

Die Frau runzelte die Stirn. »Wer will das wissen?«

»Oh, Entschuldigung. Rocco Marino, wir haben miteinander telefoniert«, sagte Rocco eilig. »Ich bin ein Kollege Ihrer Nichte. Wir arbeiten beide im Morddezernat. Ich hatte in Hamburg zu tun und dachte … ich schau mal vorbei. Das ist Mary.« Er wies auf Mary, die in der Tür stehen geblieben war.

»Morddezernat …« Die Frau nickte. »Ja, ich bin ihre Tante.« Sie stellte ihren Getränkekorb auf die Theke und streckte Rocco die Hand hin. »Hedda.«

»Rocco«, sagte Rocco noch einmal und schüttelte sie. »Und Anna … Ist sie da?«

Hedda sah ihn zweifelnd an und warf dann einen Blick auf ihre Uhr. »Um diese Zeit ist sie normalerweise immer auf dem Friedhof.« Sie zeigte mit dem Finger vage eine Richtung an.

»Kann Mary hier warten, bis ich wieder zurück bin?«, fragte Rocco.

Hedda lachte. »Das ist ein Gasthof. Sicher kann sie warten. Ihr bekommt sogar was zu essen und zu trinken, wenn ihr wollt.«

»Prima.«

»Komm her, Mary«, sagte Hedda und winkte. Mary näherte sich zögernd und setzte sich an die Theke.

»Ich bin bald zurück«, sagte Rocco, drückte ihren Arm und ging durch die Terrassentür. Draußen wehte der gleiche kalte Wind wie in Hamburg. Rocco zog seine Jacke enger um sich. Mary sah ihm nach, bis er zwischen den Bäumen und Sträuchern in der Heide verschwunden war.

KAPITEL 13

Der Ort war klein und der Friedhof noch kleiner. Er zog sich rechteckig zwischen den Heidesträuchern an einem Hügel entlang, auf der einen Seite begrenzt durch ein dunkles Wäldchen. Unten führte ein Feldweg vorbei, auf dem die Bauern mit ihren Treckern Dung zu ihren Äckern brachten. Bis auf die Grabsteine unterschied sich der Friedhof kaum von der übrigen Landschaft, ruhig, nordisch, protestantisch-nüchtern. Nur wenig Blumenschmuck lag auf den Gräbern, oft waren heimische Pflanzen wie Erika, Wacholder, verschiedene Gräser und Kräuter eingepflanzt worden.

Der Friedhof hatte nicht die Dramatik, wie Rocco sie aus Italien kannte. Dort waren die Friedhöfe eine Stein- und Denkmalwüste, die Toten unter der heißen Sonne zwischen verzweifelt enge Mauern eingequetscht. Bilder und Fotos der Verstorbenen hingen an den Grabmalen, die Statuen trauernder, vom Himmel stürzender Erzengel, die harten Tränen weinender Nymphen fielen in verschissene Vogelbäder, mahnende Finger und betende Hände reckten sich gen Himmel. Die Geister dort waren ausgezehrt und wund, sie zitterten in der fiebrigen, vibrierenden Luft. Mit ausgehöhlten Augen starrten sie den Lebenden neidvoll nach. Hoffnung und Erlösung von Tod und irdischem Leid versprach nur die ständige Anwesenheit der katholischen Kirche.

Hier in der Heide wehten die Geister frei über die weite Ebene und die Hügel. Sie mussten sich nicht um die Lebenden kümmern, sie ließen sich vom Wind tragen, strichen durchs Gras, trieben ihren Schabernack aus Übermut, nicht aus Verzweiflung. Ohne Zweifel hatte das Land etwas Protestantisches und doch wirkte es beinahe heidnisch. Rocco hatte den Eindruck, als könne man hier, an diesem Ort, im Einklang mit sich selbst tot sein.

Er entdeckte Anna weiter oben. Sie stand beinahe am Kamm des Hügels bei einem kleinen Grab, das sich nicht viel von den anderen unterschied, außer dass ihm der Grabstein fehlte. Ihr Haar wehte im Wind und drückte ihre rote Jacke an sie. Rocco blieb stehen und betrachtete Anna einen Moment, dann stopfte er seine Hände in die Jackentaschen und stapfte auf dem schmalen Trampelpfad nach oben.

Kurz bevor er sie erreichte, drehte Anna sich um.

»Rocco«, sagte sie und lächelte. Sie schien überhaupt nicht überrascht zu sein, ihn hier zu sehen.

Für ein paar Sekunden fühlte er sich ihr wieder so nahe wie damals, als sie zusammen die schmale Allee vom Märchengarten zurück zum Schloss gegangen waren.

»Anna«, sagte er. »Ich konnte einfach nicht vorbeifahren, ohne dich zu sehen.«

Sie drehte sich wieder um und zeigte auf das Grab. »Ich komme jeden Tag hierher. Und dann gehe ich spazieren.«

»Wer liegt da?«, fragte Rocco.

»Mein Kind.«

»Mhm.« Rocco hatte befürchtet, dass sie etwas in der Art sagen würde. »Ist das der Grund …?«

Anna fasste ihn am Arm. »Frag nicht nach Gründen, Rocco«, bat sie ihn. »Ich fühle mich wohl hier. Ich muss nichts tun und es wird nichts von mir erwartet. Ich habe gedacht, es ist das Beste, mich in die Arbeit zu stürzen, weit weg zu gehen. Aber das war ein Fehler. Hier liegt das Leben, das ich haben wollte. Und ich muss mich davon verabschieden. Ich weiß nicht, wie lange das dauert.«

Rocco schwieg einen Augenblick und sah hinunter auf das kleine Grab. Es blühten noch vereinzelte Erikas weiß und rosa, sonst nicht mehr viel. Dafür war es zu spät im Jahr. Er bückte sich, zupfte ein paar Kräuter ab, die am Rand wuchsen und roch daran.

»Warum steht kein Name dran?«, fragte er.

»Er hat einen, aber den weiß nur noch ich. Und meine Tante.«

»Und der Pfarrer.«

»Ja. Und der Pfarrer.« Anna schien es amüsant zu finden, dass Rocco es so genau damit nahm. »Pastor sagt man hier.«

Sie standen wieder einen Moment schweigend nebeneinander.

»Also gut. Ich frage dich nicht, ob du wiederkommst«, sagte Rocco.

»Gut.«

»Ich hatte mir eigentlich vorgenommen, dich zu überreden, aber …« Rocco zuckte mit den Schultern und sah in die Ferne. »Wie soll das gehen?«

»Gehen wir ein Stück spazieren«, sagte Anna.

»Puuh.« Rocco zog seine Jacke fest um sich. »Es ist ganz schön frisch hier.«

»Ja.« Anna lachte. »Nichts für weiche Italiener.«

»Halbitaliener.«

»Auch das noch.« Sie strich mit der Hand über die Kräuter und Gräser auf dem Grab, dann stiegen sie langsam nebeneinander her den Hügel weiter hinauf.

Am Nachmittag kamen sie zurück zum Forellenhof. Rocco war völlig durchgefroren. Hedda erzählte, dass sie für Mary ein Zimmer zurechtgemacht hatte. Sie war oben und ruhte sich aus.

»Du hast jemanden dabei?«, fragte Anna.

Rocco nickte. »Eine Zeugin. Ich erzähle es dir. Aber erst muss ich heiß duschen oder noch besser, ein Bad nehmen. Gibt es hier so etwas?«

»Ja, auch wir in der Heide waschen uns ab und zu«, sagte Hedda.

»So hab ich das nicht … Ich wollte fragen, ob es eine Badewanne gibt.«

Hedda lachte. »Ich habe auch ein paar Zimmer mit Badewanne. Es dauert nicht lang, bis eins fertig ist.«

»Dann sehe ich noch kurz nach Mary«, sagte Rocco. »Treffen wir uns nachher hier zum Kaffee?«

Anna nickte.

Rocco folgte Hedda in den ersten Stock. Sie zeigte ihm Marys Zimmer. Rocco klopfte an, öffnete die Tür und sah sie auf dem Bett liegen, ein dickes Buch in der Hand und die Beine übereinandergeschlagen.

»Alles okay?«

»Alles okay.« Mary hob das Buch hoch. »Sieh nur. Ich lese in der Bibel.«

»Sehr gut.«

»Na, ich weiß nicht.«

Auf dem Nachttisch stand die Wodkaflasche. Ihre Tasche lag ungeöffnet neben dem Bett.

»Wir werden wohl über Nacht bleiben«, sagte Rocco.

»Das hab ich mir schon gedacht. Willst du mich den ganzen Abend hier einsperren?« Mary sah aus dem kleinen Dachfenster. Es kam nur wenig Licht ins Zimmer.

»Ich will dich nicht einsperren«, sagte Rocco entrüstet. »Ist es so schlimm?«

»Überhaupt nicht«, sagte Mary. »Eigentlich gefällt es mir hier. Es ist einfach sehr ruhig. Ich kann nur hoffen, ich werde nicht wahnsinnig.«

Rocco verzog den Mund. »Wir sehen uns zum Abendessen, okay? Dann lernst du meine Kollegin kennen. Ich muss jetzt erst mal heiß baden. Ich bin total durchgefroren.«

»Ich gehe nachher runter und helfe Hedda. Am späten Nachmittag kommen die Wanderer zurück.«

Rocco nickte und ließ sie mit der Bibel und der Schnapsflasche allein.

Nachdem er gebadet und sich eine halbe Stunde hingelegt hatte, ging Rocco nach unten. Anna saß in einer Ecke des Gastraums am Tisch. Mary stand hinter dem Tresen und schenkte Bier und Korn für die wenigen Gäste ein, die sich in dem großen Raum an die Tische verteilt hatten.

»Der Bock als Gärtner«, murmelte Rocco und setzte sich zu Anna.

»Sie ist nett.« Anna sah von der Zeitung auf, die vor ihr lag.

»Habt ihr euch schon bekannt gemacht?«

»Um diese Jahreszeit tauchen hier nicht sehr viele neue Gesichter auf. Ich dachte mir schon, dass sie zu dir gehört. Hedda hat sie mir vorgestellt.« Anna lächelte. »Die Jungs vom Stammtisch sind ganz begeistert von ihr.« Sie deutete hinüber zu einem runden Tisch nahe der Theke, an dem drei ältere Herren saßen.

»Das kann ich mir vorstellen«, sagte Rocco. Er holte tief Luft und räusperte sich. »Es ist sehr schön hier. Mary sagt das auch. Und ehrlich gesagt, wenn ich sie nicht brauchen würde, würde ich ihr raten, zu bleiben. Ich habe das unbestimmte Gefühl, man könnte hier zur Ruhe kommen und alles neu anfangen.«

Anna schmunzelte.

»Aber für eine Frau wie dich«, fuhr Rocco schnell fort, »ist das doch nichts. Nicht auf Dauer, oder?«

»Rocco, du fängst schon wieder an ...«

»Du gehörst nicht hierher«, beharrte Rocco und sah Anna trotzig an. »Dieses Grab ... Ist es alles, was dich hält?«

»Es ist das, weshalb ich zurückgekommen bin«, sagte Anna schlicht. Sie winkte ihrer Tante und bestellte Kaffee.

»Und ... der Vater?« Rocco spürte ein leichtes Kribbeln im Nacken, ähnlich dem, von dem er sich einbildete, es würde ihm eine bevorstehende Gefahr ankündigen. Aber er musste das fragen. Die ganze Zeit schon hatte er sich überlegt, ob Anna nicht auch wegen des Vaters ihres Kindes zurückgekommen war.

Anna schwieg und wartete, bis Mary den Kaffee auf den Tisch gestellt hatte und wieder gegangen war.

»Der Vater ... hat nichts damit zu tun«, sagte sie dann leise. »Ich meine, ich habe mich in ihm getäuscht.«

»Offensichtlich«, sagte Rocco. »Sonst wärst du nicht nach Ludwigsburg gekommen, nehme ich an. Aber ... Lebt er hier?«

»Pfhh«, machte Anna abfällig. »Er ist mir egal. Ich weiß nicht, wo er ist. Ich hoffe, er verrottet in irgendeinem Knast.«

»Wie bitte?«

Anna seufzte, nahm einen großen Schluck von ihrem Kaffee und überlegte. Nach ein paar Anläufen sagte sie:

»Ich habe Tomáš geliebt. Ich glaube, er war überhaupt meine erste große Liebe. Die einzige vielleicht … Ach was …« Sie unterbrach sich gleich wieder. »Das ist natürlich Unsinn. Rocco, es fällt mir nicht leicht, darüber zu reden.«

Langsam und stockend erzählte Anna von Tomáš. Ihrer angeblich großen Liebe. Doch wenn er das gewesen war, hätte sie alle Hoffnung fahren lassen müssen. Denn Tomáš hatte sie nie geliebt, zumindest sagte sich Anna das immer wieder, als es vorbei war. Er hatte sie hintergangen. Er hatte ihre Gutmütigkeit ausgenutzt, ihre jugendliche Naivität, ihre Verliebtheit …

Anna hatte ihn zum ersten Mal in einer Eisdiele getroffen.

»In der Eisdiele …« Sie lachte auf, als sei das der aberwitzigste Ort, um jemanden kennenzulernen.

Es kam das Übliche. Sie trafen sich, gingen aus, verliebten sich. Und Anna fand es wunderbar, dass er sich für ihre Arbeit interessierte. Jeder kannte doch das Klischee vom einsamen, unverstandenen Polizisten, der völlig erledigt nach Hause kam und sich dann auch noch mit seiner nörgelnden Ehefrau – beziehungsweise seinem unzufriedenen Mann – herumärgern musste. Nicht so bei Tomáš. Er war immer verständnisvoll und fand alles interessant.

»Alles.« Anna schüttelte den Kopf. »Logisch. Und ich blöde Kuh habe nichts gemerkt.«

Das erste Mal kam ihr etwas seltsam vor, als sie ihm erzählte, dass sie schwanger war. Sie hatte erwartet, dass er sich freuen würde. Stattdessen dachte er laut darüber nach, wie man das Kind wohl am einfachsten loswerden könne. Anna war entsetzt. Aber nach ein paar Tagen war Tomáš wieder ganz der Alte und von Abtreibung keine Rede mehr.

Im Nachhinein war Anna klar geworden, dass sich damals ein leiser Verdacht in ihr festgesetzt hatte, ein beinahe unmerklicher Stachel. Ihr unbedingtes Vertrauen hatte einen kleinen Stoß bekommen.

»Etwas an ihm war so anders in diesen Tagen … Du kannst dir das nicht vorstellen. Als hätte ich einen völlig anderen Menschen im selben Körper vor mir. Kennst du den Film ›Die Körperfresser kommen‹?«

Rocco schüttelte den Kopf.

»Es war gespenstisch«, fuhr Anna fort und starrte in ihre Kaffeetasse. »Nun ja. Dieser kleine Stachel hat letztendlich ausgereicht. Wir haben uns wieder versöhnt, logisch. Aber auf einmal sind mir ein paar Kleinigkeiten aufgefallen, winzige Ungereimtheiten, auf die ich früher nie geachtet habe. Zuerst habe ich einfach versucht, sie zu ignorieren und es auf das krankhafte Misstrauen geschoben, das man in unserem Job eben entwickelt. Aber es war doch immer ein bisschen mehr.« Sie seufzte, sah Rocco an und zuckte mit den Schultern. »Letzten Endes hat mir das den Hals gerettet. Denn Tomáš, und damit auch ich, standen längst unter Beobachtung. Dadurch, dass ich irgendwann etwas unternommen habe, bin ich noch mal mit einem blauen Auge davongekommen.«

»Was hast du denn unternommen?«

»Ich hab mir das nicht leicht gemacht«, sagte Anna statt einer Antwort.

»Das habe ich auch nicht behauptet«, erwiderte Rocco.

»Zuerst habe ich angefangen, ein paar Indizien zu sammeln. Und so ging es dann weiter. Irgendwann hatte ich ein sehr unangenehmes Gespräch mit meinem Chef, dem ich meine bisherigen Verdachtsmomente mitgeteilt habe … Und dann …« Anna stockte. »Das Übliche …«

»Was ist das *Übliche*?«, fragte Rocco.

»Als ob du das nicht wüsstest.« Anna schüttelte den Kopf.

»Weiß ich nicht.« Rocco hob unschuldig die Hände.

»Wir haben gezielt eine Falschmeldung gestreut, nur für ihn … Die kam prompt beim richtigen Adressaten an. Wir haben ihn abgehört … Und so weiter.« Sie seufzte wieder und sah Rocco an. »Ich habe die Falschmeldung gestreut, verstehst du?«

»Aber er hat dich …«, versuchte Rocco, sie in Schutz zu nehmen.

»Trotzdem …«, unterbrach Anna ihn. Sie bestellte sich ein Bier. »Ich hab ihn nur noch einmal wiedergesehen. Da war er schon in Untersuchungshaft. Und mein Kind war tot.« Anna sah Rocco zweifelnd an. Sie brachte es nicht übers Herz zu sagen, warum es gestorben war. Er würde es nie verstehen.

»Oh«, sagte Rocco leise und presste die Lippen zusammen.

Tomáš hatte sich finanziert mit der Beschaffung und dem Verkauf von Informationen. Soweit Anna wusste, liefen diesbezüglich immer noch Ermittlungen. Die Polizei von Hannover ging davon aus, dass Tomáš nicht allein gearbeitet hatte, dass er vielmehr nur der Handlanger eines großangelegten Netzwerks gewesen war, dessen Geschäftsgebiet sich vom Einbruch bis zur Prostitution und natürlich dem Drogenhandel erstreckte. Die klassischen Felder des organisierten Verbrechens.

»Es ist so eine Leere, ich meine nicht körperlich … mehr in der Vorstellung, in der Zukunft. Die Zukunft bekommt einen weißen Fleck und dann werden es immer mehr. Sie verschwindet Stück für Stück.«

Es war dunkel geworden draußen. Hedda hatte die Lampen eingeschaltet. Sie strahlten einen engen, gelben Lichtkreis auf den Tisch. Rocco spielte mit einem Bierdeckel und warf einen Blick hinaus aus dem Fenster, das einen kleinen Ausschnitt der Bäume gegenüber gewährte, die sich schwarz vom nachtblauen Himmel abhoben. Ab und zu trat der Mond unstet zwischen den dichten Wolken hervor.

»Ich war immer jemand, der eine ziemlich klare Vorstellung von seinem Leben und der Zukunft hatte. Anders als du, Rocco«, fuhr Anna etwas leiser als bisher fort. »Dann erwartest du ein Kind und alles wird noch deutlicher. Absehbarer auf eine gewisse Art. Ich meine nicht im Kleinen, aber das Große und Ganze. Und dann ist es weg. Am Anfang bemerkt man das gar nicht so sehr. Da ist der Schock, die Wut, man hat viel zu tun, der Kopf kommt nicht zur Ruhe … Aber irgendwann ist alles erledigt … Es ist ganz banal, jeder, der jemanden verloren hat, weiß das. Und doch ist es ganz anders. Es ist die Vorstellung, die Zukunft, die gestorben ist. Es stirbt das, was hätte sein können, nicht das, was war. Und es bleibt der weiße Fleck.«

Beide schwiegen.

»Und jetzt?«, fragte Rocco irgendwann und sah sie wie ein kleiner Junge an, der aufs Happy End wartete.

»Mal sehen.« Anna zuckte mit den Schultern. »Bevor ich von hier weggehe, will ich sicher sein …«

»Das kannst du nie«, sagte Rocco überzeugt.

Anna lachte. »Falsch. Das kannst *du* nie. Ich schon.«

Wieder schwiegen sie.

»Und Tomáš?«, fragte Rocco nach einer Weile. »Was hat er gesagt, als ihr euch wiedergesehen habt?«

Anna biss sich auf die Lippen. »Er hat mich beschimpft. Er hat gesagt, ich sei eine Polizistennutte und so was … Ich habe ihm geantwortet, die Nutte sei ja wohl eher er, aber …«

Rocco konnte sich nur ansatzweise vorstellen, was das für Anna bedeuten musste. Trotzdem hatte er plötzlich ein Gefühl der Atemnot, als sei die Luftfeuchtigkeit zu hoch und er würde nur noch Wasserdampf einatmen. Tomáš hatte genau gewusst, was seine Beschimpfungen bei Anna bewirkten, während ihre Antwort ihn kaum berührt haben dürfte. Sie hatte jemanden geliebt, der keinerlei Gefühle für sie empfand, nicht im Ansatz der Mensch war, für den sie ihn gehalten hatte. Tomáš saß im Gefängnis, und doch hatte er sie auf ganzer Linie besiegt. Was heißt schon besiegt, dachte Rocco. Sie wollte ja gar nicht kämpfen. Er würde die Erkenntnis sicher nicht lange in sich lebendig halten können, aber für kurze Zeit wurde ihm blitzartig klar, wie sehr sich innen und außen unterscheiden konnten.

»Wollt ihr vielleicht was essen?« Rocco sah auf. Mary stand neben ihm und lächelte ihn an. »Es ist schon ziemlich spät.«

»Ja, gern«, sagte Anna und Rocco nickte.

Als Mary zur Küche ging, fragte er: »Und seitdem hast du ihn nicht mehr gesehen?«

»Warum sollte ich?« Anna zuckte mit den Schultern. »Ich gehe mal davon aus, dass er noch lange Zeit im Knast zubringen wird. Über Tomáš bin ich schon lange weg. Nur das Misstrauen ist geblieben …« Sie lächelte zaghaft.

»Verständlich«, brummte Rocco. Er sah sich nicht in der Lage, mehr zu sagen, denn bei allem, was er jetzt wusste, wäre es fatal, wenn er es nicht so meinen würde. Einen

Moment lang spürte er das Gewicht, das Worte haben, und die Folgen, die sie nach sich ziehen konnten. Doch als Mary mit zwei Tellern aus der Küche kam, schob er seine Überlegungen beiseite.

Mary stellte das Essen vor sie hin und setzte sich mit einem Bier und einem Schnaps zu ihnen. Sie nippte vorsichtig an dem Schnapsglas. Ihr Gesicht bekam einen weichen, sanften Ausdruck und sie starrte hinaus in die Dunkelheit.

»Dir gefällt es hier«, sagte Rocco.

Mary lächelte. »Hedda ist sehr nett zu mir«, erwiderte sie.

Rocco betrachtete sie nachdenklich. Er könnte sie hier lassen. Es würde ihr guttun. Wenn er sie nicht brauchen würde …

Später setzte sich auch Hedda zu ihnen an den Tisch und hörte Mary zu, die etwas über Architektur erzählte, über den Wahn der Deutschen, nur mit Material und ohne Ideen stets etwas Bedeutendes schaffen zu wollen. Ab und zu nippte sie genüsslich an ihrem Schnaps.

Bestimmt könnte Hedda sie gebrauchen, dachte Rocco, ohne ihr zuzuhören. Mary würde sich erholen. Vielleicht findet sie ja zurück zu dieser Architektursache … Rocco konnte sich nicht vorstellen, dass irgendjemand in den Häusern wohnen wollte, die Mary da skizzierte, aber es schien ihr wirklich viel zu bedeuten.

Am nächsten Tag standen sie vor der Pension und verabschiedeten sich von Anna und ihrer Tante. Es begann leicht zu regnen und Rocco drängte zur Eile.

»Du bist jederzeit willkommen«, sagte Hedda zu Mary. »Jemanden wie dich kann ich immer gebrauchen.«

»Das ist sehr nett«, erwiderte Mary leise. Sie zögerte. »Vielleicht mache ich es wirklich. Vielleicht komme ich zurück …«

»Ich würde mich freuen. Das meine ich ernst.« Hedda sah ihr in die Augen und nahm sie in den Arm. »Bis bald.«

»Es war schön, dich zu sehen«, sagte Anna zu Rocco. Er war überrascht, wie sehr es ihn freute, das zu hören.

»Ja«, sagte er verlegen. »Ich … ich hoffe, du kommst bald wieder.«

Anna lächelte und zuckte mit den Schultern. »Mal sehen.«

Rocco und Mary fuhren los und Rocco beobachtete im Rückspiegel, wie Anna ihre dünnen, blonden Haare zu einem Zopf band. Doch schon nach wenigen hundert Metern war von ihr, Hedda und dem Gasthof nichts mehr zu sehen. Nur noch Heide, Bäume und Wind … Der Wind nahm zu und blies den Regen in Böen übers Gras. Rocco schaltete die Scheibenwischer ein.

Eine Sache war offengeblieben. Anna hatte Rocco nichts vom Tod ihres Kindes erzählt. Und Rocco hatte nicht gewagt, nachzufragen. Vielleicht würde sie es ihm ja irgendwann erzählen. Und wenn nicht … Es war nicht mehr von Belang.

KAPITEL 14

Müller saß mit leerem Blick in seinem Büro und starrte zu der verglasten Front hinaus, die ihm die Sicht auf die schäbigen, kleinen Vorstadthäuschen aus den 60ern unter ihm eröffnete, die biederen Gärtchen, Terrassen und Balkone, auf die schmalen, selbstgebauten Doppelgaragen, in denen, wie ausgezirkelt, ein größeres und ein kleineres Auto und ein mittelgroßer Rasenmäher Platz fanden. Er war nicht gerade der poetische Typ, in erster Linie waren Zahlen und Bilanzen sein Leben. Und doch liebte er es, morgens aus dem Fenster zu sehen, vor allem im Herbst, wenn die Schornsteine anfingen zu rauchen, wenn der Gas- und Stromverbrauch rapide anstieg und sich die Menschen an ihre Kamine und Heizungen zurückzogen, um dem nasskalten Wetter zu entgehen. Er bot ihnen Schutz und Wärme, er sorgte dafür, dass ihnen in dieser rauen Witterung, die jedes Jahr aufs Neue den Traum vom ewigen Sommer zunichtemachte, der Mut nicht zu sehr sank. Das Wasser für den Tee, den sie sich kochten, wurde mit seinem Strom erhitzt. Die Nudelsuppe auf ihrem Herd wurde mit seinem Gas gekocht. Nicht, dass er es jemals zugeben würde, aber in solchen Momenten fühlte er fast etwas wie Zuneigung.

Heute Morgen war allerdings kein solcher Moment. Heute Morgen sah Müller sie überhaupt nicht, die kleinen Häuschen mit ihrem schäbig weißen Anstrich, auf die trostlos ein leichter Regen niederging, und die Koniferen im Vorgarten, die mit hängenden Köpfen wie bepisst in

Reih und Glied standen. Seufzend richtete er sich in seinem Sessel auf und wandte sich Fomin und Bergmann zu, die ihm gegenübersaßen.

»Ich hatte gerade ein Gespräch mit unserem Berater, Dr. Davids«, begann er unvermittelt und Bergmann zuckte unwillkürlich zusammen. Müllers Stimme wogte wie eine Welle durch den Raum und verdrängte die Stille. »Die Ermittlungen der Polizei in diesem Mordfall konzentrieren sich auf unser Unternehmen. So unangenehm das ist, sie haben eine Menge Indizien gesammelt, nach denen dieser angebliche Journalist Zugang zu unseren Räumen hatte und sozusagen investigativ recherchiert hat. Das haben wir auch vermutet, umso unangenehmer ist es, dass er jetzt tot ist.« Er stand auf, schob die Hände in die Taschen und drehte den beiden den Rücken zu. Unter ihm lag der große Parkplatz der GALB. »In dem gestohlenen Wagen wurden Blutspuren des Mannes gefunden …«, fuhr er fort. »Äußerst unangenehm.« Er drehte sich zu Fomin und Bergmann um. »Haben wir etwas mit seinem Tod zu tun?«

Einen Moment lang herrschte Stille. Bergmann rutschte unruhig auf der Sitzfläche seines Sessels herum. Fomin warf ihm einen ernsten Blick zu.

»Und?«, fragte Müller.

»Natürlich nicht«, erwiderte Fomin und lehnte sich zurück. Bergmann schüttelte zaghaft den Kopf.

Müller seufzte. »Wir brauchen klare, durchschaubare Zahlen, die wir vorlegen können. Haben Sie mich verstanden, Bergmann?« Bergmann nickte. »Ich will nicht den Fehler begehen und diese Clowns vom Morddezernat unterschätzen. Die mögen von Zahlen nichts verstehen, aber sie haben ihre Leute dafür. Unser Betrieb muss sauber dastehen. Ich will mich hier keiner Durchsuchung oder noch Schlimmerem aussetzen. Wir haben gerade einige wichtige Verträge über die zukünftige Gas- und Stromversorgung der Region abgeschlossen, und ich möchte das nicht durch solch einen Unsinn gefährden. Es ist offensichtlich, dass sie bei dem Journalisten nichts gefunden haben, sonst hätten wir bereits davon gehört.«

»Wäre es in diesem Zusammenhang aber nicht besser«, wandte Bergmann schüchtern ein, »wenn wir reinen Tisch machen würden?«

Müller sah Bergmann verständnislos an. Fomin lächelte dünn. »Darum habe ich Sie doch eben gebeten, Herr Bergmann, wenn ich mich nicht irre. Ist es nicht so?«

»Ich habe eigentlich gemeint …«

»Was immer Sie gemeint haben. Behalten Sie es für sich.« Müller setzte sich wieder, beugte sich vor und sah dem EDV-Leiter tief in die Augen. »So sieht unsere Taktik aus: Wir geben nichts preis, aber wir kooperieren auf ganzer Linie und legen alles offen, wenn es sein muss. Dann darf aber nichts zu finden sein.« Er seufzte wieder. Bergmann nahm verwirrt seine Brille ab und putzte sie. Müllers Stimme nahm einen gütigen Ton an. »Herr Bergmann. Überlegen Sie doch nur: Wenn wir plötzlich, verursacht durch einen Todesfall, der nun wirklich nichts mit uns zu tun hat, anfangen würden, unsere eigene Preispolitik in Zweifel zu ziehen … Wie würde das aussehen? Wir würden dastehen wie die Idioten. Und wir würden Bürgerverbänden und Verbraucherschützern Tür und Tor öffnen mit ihrer Kritik an unserer Kalkulation. Und alles nur, weil ein Mann gestorben ist. *Ein* Mann …« Er seufzte erneut. »Sicher, das ist bedauerlich. Aber es ist nicht unsere Schuld.« Müller stand auf und wurde wieder energisch. »Also reißen Sie sich zusammen. Und Sie,

Fomin …« Fomin hatte die ganze Zeit nur dagesessen, beinahe ohne eine Miene zu verziehen. »Ich möchte von Ihnen eine lückenlose Aufklärung, wie es möglich war, dass einer unserer Wagen für den Transport des Toten entwendet wurde. Sie untersuchen die Abläufe beim Fahrdienst und erstellen ein Konzept zur Verbesserung der dortigen Sicherheitsvorschriften. Und stellen Sie sicher, dass nicht doch noch irgendwelche Unterlagen dieses Journalisten ans Tageslicht kommen …«

»Die Polizei hat seine Wohnung durchsucht und nichts gefunden«, sagte Fomin kühl.

»Trotzdem. Sorgen Sie dafür, dass jemand die Wohnung im Auge behält. Und am besten auch die beiden Kommissare, die den Fall untersuchen. Ich will nicht, dass noch mehr schiefgeht. Einer der beiden ist immerhin nach Hamburg gefahren, um die Freundin des Toten zu verhören. Wer weiß, welche Informationen sie hat.«

»Okay.« Fomin stand auf. »War's das?«

»Ja, das war's fürs Erste. Auf Wiedersehen.«

Fomin ging zur Tür. »Auf Wiedersehen«, sagte er mit einem Blick auf Bergmann, der jedoch keine Anstalten machte, aus seinem Sessel aufzustehen.

»Und?«, fragte Müller, als Fomin gegangen war. Bergmann erhob sich. »Herr Müller …«, sagte er hastig und trat auf ihn zu. »Ich bin nach wie vor der Meinung, wir sollten die Sache anders angehen. Ich wollte nur nichts sagen, solange dieser Mann … Fomin … im Raum war.«

»Warum? Was ist mit Fomin?«

»Er … ist mir nicht geheuer. Und ich bin der Meinung, dass jetzt noch die Chance besteht, einige Korrekturen durchzuführen … Noch ist der Schaden nicht zu groß. Sie wissen schon.«

»Bergmann. Ich weiß gar nichts und ich habe Ihnen gesagt, was wir tun werden. Nur weil Sie möglicherweise unter Paranoia leiden, setze ich nicht die Gewinne der Firma aufs Spiel.«

»Ihre Gewinne …«, sagte Bergmann leise.

»Und Ihre«, zischte Müller wütend. »Vergessen Sie das nicht. Und merken Sie sich eins: Sie sind *mir* nicht geheuer. Auf Fomin kann ich mich hundertprozentig verlassen. Er kommt von unseren Partnern in Kasachstan, und es gibt bis jetzt überhaupt keinen Grund zur Beschwerde über seine Arbeit. Sein Fehler ist es am allerwenigsten, dass hier alles drunter und drüber geht. Und ich bin sicher, er wird das Leck in unserem Unternehmen stopfen. Kann ich mich auf Sie genauso verlassen?«

»Na… Natürlich«, stotterte Bergmann. »Was denken Sie? Ich wollte nur Alternativen aufzeigen … Nichts weiter.«

»Zeigen Sie keine Alternativen auf«, sagte Müller und setzte sich hinter seinen Schreibtisch. »Tun Sie, um was ich Sie gebeten habe. Und ich bitte Sie noch einmal. Es ist das Beste für uns und das Unternehmen.«

Als Bergmann gegangen war, drehte er seinen Schreibtischstuhl so, dass er wieder über die Dächer der kleinen Einfamilienhäuser sehen konnte. Bei manchen stieg bereits eine dünne Rauchsäule aus dem Kamin.

Bergmann saß lange an seinem Schreibtisch in dem Raum, den er sein Büro nannte. Die meisten anderen Angestellten der GALB bezeichneten ihn als ›Lager‹ oder, noch abfälliger: ›Rumpelkammer‹. Aber Bergmann fühlte sich wohl in diesem nur von Kunstlicht erhellten Raum mit seinen Regalen, auf denen Platinen, PC-Gehäuse, Teile von Notebooks, Zeitschriften und Notizen wild durcheinanderlagen. Für ihn stellte das alles eine eigene Harmonie dar, jedes Ding war an seinem Platz, und er benötigte selten mehr als ein, zwei Handgriffe, um das zu finden, was er suchte. Hier fühlte er sich sicher und abgeschottet von den gläsernen, hellen Büros der anderen, hier konnte er ungestört nachdenken. Das leise, stetige Summen der Neonleuchten beruhigte ihn.

Nachdem er lange auf sein Telefon gestarrt hatte, wählte er eine Nummer. Offensichtlich hatte er sich entschieden … In dem Moment, als er den Hörer ans Ohr führte, öffnete sich die Tür, und geschmeidig wie eine Katze betrat Fomin ohne anzuklopfen sein Büro. Bergmann sah ihn entsetzt an und knallte den Hörer auf den Apparat.

»Hoppla«, sagte Fomin. »Ich wollte nicht stören. Ich habe nur eine Frage. Es hat mich wahnsinnig neugierig gemacht, wie so ein Programm wohl aussehen mag, das Müller von Ihnen verlangt. Ich meine, ist das so einfach zu schreiben oder haben Sie es vielleicht schon fertig?« Er setzte sich nur zur Hälfte auf die Kante von Bergmanns Schreibtisch.

»Das ist nicht so kompliziert«, sagte Bergmann schnell. »Ich lasse ein Programm laufen, das alle Doppler annulliert und nur bestimmte Kennzahlen übernimmt. Im System ist das nicht installiert, aber angelegt …«

»Doppler?« Fomin sah ihn mit unschuldiger Miene an.

»Was wollen Sie denn, Fomin?«, fragte Bergmann misstrauisch.

»Wen wollten Sie anrufen, als ich hereinkam?«

Bergmann wurde rot. Er ärgerte sich darüber, aber er konnte nichts dagegen tun. Er wurde immer leicht rot, wenn er nervös war. Das war schon als Kind so …

»D… d…«, stotterte er und schien krampfhaft zu überlegen. »Den Fahrdienstleiter. Aber was geht Sie das an?«

»Mich geht hier alles etwas an. Merken Sie sich das.« Fomin lächelte. »Und dieses Programm … Wann wollen Sie das laufen lassen?«

»Das dauert noch ein, zwei Tage, schätze ich«, sagte Bergmann.

»Sind davon auch die Festplatten der angeschlossenen Rechner betroffen oder nur die Server?«

»Nur die Server …«

»Werden Sie eine Kopie der jetzigen Version anfertigen?«

»Das muss ich noch mit Herrn Müller besprechen.«

»Und Sie glauben, dass die Dateien mit den Bilanzen dadurch einer Überprüfung standhalten?«

Bergmann zuckte mit den Schultern. »Einer oberflächlichen polizeilichen Prüfung sicher«, sagte er. »Einer genauen Prüfung durchs Finanzamt natürlich nicht so ohne Weiteres.«

Fomin nickte und ging zur Tür. »Warum sollte die Polizei die Finanzbehörden einschalten? Schließlich handelt es sich um eine Mordermittlung.« Er blieb einen Moment lang stehen und sah Bergmann versonnen an. »Rufen Sie den Fahrdienstleiter an … Oder Ihre Frau …«, sagte er verächtlich und verließ den Raum.

Bergmann atmete auf und wischte sich über die Stirn. »Ich bin geschieden«, sagte er leise und kicherte. »Das müsstest du eigentlich wissen, du Schnüffler.«

Lenny saß schon seit geraumer Zeit in Roccos Büro und trommelte unterschiedlich komplizierte Wirbel auf den Schreibtisch. Vor ihm lag Anja Ahlens Karte.

»Anja Ahlen«, murmelte er und starrte auf das Telefon vor ihm. Wie auf Kommando fing es an zu klingeln. Lenny traute seinen Ohren nicht. War es möglich, dass er sie beschwören konnte? Er rief sich ihr Bild in Erinnerung, die zu große Brille mit den lustigen Reflexen, ihre unglaublich strahlenden Augen, den schlecht sitzenden, viel zu großen Pullover, der aus ihrem Körper ein reizvolles Geheimnis machte. Vorsichtig nahm er den Hörer ab, aber als er sich meldete, war nur ein Tuten in der Leitung zu hören. Der Anrufer hatte aufgelegt. Lenny runzelte die Stirn. Entschlossen legte er den Hörer ebenfalls auf, nahm ihn wieder ab und wählte Anja Ahlens Nummer.

»*Anja Ahlen?*«, meldete sie sich nach kurzer Zeit.

»Hallo, Anja Ahlen«, sagte Lenny. »Wir haben uns vorgestern getroffen. Erinnern Sie sich? Bei der Polizei …«

»*Herr Marino?*« Sie klang reserviert.

»Nein, ich …« Lenny erschrak. Sie wusste noch nicht einmal seinen Namen … Sie hielt ihn für Rocco.

»*Der Wagen wurde gestern mit einem Kran aus dem Steinbruch geholt*«, unterbrach sie ihn. »*Sehr schade, dass Sie es nicht für nötig gehalten haben, ebenfalls anwesend zu sein.*«

»Wenn ich gewusst hätte, dass Sie auch da sind …«

»*Ich denke, wir haben nichts weiter miteinander zu bereden, oder? Es sei denn, Sie haben einen Vorschlag für mich, wie wir das ausgelaufene Benzin und Öl wenigstens oberflächlich kostengünstig abtragen können.*«

Lenny zuckte mit den Schultern. »Das Benzin und Öl«, wiederholte er. »Also, wenn ich Ihnen da irgendwie helfen kann … Vielleicht sollten wir das in Ruhe bei einem gemeinsamen Essen besprechen? Heute geht es zwar nicht, mein Chef kommt aus Hamburg zurück. Aber morgen

Abend? Was meinen Sie? Und was das Öl angeht: Vielleicht können wir ein paar Freiwillige organisieren. Mit Schaufeln und Eimern …«

»*Sie rufen an, um sich über mich lustig zu machen, richtig?*« Anja Ahlens Stimme klang auf einmal wütend.

»Nein …«

»*Mir reicht es. Sicher, als Ermittler der Mordkommission hat man bestimmt Wichtigeres zu tun, als sich Gedanken über die Umwelt zu machen. Sie müssen Mörder fangen und denken wahrscheinlich, dass Sie damit genug für die Gesellschaft leisten. Aber bedenken Sie: Naturschutz geht uns alle an. Im Kleinen wie im Großen. Herr Marino, ich werde mich bei Ihrem Chef über Sie beschweren. Darauf können Sie Gift nehmen.*«

»Nein«, rief Lenny überrascht. »Ich mache mich nicht lustig … Ich würde Sie wirklich gern zum Essen einladen.«

Es kam keine Antwort.

»Hallo?«, rief er. »Frau Ahlen? Anja?«

Aus dem Hörer drang ein Tuten. Sie hatte aufgelegt. Lenny kratzte sich am Kopf und legte ebenfalls auf. Was war passiert? Konnte es sein, dass sie beide aneinander vorbeiredeten? Oder sich einfach grundlegend missverstanden? Möglicherweise, dachte er, ging er nicht genug auf ihre Bedürfnisse ein. Aber damit wurde eine weitere Frage aufgeworfen: Was waren ihre Bedürfnisse? Auf jeden Fall musste er sich etwas anderes einfallen lassen, um Anja Ahlen wiederzusehen. Denn eins war klar: Wiedersehen wollte er sie unbedingt. Und er hatte auch schon eine Idee, als das Telefon erneut klingelte. Lenny traute seinen Ohren nicht. Konnte es möglich sein, dass sie … Vorsichtig, als könne eine schnelle, unbedachte Bewegung den Anrufer erschrecken, den Anruf unterbrechen, nahm er ab.

»Hallo?«, hauchte er in den Hörer. Stille beziehungsweise das leise, unbestimmte Summen und Rauschen der Leitung drang an sein Ohr, von dem man nicht wusste, aus welchen Verzweigungen, Verschachtelungen und Gängen des inzwischen beinahe unendlichen Kabeluniversums es kam und wohin es ging.

»Anja?« Wieder nichts.

»*Hier ist Bergmann*«, kam schließlich eine zaghafte Stimme aus dem Hörer.

»Bergmann?« Lenny war irritiert.

»*Bergmann. Von der GALB.*«

Lenny schlug den Kragen seines Mantels hoch, um sich etwas vor den Regentropfen zu schützen. Er schlenderte an den Mauern des ehemaligen Gefängnisses vorbei nach Hause, um sich umzuziehen und seinen Wagen zu holen. In Gedanken versuchte er, sich mit Bergmann zu beschäftigen, aber immer wieder kam ihm Anja Ahlen dazwischen. Ihre blitzenden Augen hinter der großen Brille, ihr gesunder Teint … Trotz des Regens begann er, leise eine Melodie vor sich hinzupfeifen.

Bergmann wollte zuerst den Leitenden Kommissar sprechen. Erst als Lenny ihm klargemacht hatte, dass Rocco nicht da war, redete er mit ihm. Er wollte sich mit ihm treffen, aber auf keinen Fall ins Präsidium kommen. Es sei dringend, hatte er gesagt, aber es hätte nichts mit dem Fall zu tun.

»Wenn es nichts mit dem Fall zu tun hat«, hatte Lenny gesagt, »dann können Sie sicher warten, bis Herr Marino wieder zurück ist.«

Aber Bergmann wollte nicht warten. Und er wollte am Telefon nicht mehr sagen. Lenny solle heute am frühen

Abend auf den Parkplatz am Monrepos kommen. Also sagte Lenny zu und machte sich auf den Weg.

Sie hatten sich für 19 Uhr verabredet. Die Dämmerung war früh hereingebrochen, es war trüb und regnete nach wie vor leicht. Um diese Zeit war am Monrepos-See nicht viel los, nur wenige Autos parkten dort. Ein paar unerschrockene Jogger standen neben ihrem Wagen und waren im Begriff, ihre Runden um den kleinen See zu laufen. Sonst war niemand zu sehen. Lenny steuerte seinen Wagen mit geringfügiger Verspätung auf den Parkplatz und hielt nach Bergmann Ausschau. Er konnte ihn nirgends entdecken und stellte sein Auto in einiger Entfernung zu den Joggern ab. Nach ein paar Dehnübungen liefen sie los und verschwanden schnell hinter einem der Gebäude, ohne von Lenny Notiz zu nehmen.

»Pffh«, machte Lenny und sah ihnen nach. Er schaltete den Scheibenwischer aus, drehte sich eine dünne Zigarette und blies den Rauch nachdenklich gegen die Windschutzscheibe. Nach ein paar Zügen stieg er aus und lehnte sich gegen den Kotflügel seines Wagens. Sein Blick wanderte über den nassen Asphalt des Parkplatzes hinüber zum Monrepos-Schlösschen, das grau und irgendwie in sich gekehrt dastand und den staubfeinen Regen über sich ergehen ließ. Von der Landstraße drang das monotone Rauschen des Verkehrs zu ihm. Aber niemand bog auf das schmale Sträßchen ab, das zum Parkplatz und zum Schloss führte. Unwillig verzog Lenny den Mund und sah auf die Uhr. War Bergmann schon wieder weggefahren? Er war doch kaum eine Viertelstunde zu spät gewesen. Wer es so eilig hatte wie Bergmann, der konnte doch warten. Das Paradoxe daran fiel ihm nicht auf.

Es wurde dunkler. Seufzend warf Lenny seine Zigarette

in eine Pfütze vor seinen Füßen und sah zu, wie sie sich mit Wasser vollsog. Er knöpfte seinen Trenchcoat zu und machte sich auf den Weg zum Schloss. Vielleicht hatte Bergmann seinen Wagen ja hier geparkt und wartete am See auf ihn. Doch auch dort war niemand zu sehen. Lenny ging die Stufen der Freitreppe zum Schloss hinauf und nach hinten zur Terrasse. Er stellte sich an die steinerne Brüstung in die Nähe einiger Engelsfiguren, die vergnügt auf den See hinausblickten, und versuchte zu erkennen, was sie sahen. Das Wasser war schwarz und reflektierte das schwache Licht der wenigen am Ufer aufgestellten Lampen. Kein Bergmann. Es war nichts zu hören außer dem Geräusch des Nieselregens. Lenny schaute auf die Uhr. Es war kurz vor acht. Sein Handy klingelte. Erschrocken blickte er um sich, doch weit und breit war niemand zu sehen. Er fischte das Telefon aus der Innentasche seines Mantels.

»Bergmann?«, fragte er.

»*Lenny? Hallo. Hier ist Rocco.*«

»Rocco?« Lenny klang erleichtert. »Wo bist du denn?«

»*Wir sind noch im Auto. Ich bringe Mary mit. Kannst du im Hotel Adria ein Zimmer reservieren? Wir treffen uns da in ungefähr einer Stunde. Okay?*«

»In Ordnung. Bis dann.« Hotel Adria? Er hatte nie davon gehört. Lenny legte auf und drehte sich eine Zigarette. Er musste schleunigst herausfinden, wo dieses Hotel war.

»Scheiße«, sagte er leise und gab dem nassen Po eines der Engelchen einen Klaps. War es nicht so, dass die Regentropfen, die auf der Oberfläche des kleinen Sees zerplatzten, winzige, helle Funken sprühten? Lenny hatte keine Zeit, das genau zu überprüfen, nahm sich aber vor, irgendwann später hierher zurückzukommen.

Auf dem Parkplatz sah er sich noch einmal um. Von Bergmann keine Spur. Es war acht. Lenny zuckte mit den Schultern und stieg in seinen Wagen.

»Ja, klasse, Lenny. Man verabredet sich mit einem wichtigen Zeugen und kommt dann zu spät.«

»Es ist doch gar nicht gesagt, dass er ein wichtiger Zeuge ist«, verteidigte sich Lenny halbherzig. »Er wollte sich vielleicht nur wichtigmachen und dann ... hat er es mit der Angst zu tun bekommen.«

»Na klar. Vielleicht rauchst du mal ein bisschen weniger von deinen seltsamen Zigaretten. Der Mann hatte wahrscheinlich wichtige Hinweise für uns.«

»Pffh.« Lenny zuckte mit den Schultern. »Wir haben genug Spuren.«

Sie standen mit Mary in der Lobby des Hotels. Das Adria lag in einer schäbigen, kleinen Straße hinter dem Bahnhof, in der Nähe des ehemaligen Schlachthofs. Rocco brachte manchmal Gäste hier unter. Nicht, dass es oft vorkam, aber wenn, dann war das Adria seine erste Wahl. Das hatte mit einem gewissen Hang zum Morbiden zu tun, dem er zwar nachgab, den er sich aber niemals bewusst gemacht hatte. Rocco hatte so ein Gefühl, als hätten die Häuser den Geruch des Fleisches angenommen und würden ihn nach wie vor abgeben. Auf einer gewissen Ebene war das Schnauben, waren die Schreie der Tiere, ihre Nervosität und Angst noch immer vorhanden. Manchmal, so glaubte er, wenn es im Sommer sehr heiß war, bekam die Sonne in diesem Viertel einen schmierigen, fettigen Glanz.

Abgesehen davon war das Hotel billig und sauber. Die Lobby war klein, ein unscheinbarer, verwinkelter Raum. Direkt auf der linken Seite der Tür befand sich die Rezeption, kaum mehr als ein Verschlag mit einem Schalter. Daneben standen ein paar Stühle und Sessel um einen alten Glastisch, der nur äußerst selten abgewischt wurde. In der Ecke konnte man sich aus einem Automaten Getränke ziehen. Gegenüber der Rezeption führte ein Durchlass zur Bar, in der eigentlich immer zwei oder drei Leute standen und Espresso tranken. Und dort standen jetzt auch Rocco, Mary und Lenny. Die anderen Dauerbesucher der Bar hatten sich in die Sitzecke an der Rezeption verzogen.

»So? Wir haben genug Spuren?«, fragte Rocco. »Dann sag mir mal, welche das sind. Vielleicht die schwachsinnige Idee deines Chefs, im Trinkermilieu zu suchen?«

»Ich dachte, du bist sein Chef«, sagte Mary und gähnte. Rocco hatte die beiden einander kurz auf dem Parkplatz des Hotels vorgestellt. Sowohl Lenny als auch Mary und Rocco waren müde und ein bisschen gereizt.

»Nur vorübergehend«, erwiderte Lenny. »Und er hat nur gesagt, wir sollten für alles offen sein«, fügte er an Rocco gewandt hinzu. »Wir können ja morgen hingehen und Bergmann fragen, was er wollte.«

Rocco nickte. »Super Idee. Deshalb wollte er dich auch unbedingt auf dem Parkplatz treffen und nicht in seinem Büro oder im Präsidium, nicht wahr?«

»Hm.« Lenny verzog den Mund.

Rocco atmete tief durch. »Auf jeden Fall muss Mary morgen als Erstes zu Dr. Mahler, um den Toten zu identifizieren«, sagte er.

»Hey«, rief Lenny. » Dann gehen wir so lange zur GALB. Wir besuchen einfach jemand anderen dort. Den Fahrdienstleiter zum Beispiel. Ich wollte sowieso noch zu ihm.« Ihm kam die Idee, dass er ihn dann auch gleich fragen konnte, was die GALB denn eigentlich in Sachen

Entschädigung für die Verunreinigung des Grundwassers in einem Naturschutzgebiet zu unternehmen gedachte. Vielleicht könnte er Anja Ahlen eine erfreuliche Mitteilung machen … Und dann wäre sie einem Essen mit ihm bestimmt nicht mehr abgeneigt. »Und dabei treffen wir Bergmann ganz zufällig.«

»Fantastisch.« Rocco sah genervt zur Decke. »Du willst Mary mit Dr. Mahler und ihren Toten allein lassen?«

»Vor Toten habe ich keine Angst«, sagte Mary müde. Sie wollte endlich ins Bett. »Die sind ja tot.«

KAPITEL 15

Mary hatte tatsächlich keine Probleme mit Dr. Mahler und ihren Toten. Rocco und Lenny holten sie am nächsten Morgen im Hotel ab und brachten sie ins Institut der Gerichtsmedizin. Sie fanden Dr. Mahler an ihrem Schreibtisch, daneben die Pflanze mit den speckigen Blättern und der dunkel schillernden Blüte. Hatte Rocco sie überhaupt irgendwann woanders gesehen als an Tatorten und hinter diesem Schreibtisch? Oh ja, dunkel erinnerte er sich an eine Szene, als er neu bei der Mordkommission angefangen hatte: Dr. Mahler vor einem der geschrubbten, metallglänzenden Tische mit einem Skalpell in der Hand. Ihr wogendes, schwarzes Haar war von einer weißen Mütze bedeckt, ihr aufgemaltes Gesicht von einem Mundschutz verhüllt. Seltsamerweise hatte Rocco sie trotzdem lächeln sehen können. Oder war das eine Szene aus einem seiner Träume gewesen, zusammengesetzt aus Dr. Mahler und einigen schlechten Filmen, die er im Lauf seines Lebens gesehen hatte? Dabei fiel ihm ein: Wo war eigentlich ihr junger Assistent, der ihr den Regenschirm gehalten hatte, als sie Enzo Fischer aus dem Wasser gezogen hatten? Misstrauisch beobachtete Rocco die Pflanze. Er fühlte sich versucht, Lenny am Ärmel zurückzuziehen, der sich ihr genähert hatte.

»So, endlich jemand, der sich die Leiche ansehen möchte«, sagte Dr. Mahler und musterte Mary eindringlich.

»Nun ja, *möchte* ist vielleicht ein bisschen übertrieben«, erwiderte Mary und warf Rocco einen Blick zu.

»Ich wurde eher dazu gezwungen. Aber wenn's der Wahrheitsfindung dient …«

»Es dient auf jeden Fall der abschließenden Identifizierung des Toten, auf dessen Aktendeckel immer noch der Name ›Enzo Fischer‹ prangt. Das scheint ja nicht sein richtiger Name zu sein, wie ich gehört habe.« Dr. Mahler warf Rocco einen vielsagenden Blick zu. »Allerdings habe ich diese Information nicht von den ermittelnden Beamten erhalten.« Sie kramte den Ordner mit Enzos Unterlagen aus einer Schublade. »Na, dann wollen wir mal.«

»Wir haben einen dringenden Termin«, sagte Rocco schnell, packte Lenny am Ärmel und ging zur Tür, bevor Dr. Mahler aufstehen und Wellen ihres berüchtigten Parfums durch den Raum schicken konnte. »Wir holen Mary später wieder hier ab.«

»Arme Mary«, sagte er draußen und setzte sich auf die Stufen vor der Eingangstür des Instituts.

»So schlimm war es doch gar nicht«, meinte Lenny gelassen und zündete sich eine Zigarette an. »Mal ziehen?«

Rocco sah ihn misstrauisch an. Er fühlte sich zu geschwächt, um Lennys Angebot rundheraus abzulehnen. »Was soll's«, sagte er schicksalsergeben und nahm einen langen Zug. »Oh Mann.«

Sie trafen den Fahrdienstleiter der GALB in der Halle, in der die Wagen des Unternehmens abgestellt waren. Er hatte ein Klemmbrett unterm Arm und war dabei, einige Fahrzeuge zu überprüfen.

»Die Techniker sind dafür verantwortlich, dass jeder Wagen in ordnungsgemäßem Zustand zurückgebracht wird«, erklärte er und schüttelte Rocco und Lenny die

Hand. »Trotzdem müssen wir ab und zu Stichproben machen. Sie wissen ja, wie das ist …«

Rocco und Lenny wussten nicht, wie das war, aber sie nickten verständnisvoll.

»Sie meinen, dass ab und zu etwas …«, deutete Rocco vorsichtig an.

Der Fahrdienstleiter lachte kurz und trocken. »Fehlt?«, ergänzte er. »Nein, nein. Wenn es nur das wäre. Die Wagen sehen teilweise aus wie … Nun ja, im Vertrauen, unter aller Sau. Und so können wir die Leute natürlich nicht zu Kunden fahren lassen.«

»Verstehe«, sagte Rocco. »Haben Sie inzwischen eine Erklärung dafür, wie der Lieferwagen vom Gelände verschwinden konnte?«

Der Fahrdienstleiter kratzte sich am Kopf. »Ehrlich gesagt nur eine … Aber die gefällt mir nicht.«

»Uns wahrscheinlich auch nicht. Aber trotzdem müssen wir sie in Betracht ziehen.« Rocco schmunzelte.

»Nach Geschäftsschluss kommt niemand hier rein. Das Gelände ist umzäunt, das Tor und die Halle sind abgeschlossen. Sicher, ein paar der Wagen parken auch auf dem Parkplatz, aber die Lieferwagen stehen eigentlich alle in der Halle. Wenn ein Mitarbeiter mal einen Wagen mit nach Hause nimmt, bedarf das einer Genehmigung. Die wird ab und zu mal ausgestellt, wenn die Leute früh morgens losmüssen. Aber bei dem betreffenden Lieferwagen war das nicht der Fall.«

Rocco wurde zunehmend ungeduldig. Lenny schien schon vor geraumer Zeit abgeschaltet zu haben. Er folgte der Unterhaltung nur mit halbem Ohr und sah sich immer wieder suchend um.

»Ja, ja«, sagte Rocco. »Und?«

»Manche Mitarbeiter haben natürlich einen Generalschlüssel. Damit ist es durchaus möglich, auch nach Feierabend einen Wagen mitzunehmen und ihn später wieder abzustellen. Es sind dann zwar ein paar Kilometer mehr auf dem Tacho, aber wenn man es geschickt anstellt, bemerkt man das nicht unbedingt. Die Fahrtenbücher werden handschriftlich geführt, da ist schnell mal eine Zahl überschrieben. Und wenn nichts Ungewöhnliches vorfällt, merkt das keiner. Aber …« Er sah Rocco und Lenny an, als käme nun ein gewichtiger Einwand. »Einen Generalschlüssel haben natürlich nur einige wenige Personen hier im Betrieb.«

Über Roccos Gesicht huschte ein Lächeln. Er gab dem Fahrdienstleiter einen leichten Klaps auf die Schulter. »Aber das ist doch prima«, sagte er. »Das grenzt unseren Kreis der Verdächtigen enorm ein.«

Lenny nickte zustimmend. Auf einmal schenkte er dem Fahrdienstleiter seine komplette Aufmerksamkeit. »Wenn Sie sicher sind, dass niemand von außerhalb das Fahrzeug gestohlen hat, dann hilft uns das sehr weiter«, sagte er eifrig. »Übrigens: Der Lieferwagen hat eine Menge Öl und Benzin verloren. Das ist alles im Naturschutzgebiet in den Boden gesickert. Der Umweltschutzverband *und* wir von der Polizei fragen uns jetzt natürlich, wer für den Schaden aufkommen soll. Wäre das nicht eine großartige Gelegenheit für Ihre Firma, Verantwortung gegenüber der Natur zu zeigen? Gerade die großen Energieunternehmen stehen doch zunehmend in der Kritik, wenn es um Nachhaltigkeit und Umweltschutz geht. Was meinen Sie? Ihre Ansprechpartnerin wäre Frau Ahlen. Anja Ahlen.« In Lennys Augen trat ein schwärmerischer Glanz.

Rocco und der Fahrdienstleiter sahen Lenny verwundert an.

»Nun ja«, meinte der Fahrdienstleiter. »Das fällt nicht gerade in meinen Aufgabenbereich. Da müssten Sie sich vielleicht eher an unsere …«, er überlegte, wer für dieses Gebiet zuständig sein könnte, »Marketingabteilung wenden?«

»Hm«, machte Lenny. Er war damit offensichtlich nicht zufrieden.

»Könnten wir uns wieder den wichtigeren Themen zuwenden, Lenny?«, fragte Rocco höflich. »Ich meine, dein Engagement für den Umweltschutz in allen Ehren, aber wir haben immerhin einen Mord aufzuklären. Einen Mord, Herr …« Er sah den Fahrdienstleiter an. »Wie ist eigentlich Ihr Name?«

»Umweltschutz ist durchaus ein wichtiges Thema. Wir werden alle sterben, wenn wir uns nicht um unsere Umwelt kümmern«, brummte Lenny leise. »Es ist genau diese Haltung, die Anja Ahlen …«

»Franck«, sagte der Fahrdienstleiter. »Walter Franck.«

»Herr Franck.« Rocco nickte. »Wer hat denn nun einen solchen Generalschlüssel?« Und an Lenny gewandt flüsterte er: »Wir sterben sowieso alle irgendwann. Und dein Ende ist nicht mehr weit entfernt, wenn du so weitermachst.«

»Im Prinzip alle höheren Angestellten, von Herrn Müller abwärts bis zu den Bereichsleitern auf jeden Fall«, sagte Franck. »Im Einzelnen weiß ich das nicht. Aber es gibt natürlich einige, die spät abends noch im Büro zu tun haben. In Zukunft soll das mit den Schlüsseln anders organisiert werden. Herr Fomin ist gerade dabei, strengere Sicherheitsstandards zu entwickeln. Die werden dann in Absprache mit Herrn Müller durchgesetzt. Es ist ja nicht notwendig, dass die Büroangestellten auch einen Schlüssel zur Halle haben. Ich habe das Herrn Müller schon zu verschiedenen Gelegenheiten gesagt. Aber wer denkt schon an so was wie Mord …«

Rocco nickte und bedankte sich. Dann ging er mit Lenny über den Hof hinüber zum Hauptgebäude.

»Der Umweltschutzverband *und* wir von der Polizei fragen uns, wer für den Schaden aufkommen soll? Sag mal, was sollte denn das?«, fragte er, als sie außer Hörweite von Franck waren.

»Ich finde es eben wichtig, etwas für den Umweltschutz zu tun«, behauptete Lenny unschuldig.

»Mhm«, machte Rocco.

»Ich kann mich da nur der Einschätzung von Anja Ahlen anschließen.«

»Mhm«, machte Rocco wieder. »Und wer ist Anja Ahlen?«

»Das ist die Frau vom Umweltschutzverband.«

Rocco blickte Lenny erstaunt an. Langsam breitete sich ein Lächeln auf seinem Gesicht aus.

»Ach so.«

Fomin stand am Fenster seines Büros und sah hinunter auf den Hof. Er kaute auf seiner Unterlippe und überprüfte nervös den Knoten seiner Krawatte. Spätestens seit gestern war ihm klar, dass er etwas unternehmen musste. Spätestens als er Bergmann nach ihrer Unterhaltung mit Müller mit dem Telefonhörer in der Hand erwischt hatte. Es war ganz offensichtlich gewesen, dass Bergmann etwas vorhatte. Etwas, das den Absprachen mit Müller entgegenlief.

Von Anfang an hatte er Müller gesagt, dass Bergmann zu labil sei. Dass er leicht beeinflussbar sei und zu viel

Angst habe. Aber genau das waren die Argumente, weshalb Müller ihn für den Richtigen hielt.

»Fomin«, hatte Müller gesagt. »Was soll schon passieren? Unsere kleine Schönheitskorrektur wird niemals ans Tageslicht kommen. Bergmann verdient ein bisschen mit und alle sind zufrieden.«

Fomin hatte ihn gewarnt. Er hatte genug Erfahrung mit Leuten wie Bergmann. Und ihre Schwächen, die zu Anfang vielleicht nützlich waren, fielen letztendlich auf einen selbst zurück. Und jetzt war es so weit. Aber Fomin hatte nicht vor, mit Müller zusammen unterzugehen. Dafür stand für ihn zu viel auf dem Spiel. Da waren ja nicht nur die paar Kröten, die von Müller und der GALB zusätzlich kamen ... Fomin seufzte und trat vom Fenster zurück, als er Rocco und Lenny über den Hof zum Empfang gehen sah. Er hatte sich entschieden.

»Komisch«, sagte Lenny, als er mit Rocco zurück zur Gerichtsmedizin fuhr. »Das gibt mir jetzt schon zu denken, dass Bergmann nicht da war.«

»Bergmann hätte dir gestern zu denken geben sollen«, meinte Rocco. »Jetzt holen wir Mary ab und fahren zu Sellecks Wohnung. Ich hoffe, dass sie dort irgendetwas findet, was wir übersehen haben. Unterlagen, Notizen über die GALB ... Was weiß ich. Und anschließend kümmern wir uns um Bergmann.«

»Selbst wenn die Jungs bei der GALB Mist gebaut haben«, meinte Lenny und sah aus dem Fenster. Der Wind trieb das erste Laub in Böen über die Wilhelmstraße und riss kleine, blaue Löcher in den Himmel. »Sie werden deshalb doch keinen umbringen, oder? Die verkaufen Gas und Strom ... Das ist doch nicht die Mafia.«

Rocco sah ihn mitleidig an. »Ich weiß ja nicht, was deine Bude jeden Monat an Gas und Strom kostet. Bei den Preisen denke ich schon an Schutzgelderpressung. Und so ein Mord ist manchmal schnell passiert. Der menschliche Körper ist nicht so robust, wie man gemeinhin denkt. Vergiss nicht, dass sie Selleck möglicherweise gar nicht töten wollten. Wahrscheinlich wollten sie in erster Linie nur herausfinden, was er wusste, und ihn ein bisschen einschüchtern. Das ist dann etwas aus dem Ruder gelaufen.«

»Kannst du dir vorstellen, dass Bergmann jemanden fesselt, auf einen Stuhl setzt und ihm Stromschläge verpasst?«

»Nein.« Rocco lachte. »Vorstellen kann ich mir das nicht. Aber das heißt ja nicht, dass es nicht passiert ist. Auf jeden Fall hat auch er einen Generalschlüssel.«

»Wie 20 weitere Personen auch«, ergänzte Lenny. »20 hat die Dame am Empfang gesagt. Plus zwei Schlüssel, die bei der Reinigungsfirma liegen.«

»Immerhin haben wir den Kreis der Verdächtigen damit von über 400 auf ungefähr 50 eingegrenzt. Das würde ich zumindest statistisch gesehen doch mal als erfolgreichen Tag verbuchen.«

»Und es ist noch nicht mal Mittag«, sagte Lenny.

Mary saß wie ein Häufchen Elend auf der Treppe vor dem gerichtsmedizinischen Institut. Ihr Kajal war verschmiert und sie sah aus, als könnte sie einen Drink vertragen. Rocco und Lenny stiegen aus und gingen zu ihr. Lenny drehte eine dünne Zigarette und hielt sie ihr hin. Gleichgültig zog sie daran.

»Daraus habe ich mir nie etwas gemacht«, sagte sie. »Entweder es wirkt bei mir nicht oder es hat nicht die Wirkung, die ich mir wünsche.«

»Moment mal.« Lenny nahm die Zigarette wieder an sich. »Wenn du nicht willst … Das Zeug ist zurzeit ziemlich rar. Meine Lieferanten haben gerade einen Engpass.«

»Könnt ihr eure Drogengespräche woanders fortsetzen?«, fragte Rocco. »Ich würde jetzt gern zur Wohnung fahren.«

»Rocco.« Mary sah ihn weinerlich an. »Können wir nicht irgendwo was trinken gehen? Nur kurz? Ich muss mich ein bisschen ausruhen. Tom war nicht gerade ein schöner Anblick und … die Gerichtsmedizinerin hat mir alles ganz genau erklärt.«

Rocco biss sich auf die Lippen und sah Mary mitleidig an. Er konnte sich lebhaft vorstellen, wie Dr. Mahler aufgeblüht war, als sie mit Mary vor der Leiche stand. Vielleicht hätten wir sie doch nicht allein in den Fängen von Dr. Mahler lassen dürfen, dachte er.

»Ja klar«, sagte er. »Wir fahren ins Hotel. Da gibt es was zu trinken und du kannst dich eine halbe Stunde hinlegen, wenn du willst.«

Mary nickte. Sie nahm Lenny die Zigarette aus der Hand und zog noch einmal daran.

Als sie zum Hotel fuhren, fing es wieder an, leicht zu regnen. Mary lehnte ihre Stirn gegen die Scheibe und sah zu den grauen, zerfetzten Wolken hinauf. »Hier ist ganz schön beschissenes Wetter«, sagte sie.

»Das sagt ausgerechnet jemand, der aus Hamburg kommt.« Lenny lachte.

Sie fuhren durch die Unterführung am Bahnhof, während über ihnen ein Zug dröhnte. Rocco erinnerte sich auf einmal wieder daran, dass er früher immer überlegt hatte, ob er wohl schnell genug hindurchlaufen konnte, wenn es zu einem Einsturz kommen würde. Die meisten würde es erwischen, hatte er gedacht, doch irgendjemand überlebte einen solchen Einsturz bestimmt. Musste ihn überleben. Warum nicht er, hatte er gedacht.

Auf der anderen Seite fielen die Tropfen dichter. Rocco parkte, und sie beeilten sich, ins Hotel zu kommen.

In der Lobby herrschte den ganzen Tag dasselbe dämmrige Licht, als zöge draußen ein immerwährendes Gewitter auf. Die wenigen Halogenleuchten an der Decke brannten Tag und Nacht. An der Bar saßen außer den üblichen Leuten zwei weitere Gäste, die Rocco vorher noch nicht gesehen hatte. Einer war lang und dünn, der andere stämmig und breitschultrig. Beide trugen schwarze Lederjacken und starrten lustlos auf ihr Bier.

»Wer ist das?«, fragte Rocco den Portier, als Mary ihren Schlüssel holte.

»Stammkunden«, brummte der Portier, ein schlecht rasierter, junger Mann mit Augen wie schwarze Kohlen.

»Und?«

Der Portier zuckte mit den Schultern. »Nichts ›und‹. Sie sind auf Montage, glaube ich. Ab und zu haben sie mal einen Tag frei, dann lungern sie hier rum.«

»Aha.«

Der Lange sah zu ihnen herüber und wandte sich dann gleich wieder seinem Bier zu.

»Rocco, können wir was trinken?«, fragte Mary. Rocco nickte. Sie setzten sich an einen Tisch abseits der Bar. Rocco bestellte Bier für alle drei und einen Wodka für Mary. Die beiden an der Theke unterhielten sich leise.

»Was ist los?«, fragte Lenny.

»Nichts«, sagte Rocco. Er spürte ein leichtes Kribbeln auf der Kopfhaut und dachte an sein untrügliches Gespür. Anna gegenüber würde er es nie zugeben, aber sich selbst musste er eingestehen, dass dieses Gefühl in letzter Zeit leider nicht mehr so untrüglich war, wie er immer gedacht hatte. Vielleicht war es der Zwischenfall mit dem Lieferwagen vor Toms Wohnung gewesen, der ihn seiner Fähigkeit beraubt hatte, die Gefahr zu spüren, bevor sie da war. Seitdem jedenfalls hatte er das Gefühl, hinter allem und jedem könnte Gefahr lauern. Wie im Treppenhaus bei Mary, als das Licht ausging … Bevor er den Gedanken zu Ende denken konnte, standen die beiden an der Theke geräuschvoll auf, schlängelten sich im Gänsemarsch an den kleinen Tischen vorbei und gingen die Treppe nach oben zu den Zimmern. Auf dem Weg rempelte der Größere den Kleineren an.

»Idiot«, zischte der Kleine.

»'tschuldigung«, murmelte der Größere.

Am Nachmittag standen sie vor Tom Sellecks Wohnung. Rocco tastete unwillkürlich nach seiner Pistole. Es gab eigentlich keinen Grund, nervös zu sein: Das Polizeisiegel war unversehrt. Trotzdem spürte er wieder ein leichtes Prickeln auf der Kopfhaut und ein Kribbeln im Bauch. Er atmete tief ein, dann riss er mit einem Ruck das Siegel ab und öffnete die Tür. Im Zimmer war es dämmrig, nur durch den Kellerschacht fiel ein Streifen Licht. Nichts hatte sich verändert, außer dass die Spurensicherung sämtliche Papiere und den Rechner mitgenommen hatte. Pizzakartons, leere Bierdosen und Schnapsflaschen, Klamotten, ein paar Zeitungsfetzen und Illustrierte, alles lag auf dem Boden oder auf den als Hocker und Tisch verwendeten Obstkisten verstreut. Es roch nach toter, alkoholisierter Katze. Aber es war niemand im Raum.

»Puuh«, machte Rocco, wedelte mit der Hand vor der Nase und ging zum Kellerschacht, um ein bisschen Luft hereinzulassen. »Tja, das also ist Toms Reich«, sagte er zu Mary. »Sieh dich in Ruhe um. Vielleicht findest du etwas, was der Spurensicherung entgangen ist.«

Mary nickte, als käme ihr das Durcheinander bekannt vor. Sie ging zum Schreibtisch und durchblätterte ein paar der liegen gebliebenen Illustrierten. Dann nahm sie einen Pizzakarton vom Boden und ging zum Fenster.

»Darf ich mal?«, fragte sie Rocco. Er trat einen Schritt zur Seite. Mit der Pappe durchwühlte sie das Laub und den Dreck, der sich im Schacht angesammelt hatte. Ein paar Asseln und anderes lichtscheues Gesindel zog sich weiter zurück und krabbelte in die letzten verbleibenden Nischen und Ritzen in der kahlen Betonwand.

Lenny verzog angewidert das Gesicht. »Auch eine Art von Biotop«, sagte er. »Da stellt sich die Frage, ob einige der hier lebenden Mutanten überhaupt entstanden wären, wenn es keine Pizza- und Dönerreste geben würde.«

Rocco schenkte dem Ungeziefer keine Beachtung. Er beobachtete Mary, die sich mit einer oberflächlichen Untersuchung des Lichtschachts vorerst zufrieden gab. Sie drehte die Obstkisten um und fuhr mit der Hand an den Latten entlang. Dann warf sie die Kisten achtlos zu Boden.

Während Rocco ihr weiter zusah, kam ihm auf einmal ein Verdacht. Die Art, wie sie sich in der Wohnung bewegte, die Stellen, an denen sie suchte, ließen auf eine gewisse Vertrautheit schließen. Was, wenn sie schon einmal hier gewesen war?, schoss es ihm durch den Kopf. Was, wenn sie Tom erledigt hatte? Nach allem, was sie ihm vorwarf, nach allem, was er aus ihr gemacht hatte … Aber das war Unsinn. Wie hätte sie es bewerkstelligen sollen, Toms Körper in den Fluss zu werfen? Das waren nachweislich zwei Personen gewesen. Und warum hätte sie ihn mit Stromschlägen foltern sollen? Für all das seelische Leid, das er ihr angetan hatte? Unwillig schüttelte Rocco den Kopf. Selbst wenn sie Tom hassen würde, hätte sie wohl kaum die Energie aufgebracht, hierher zu fahren und ihn umzubringen. Zudem war Folter mit Stromschlägen keine typisch weibliche Art, jemanden zu ermorden, dachte er. Es war überhaupt keine typische Art, jemanden zu ermorden. Wahrscheinlich war sie Toms Art, seine Wohnungen einzurichten, einfach gewöhnt. Trotzdem nahm er sich vor, überprüfen zu lassen, wo Mary zur Tatzeit gewesen war.

Sie ging zielstrebig zur Badezimmertür. »Darf ich?«, fragte sie. Rocco nickte. Sie ging hinein und sah sich nur kurz um. »Hat einer von euch ein Taschenmesser oder einen Schraubenzieher dabei?«

Rocco und Lenny blickten sich an und schüttelten den Kopf.

»Ich hab was im Wagen«, sagte Rocco. Er eilte hinaus und kam mit einem Schraubenzieher zurück. Mary nahm ihn und kniete sich vor die Einbaudusche. Unterhalb der Wanne waren die Armaturen auf einer Platte angebracht, ein Schalter zum Erhitzen des Boilers und ein Drehregler für die Temperatur. Mary öffnete die Schrauben, mit der sie an der Plastikwand der Dusche befestigt war, und zog den Drehregler herunter. Dann hob sie die Platte ab. Dahinter verliefen Drähte und Schläuche. Mary griff in den Zwischenraum und tastete mit der Hand herum. Plötzlich hielt sie inne und drehte sich zu Rocco und Lenny um, die beide in der Tür standen und ihr eher angewidert zusahen. Ein triumphierendes Lächeln zog sich über ihr Gesicht.

»Ich hab was«, sagte sie leise und zog einen weißen Umschlag hervor.

Rocco hielt den Atem an.

»Das gibt's doch nicht«, murmelte Lenny.

Rocco nahm ihr den Umschlag aus der Hand und öffnete ihn. Er zog die Anleitung zur Nutzung der Dusche heraus – und einen USB-Stick.

»Was waren das für Vögel?«, fragte einer der Männer in Lederjacke. Sie waren in die Lobby zurückgekommen, kurz nachdem Rocco, Lenny und Mary das Hotel verlassen hatten.

»Bullen«, sagte der Portier.

»Bullen?« Die beiden sahen sich vielsagend an.

»Jungs. Wenn irgendwas ist, dann kommt zu mir. Okay? Ich helfe euch. Aber stellt mir keine bescheuerten Fragen.« Der Portier sah sie mit seinen kohleschwarzen Augen eindringlich an. Dann ging er hinter die Theke und befüllte eine Gießkanne, deren Inhalt er über ein paar kränklich aussehende Pflanzen goss. Die beiden Männer hatten sie bisher nicht wahrgenommen. Sie fristeten ihr Leben in dicken Plastikübertöpfen auf der Fensterbank hinter schweren, staubigen Vorhängen, die nur wenig Licht durchließen.

KAPITEL 16

Rocco und Mary saßen nebeneinander auf Lennys Sofa und starrten auf den Bildschirm seines Notebooks. Draußen wurde es langsam dunkel. Lenny hatte in dem riesigen Zimmer nur eine Stehlampe eingeschaltet, deren Lichtschein kaum bis zum Couchtisch reichte. Aus einer großen, verglasten Vitrine holte er ein paar Flaschen und drei Gläser. Der Wind drückte ab und zu gegen die hohen Fenster, sodass der Fensterladen in hyperventilierendem Tempo gegen die Wand schlug. Lenny öffnete das Fenster, um ihn zu befestigen, dabei war deutlich das Rauschen der hohen Tannen zu hören, die draußen im Garten standen. Eine Böe drang ein und füllte den Raum. Sie hob einen schweren Vorhang am Fenster, blätterte wahllos Zeitschriften auf, die herumlagen, und verebbte an der gegenüberliegenden Wand.

Auf dem Stick waren eine Menge Dateien gespeichert, meistens als PDF, daneben befanden sich darauf auch noch Fotos und Screenshots von Preislisten, Abrechnungen und Bilanzen der GALB. Rocco öffnete eine Datei nach der anderen. Eine ganze Weile herrschte Schweigen

»Mannomann«, sagte Lenny irgendwann und kratzte sich am Kopf. »Das Einzige, was mir da auffällt, ist, dass er einige Dokumente mehrfach abgespeichert hat. Vielleicht ist das eine wahllos angelegte Sammlung. Er hat einfach alles fotografiert und abgespeichert und wollte es später auswerten.«

»Vielleicht«, meinte Rocco. »Aber das glaube ich nicht.«

»Ich auch nicht.« Mary schenkte sich einen Drink ein, ohne auf den Inhalt der Flasche zu achten. »Wenn die Dateien nicht irgendwie gefiltert oder geordnet wären, hätte Tom sie nicht so abgespeichert und versteckt. Dann wären sie irgendwo in seinem Müll herumgelegen. Das muss schon eine gezielte Auswahl darstellen.«

»Warte mal«, sagte Rocco und klickte noch einmal durch ein paar der Dokumente. »Es gibt zwei Auffälligkeiten. Im Ordner ›GALB‹ stecken jede Menge Dateien über Lieferungen und Zahlungen an die PolGa in Krakau. Offensichtlich bezieht die GALB Erdgas von ihnen. Woher das Gas der PolGa kommt, steht hier nicht. Aber von den meisten Dokumenten existieren zwei Versionen mit dem gleichen Datum. Nur die Zahlen sind unterschiedlich. Das könnten zwei verschiedene Kalkulationen sein.« Er verglich zwei Dokumente mit dem gleichen Datum und deutete auf den Bildschirm. »Hier, seht mal. Ich weiß nicht, wie er das gemacht hat, aber das scheint nicht nur das gleiche, sondern dasselbe Dokument zu sein, aber mit anderen Zahlen. Ich bin ja kein Experte auf dem Gebiet, aber auf den ersten Blick würde ich sagen, bei der zweiten Datei springt deutlich mehr raus …«

»Du meinst, das ist eine Art doppelte Buchhaltung der GALB?«, fragte Lenny. »Und Tom hat das Programm geknackt?«

»Es sieht so aus. Geknackt oder gefunden … Ich bin sicher, unsere Wirtschaftsleute können etwas damit anfangen.«

Lenny pfiff leise durch die Zähne. Er schenkte sich einen Wodka ein, ging in die Küche und kam mit einem Glas Gurken wieder. »Auch einen?«, fragte er Rocco und grinste. »Das habe ich von deinem Freund Louis. Wodka mit Gurke …«

Rocco zog die Augenbrauen hoch und nickte. Lenny ließ sich wieder neben ihn auf das Sofa fallen.

»Dann war's das?«, fragte er und klang beinahe enttäuscht. Mit einem Seufzer zog er sich die Schuhe von den Füßen und schleuderte sie achtlos unter den Tisch. »Gefälschte Bilanzen der Strom- und Gaswerke haben ihn das Leben gekostet?«

»Hm.« Rocco blieb skeptisch. »Ich weiß nicht. Selbst wenn es so wäre, den Mörder haben wir immer noch nicht. Dein Freund Bergmann scheint mir auf jeden Fall ein heißer Kandidat zu sein. Auch wenn man ihm die Sache nicht zutraut. Und ich würde mich nicht wundern, wenn da mehr als einer mitgemacht hat. Wir müssen auf jeden Fall die Konten und Überweisungen der GALB überprüfen. Irgendwo muss das Geld ja gelandet sein.«

Mary fischte sich eine Gurke aus dem Glas. Auch sie schien nicht ganz zufrieden zu sein. Sie starrte weiter auf den Bildschirm, nahm einen Schluck und vergaß, von der Gurke abzubeißen. »Und das zweite?«, fragte sie.

»Das zweite?«

»Du hast gesagt, es gibt zwei Auffälligkeiten. Okay, wir haben die Bilanzen. Aber es muss doch noch etwas geben. Ich kann mir nicht vorstellen, dass Tom deshalb sterben musste.«

»Na ja«, sagte Rocco. »Es geht hier immerhin um eine ganze Menge Geld. Und wenn es stimmt, was wir vermuten, dann wandern einige Leute hinter Gitter. Obwohl …«, er warf Lenny einen Seitenblick zu, »bei unserem Rechtssystem …«

»Hey«, protestierte Lenny. »Was soll das denn heißen?«

Rocco zuckte mit den Schultern. »Wenn es um Wirtschaftskriminalität geht, habe ich manchmal ein bisschen

Zweifel an unseren Gerichten. Das wäre nicht der erste Fall, in dem politische Belange eine größere Rolle spielen, als sie sollten.«

Lenny schwieg. Unwillkürlich kam ihm Dr. Davids in den Sinn. War dessen Interesse an dem Fall nicht ungewöhnlich groß? Und hatte er sich nicht manchmal merkwürdig verhalten? Dieser Eindruck konnte allerdings auch an seiner in letzter Zeit veränderten Wahrnehmung gelegen haben … Nachdenklich drehte Lenny sich eine Zigarette.

»Auf jeden Fall haben wir hier noch zwei Dateien, die getrennt von den übrigen abgelegt wurden«, fuhr Rocco fort. »Sie sind nicht einmal in einem speziellen Ordner gespeichert, sondern einfach auf den Stick gezogen. Das ist die zweite Auffälligkeit. Die Dateien haben anscheinend nichts mit den anderen zu tun. Aber ich werde das Gefühl nicht los, dass sie Tom nicht so unwichtig waren, wie es auf uns vielleicht wirkt.«

Mary nickte bedächtig und holte tief Luft. »Das scheint mir auch so. Und es ist typisch für Tom.« Ihr traten die Tränen in die Augen.

Rocco sah sie forschend an. »Was ist los?«, fragte er.

»Ach, es ist nur … Tom scheint dieses Mal wirklich an einer großen Story dran gewesen zu sein. Endlich … In Hamburg hat schon lange keiner mehr an ihn geglaubt. Er hat nichts mehr zustande gebracht, außer zu saufen. Wie ich …« Sie sah Rocco unglücklich an. Er beobachtete, wie ihr Kajalstrich unter den Augen langsam dicker wurde und ausfranste, bevor eine Träne ihn durchbrach und einen schwarzen Strich über ihre Wange zog.

Lenny zog an seiner Zigarette und blies den Rauch in die Luft. »Na ja. Zumindest ist ihm hier noch ein Coup gelungen«, sagte er.

»Aber was hat er schon davon? Er ist tot.« Mary nahm einen großen Schluck aus ihrem Glas und wollte sich nachschenken.

»Hey, hey«, sagte Rocco, legte die Hand auf ihren Arm und nahm ihr die Flasche ab. »Langsam. Wir brauchen dich noch. Lass uns diese Liste mal genauer ansehen.«

»Idiot.« Mary stand auf und ging ins Bad. Rocco und Lenny saßen schweigend nebeneinander und warteten. Ab und zu blies Lenny den Rauch seiner Zigarette in die Luft. Rocco lehnte sich zurück und betrachtete das Zimmer. Im Schein der Stehlampe verzerrte sich die Perspektive, die dunklen Ecken wirkten wie in den Schatten gezogen, die Linien der Wände gekrümmt. Der orangefarbene Sonnenuntergang auf Lennys Fototapete hatte ungefähr die gleiche Farbe wie das Licht der Lampe. Auf einer Seite hatte er über die Tapete andere Fotos gehängt.

»Warum hast du eine Fototapete?«, fragte Rocco schließlich, nachdem sich Marys Badaufenthalt in die Länge zog.

Lenny zuckte mit den Schultern. »Frag mich nicht.«

»Ich frage dich aber«, sagte Rocco.

»Ich weiß es nicht mehr. Ich glaube, ich wollte in der Wohnung was verändern.«

Rocco sah Lenny an. Dann lachte er.

Mary kam aus dem Bad zurück und setzte sich zwischen sie. Rocco wollte etwas sagen, aber er wusste nicht, was. Mary wartete kurz, dann nahm sie die Flasche und schenkte sich ein Glas ein. Gemeinsam starrten sie erneut auf den Bildschirm, auf die zwei Dateien, die in keinem Zusammenhang mit den anderen standen. Es waren Kürzel und Zahlen darauf zu sehen, verschiedene Daten und Mengeneinheiten, aber sie wurden nicht schlau daraus.

»Ich weiß nicht«, sagte Rocco schließlich.

»Das scheinen Namenskürzel zu sein«, sagte Mary und zeigte mit dem Finger auf die Liste. »Aber ich weiß nicht, was sie bedeuten.«

Rocco schenkte sich noch einen Wodka ein und nahm das Glas mit den Gurken. »Das ist zum Verrücktwerden«, sagte er.

»So schwer kann es nicht sein. Die Jungs im Labor kommen bestimmt dahinter«, sagte Lenny, als sein Handy klingelte. ›Dr. Davids‹ stand auf dem Display. »Es ist Dr. Davids«, flüsterte Lenny, als könne der Staatsanwalt ihn schon vor dem Entgegennehmen des Anrufs hören.

»Hallo?«, fragte er. Er hörte zu und sagte dann: »Mhm. Ja, aber …« Wieder hörte er zu und verzog dabei das Gesicht. »Ja«, sagte er schließlich. »Aber ich kann Ihnen zum jetzigen Zeitpunkt keine Informationen über die laufenden Ermittlungen geben. Wir sind gerade mitten in der Auswertung …«

»*Sind Sie völlig übergeschnappt?*«, drang es so laut aus dem Hörer, dass sogar Rocco und Mary es hören konnten. »*Sie kommen morgen früh als Erstes in mein Büro, ist das klar?*« Mary konnte sich ein Kichern nicht verkneifen.

»Ja-a. Zu Befehl«, stotterte Lenny. Dr. Davids legte ohne ein weiteres Wort auf.

»Was sollte das denn?«, fragte Rocco.

»Ich weiß nicht …«, sagte Lenny. »War so ein Reflex. Ich muss morgen wohl hin.« Achtlos warf er das Handy auf den Tisch.

Rocco hielt immer noch das Gurkenglas in der Hand. »Von Louis, wie?«, sagte er mehr zu sich selbst als zu Lenny.

»Von Louis«, bestätigte Lenny.

Rocco deutete mit dem Glas auf den Bildschirm. »Vielleicht kann der uns damit helfen.«

»Ich kann den Typ nicht erreichen.« Wütend warf Ingo das Telefon aufs Bett. Vlad saß auf einem schmalen Stuhl am Fenster ihres Zimmers im Hotel Adria und sah zum Fenster hinaus. Es war ein kleines Zimmer, kahl bis auf das Ölgemälde einer südländischen Dame, die ihr grob gemaltes Dekolleté in die Bildmitte streckte. Der Maler hatte zweifellos versucht, ihr einen sehnsüchtigen oder verlangenden Blick zu geben. Er war nicht nur daran gescheitert. Ihre schwarzen Haare lagen wie ein gelackter Helm um ihr teigiges Gesicht, ihre Bluse beulte sich über dem mutmaßlichen Inhalt unförmig aus. Ingo hätte es schon längst abgehängt, aber Vlad gefiel es.

»Wir legen sie um«, murmelte er.

»Wen denn?«, fragte Ingo verzweifelt.

»Alle.«

»Na super.« Mit nervösen Fingern drehte Ingo sich einen Joint. »Wir müssen den Scheißkerl erreichen.« Sein Handy klingelte. »Hallo?« Ingo zog kräftig an seinem Joint und gab ihn an Vlad weiter. Der öffnete das Fenster und warf das Ding hinaus.

»Sag mal, bist du … Bist du bescheuert?« Ingos Stimme überschlug sich. »Wer ist denn da?«, schrie er ins Telefon.«

»*Was treibt ihr Vollidioten denn schon wieder?*«

»Boss? Na endlich.« Ingo fiel ein Stein vom Herzen. »Wir haben schon den ganzen Nachmittag versucht, Sie zu erreichen.«

»*Was wollt ihr? Ich habe euch doch gesagt, ihr sollt euch erst einmal nicht blicken lassen.*«

»Haben wir ja auch nicht«, sagte Ingo beleidigt. »Wir waren heute Mittag nur kurz unten, um ein Bier zu trinken.«

»Was an ›nicht blicken lassen‹ habt ihr denn nicht verstanden? Der Portier bringt euch doch alles. Ich hab das mit seinem Chef geklärt. Ihr solltet einfach nur auf eurem Zimmer bleiben.«

»Ist doch jetzt scheißegal«, sagte Ingo beleidigt. »Wir waren jedenfalls unten, und das war auch gut so.« Er hielt inne und warf Vlad einen Blick zu. Der starrte weiter zum Fenster hinaus auf die triste Kreuzung unter ihnen. »Hier im Hotel sind nämlich jede Menge Bullen. Der Portier hat es uns gesagt. Wir haben sie gesehen. Ich bin ziemlich sicher, dass einer von ihnen der Typ ist, den wir beinahe über den Haufen gefahren hätten. Wir sind ihnen bis zu Enzos Wohnung gefolgt und sie sind mit einem Umschlag wieder herausgekommen. Die Frau …«

»Was für eine Frau?«

»Sie hatten eine Frau dabei. Sie wohnt hier im Hotel.« Ingo knabberte nervös an seinem Daumennagel. »Wir wollen weg, und zwar so schnell wie möglich. Die sind uns auf den Fersen.«

»Ihr habt sie gesehen? Dann haben sie euch wahrscheinlich auch gesehen, stimmt's?«

Ingo zuckte mit den Schultern. »Na und? Die kennen uns ja nicht.« Am anderen Ende herrschte Schweigen. »Boss?«

»Wir treffen uns morgen im Lagerraum. Ich rufe euch noch mal an. Klar?«

»Klar.« Ingo legte auf. »Wir treffen uns morgen mit ihm«, sagte er zu Vlad.

Vlad nickte. »Warum hab ich bloß auf dich gehört?«, fragte er.

»Na, hör mal«, protestierte Ingo. »Du wolltest doch auch mal raus aus der Bude.« Er drehte sich einen weiteren Joint.

In Louis' Bar war nicht viel los. Die Lampen auf den kleinen Tischchen brannten und weiter hinten an der Theke standen zwei Mädchen, die sich leise unterhielten. Louis kontrollierte die Kühlschränke. »Wer ist das?«, fragte er.

»Mary«, sagte Rocco. »Die Freundin des Toten.«

»Exfreundin«, sagte Mary.

Louis ging zu ihr und reichte ihr die Hand. »Trotzdem: mein Beileid.« Er sah ihr tief in die Augen.

»Ja. Danke.« Mary lächelte unsicher und entzog Louis sanft ihre Hand, die er nur widerstrebend wieder losließ.

»Nicht viel los hier«, sagte Rocco. »Kannst du damit wirklich Geld verdienen?«

»Es ist noch früh. Außerdem helfe ich hier nur aus.« Louis ging zurück hinter die Theke.

»Ach ja? Macht der Besitzer Urlaub, oder was?«, fragte Rocco.

»Das glaube ich kaum. Ihm gehören noch ein paar Läden in der Stadt, um die er sich kümmern muss.« Louis seufzte. »Feldtner. Du kennst ihn vielleicht. Seit Neuestem lässt er sich Dr. Feldtner nennen.«

Rocco grinste. »*Dr.* Feldtner. In welchem Fach hat er denn promoviert?«

Louis zuckte mit den Schultern. »Kneipologie?«

»Und was hast du mit ihm zu schaffen?«

»Rocco. Bist du gekommen, um mich das zu fragen?« Louis zögerte. »Er hat früher einiges für mich getan«, sagte er dann gereizt. »Ich helfe ihm hier aus, bis er für den Laden einen neuen Geschäftsführer gefunden hat. Das ist alles. Genügt das?«

»Sind wir nicht eigentlich wegen der Dateien hier?«, warf Lenny vorsichtig ein.

»Stimmt«, sagte Rocco. »Louis, sieh dir das doch mal an. Vielleicht wirst du ja schlau daraus.« Er hielt Louis einen Ausdruck der Dateien von Toms Stick hin.

Louis überflog die Listen. »Was ist das?«, fragte er misstrauisch.

»Das sollst *du* uns ja sagen. Das Einzige, was wir bisher herausbekommen haben, ist, dass bestimmte Mengenangaben bestimmten Kennungen zugeteilt sind. Auf der anderen Liste ist es genauso.«

»Du musst schon ein bisschen genauer werden«, sagte Louis.

»Aber das bleibt unter uns, okay?«

Louis nickte.

»Du erinnerst dich doch an Marys Exfreund, oder? Enzo Fischer alias Tom Selleck … Lenny hat mir erzählt, du kennst da einige Leute …«

»Einige Leute …«, unterbrach Louis und lachte. »Ich kenne nur Fomin. Das habe ich Lenny schon erzählt. Fomin kommt irgendwo aus Aserbaidschan, Kasachstan, Usbekistan oder so was in der Art. Er arbeitet bei der GALB. Vorher hatte er eine private Sicherheitsfirma. Ich glaube, die ist pleitegegangen. Aber das ist alles kein Geheimnis.«

»Ist ja gut«, beschwichtigte Rocco ihn. »Das hat auch keiner gesagt. Aber wir sind jetzt sicher, dass Toms Tod etwas mit den Gas- und Stromwerken zu tun hat. Wir gehen davon aus, dass ein paar der Manager an den Einkaufspreisen und der Kalkulation gedreht haben. Auf einem USB-Stick von Tom waren verschiedene Abrechnungen gespeichert … Aber auch noch diese Dateien hier. Und damit kann ich nichts anfangen.«

»Hm«, machte Louis und breitete die Seiten vor sich auf der Theke aus. »Abrechnungen also …« Er studierte die Seiten jetzt aufmerksamer. Rocco, Mary und Lenny standen um ihn herum und sahen ihm erwartungsvoll zu. Schließlich schüttelte Louis den Kopf. »Irgendwas sagt mir das hier.« Er tippte auf ein paar Buchstabenkürzel, mit der eine der Seiten überschrieben war. »Aber ich komm nicht drauf.«

»Hm.« Rocco nickte enttäuscht mit dem Kopf und wollte die Listen wieder einpacken.

»Warte«, sagte Louis. »Kannst du mir das dalassen? Vielleicht fällt es mir wieder ein. Ich hab da so ein Gefühl …«

Seit Rocco seinem eigenen Gefühl nicht mehr trauen konnte, war er sehr aufgeschlossen gegenüber den Ahnungen anderer Leute. Vielleicht war es die Sehnsucht, seiner selbst wieder sicher zu sein. Wie dem auch sei: Er dachte nur kurz darüber nach, dann hielt er Louis die Papiere hin. »Ich hoffe nicht, dass ich es bereuen muss«, sagte er mahnend. »Pass bitte drauf auf. Die sollten nicht in die falschen Hände geraten.«

Louis zeigte seine Handflächen und sah ihn ehrlich erschüttert an. »Rocco. Was hältst du von mir?«, fragte er. »Ich meine, *du* kommst zu mir … in *meine* Bar … und dann beleidigst du mich derart?«

»Ja, ja«, sagte Rocco gelangweilt. »Das ist doch gar nicht deine Bar.«

Sie tranken noch einen Wodka, dann brachten sie Mary ins Hotel. Die Straßenlaternen schaukelten leicht im Wind und ein Zug donnerte über die nahe Brücke. Oben an einem der wenigen beleuchteten Hotelfenster bewegte sich der Vorhang. Auf der Straße war nichts mehr los. Rocco und Lenny verabschiedeten sich.

»Sie sind wieder da.« Vlad starrte nach wie vor hinunter auf die Straße.

»Na und?«, fragte Ingo. Er lag auf dem Bett und zappte durch die Programme.

»Nichts«, sagte Vlad.

KAPITEL 17

Dieses Gebäude, so fest und klar es vor ihm stand, barg doch Abgründe, Fallstricke, Unwägbarkeiten wie kein anderes. Es war ein Dschungel darin, in dem sich nur wenige auskannten und noch weniger überlebten. Nur durch eine strenge Hierarchie und durch gefestigte Laufwege konnten die Opferzahlen niedrig gehalten werden. Missachtungen der Regeln wurden zum Schutz jedes Einzelnen streng geahndet. Jedes Rädchen wusste genau, wo sein Platz war, jede Person kannte ihre Funktion, und solange man sie ausfüllte, war man innerhalb des Maschinenwerks geborgen, auch wenn das Warum nicht immer klar war. Die Gesamtheit setzte sich zusammen aus jedem Einzelnen, und der Einzelne war die Gesamtheit. Und wie ein Körper einen Krankheitsherd bekämpft, so musste dieses Kollektiv, das doch nichts anderes war als ein riesiger Apparat, Schädlinge, die sich in seinem Inneren möglicherweise ansammelten, erbarmungslos vernichten, ausscheiden, herausschleudern, um sich zu schützen.

Als Lenny vor dem Gebäude der Staatsanwaltschaft stand, fühlte er sich wie eine kleine, schädliche Bakterie, die kurz davor war, vom großen Organismus der demokratischen Rechtsprechung ausgespien zu werden. Wann war das Misstrauen gegenüber dem Rechtssystem der Bundesrepublik über ihn gekommen? Seit er festgestellt hatte, dass auch hier nur Menschen die Regeln machten und für ihre Einhaltung sorgten? Seit er Dr. Davids in verschiedenen Verkleidungen in und aus dem Haus hatte huschen sehen? Eines Morgens war er aufgewacht und hatte entdeckt, dass Recht und Gerechtigkeit nicht das Gleiche waren. Sicher, das Wissen darüber hatte er zuvor schon gehabt. Aber die persönliche Einsicht hatte ihm gefehlt. War es nicht so, dass man im alltäglichen Dasein Dinge aus purer Abstraktion akzeptierte, die eigentlich nicht akzeptabel waren?

Wie ein Schakal, dem das Fell vom frühmorgendlich kalten Wind der Steppe zerblasen wird, stand er vor dem großen Gebäude und fragte sich, wo sein Glaube an die Gerechtigkeit geblieben war. Es war bisher nichts vorgefallen, das ihn an Dr. Davids hätte zweifeln lassen müssen. Und doch glaubte er nicht mehr an den König des Dschungels. Waren Roccos wenige Zweifel an Dr. Davids der Keim gewesen, der ihn so einfach aus der Bahn geworfen hatte? Hatte Louis mit seinen seltsamen Ansichten über die Demokratie sein Vertrauen erschüttern können? War es vielleicht, fragte sich Lenny bitter, war es vielleicht seine Bestimmung, den Weg außerhalb des Systems zu gehen? Ja, er hatte einen Kater. Aber seine misanthropische Grundstimmung verstärkte nur, was sowieso schon in ihm gärte. Missmutig warf er seine Zigarette auf die Straße und betrat das Gebäude.

Dr. Davids wartete in seinem Büro auf ihn. Seine grauen Augen waren auf einen der vielzähligen Berichte geheftet, die auf dem Schreibtisch lagen. Flink überflogen sie die Zeilen, und mit angefeuchtetem Finger blätterte er auf die letzte Seite des Berichts. Er zückte einen dicken Kugelschreiber und unterschrieb mit engen, steil nach oben ausschlagenden Buchstaben. Aus dem i-Punkt heraus schloss er mit einem Schnörkel ab, der bis unter die Buchstaben reichte und seinen Namen beinahe ganz umfing.

»Früher, lieber Grünspan«, sagte Dr. Davids gemessen und ohne Umschweife und legte den Kugelschreiber weg, »früher hätte man Ihr Verhalten schlicht und einfach als Insubordination bezeichnet. Ich habe Ihnen zu Anfang Ihrer Mission versucht deutlich zu machen, wem Ihre Loyalität als Referendar bei der Staatsanwaltschaft zu gelten hat. Sie muss dem Staat gelten, der Institution, dem Recht. Sie haben das auch schon in meiner Rede zur Einführung der neuen Referendare vor ein paar Monaten gehört. Es dürfte Ihnen also nicht gänzlich unbekannt sein. Aber es scheint mir, als habe sich Ihnen der Sinn meiner Worte nicht ganz erschlossen.« Er räusperte sich. »Ich habe weder die Zeit noch die Lust – und schon gar nicht die Nerven –, Ihnen alles ein drittes Mal zu erläutern. Ich kann nur hoffen, dass Sie das, was Sie gestern Abend zu mir am Telefon gesagt haben, nicht ernst gemeint haben.« Dr. Davids machte eine Pause. Er nahm den Kugelschreiber und drehte ihn zwischen den Fingern. Dann stand er auf, ging um den Schreibtisch herum und setzte sich auf die Kante. Er war kleiner als Lenny, und doch strahlten seine grauen Augen hinter der spiegelnden Brille die ganze Autorität der Bürokratie aus, eine selbstbewusste Ignoranz, die sich aus Amt und Position zusammensetzte. Der oberste Vertreter der Staatsanwaltschaft räusperte sich. »Ich sage: Schwamm drüber, Grünspan. Ich möchte, dass Sie mich über die neuesten Entwicklungen im Fall Fischer/Selleck sofort und umfassend ins Bild setzen.«

Lenny nickte.

Fomin kramte in den Schubladen seines Schreibtischs und in ein paar Kartons, die dahinter auf dem Boden standen, als es klopfte.

»Herein«, rief er und streckte den Kopf hoch. Müller trat ein und schloss die Tür leise hinter sich.

»Herr Müller.« Fomin erhob sich rasch. Er war offensichtlich überrascht. »Sie hätten doch anrufen können. Ich wäre zu Ihnen gekommen …«

Müller winkte ab. »Fomin. Es gibt Probleme«, sagte er nervös. »Wir sitzen in der Patsche, wenn ich diesen vermaledeiten Bergmann nicht auftreibe. Aber seit gestern ist der Mann spurlos verschwunden. Er sollte eigentlich an seinem Programm arbeiten, aber ich kann ihn nirgends finden. Niemand hat ihn gesehen, seit er gestern das Büro verlassen hat. Und zu Hause meldet sich auch keiner.«

Fomin überlegte. »Vielleicht hat er sich einfach irgendwohin zurückgezogen, um in Ruhe an dem Programm arbeiten zu können?«, schlug er vor.

»Ja, möglich«, sagte Müller zögernd und fuhr dann besorgt fort: »Aber das glaube ich nicht. Ich hoffe, ihm ist nichts passiert. Wir haben den Ernstfall. Wir brauchen Bergmann unbedingt.«

»Was ist denn los?« Fomin runzelte die Stirn.

»Die Polizei hat Dokumente gefunden. Dr. Davids will seinen Vertrag mit der GALB kündigen. Uns schwimmen die Felle davon«, berichtete Müller abgehackt. Er trat dicht an Fomin heran. »Auch Ihre Felle, Fomin. Suchen Sie Bergmann, bevor es zu spät ist.«

»Immer mit der Ruhe«, beschwichtigte Fomin ihn. »Was sind das für Dokumente?«

»Das weiß ich nicht genau. Aber sie haben mit unserer Bilanz zu tun und es ist sicher nur eine Frage der Zeit, bis die Polizei wegen einer Hausdurchsuchung vor der Tür steht. Bergmann ist meine … ist unsere einzige Rettung.«

»Ja, möglich«, sagte Fomin nachdenklich.

»Was ist mit Ihnen los?« Müller schüttelte wütend den Kopf. »Werden Sie ihn suchen? Setzen Sie jemanden auf ihn an oder gehen Sie selbst. Bringen Sie Bergmann hierher.«

»Wo haben sie die Dokumente gefunden?« Fomin ließ sich von Müllers Nervosität nicht anstecken.

»Bei dem Journalisten. Seine Freundin hat sie gefunden.«

Fomin nickte. »Ich suche Bergmann«, sagte er. »Keine Panik. Noch ist nichts verloren.«

»Sie haben gut reden. Davids ist der Einzige, dem man nichts anhaben kann, wenn wir auffliegen. Sein Risiko war von Anfang an das geringste. Er kassiert nur Beraterhonorar. Bei uns ist das etwas anderes.« Müller wandte sich zur Tür. »Bleiben Sie erreichbar, Fomin. Ich will genau über Ihre Schritte informiert sein. Und sobald Sie Bergmann haben, bringen Sie ihn hierher.«

»Geht in Ordnung.«

Als Müller gegangen war, kramte Fomin weiter in seinen Schubladen.

»Es geht also los. Mal sehen, was noch zu retten ist«, murmelte er und grinste. »Da ist er ja.« Er zog einen Revolver aus einer der Schubladen, schob ihn hinten in den Hosenbund und verließ das Büro.

Auf dem Weg zu seinem Wagen holte er sein Handy aus der Tasche und wählte die Nummer des Polizeipräsidiums. »Ich möchte Herrn Marino sprechen«, sagte er. »Mein Name ist Arthur Fomin.«

»Einen Moment. Ich verbinde Sie«, erwiderte der Beamte am anderen Ende. Fomin lauschte mit leichtem Befremden der Midi-Version von ›Bésame Mucho‹, die ein feinsinniger Techniker dem Polizeipräsidium als Warteschleifenmelodie eingespielt hatte.

»*Rocco Marino*«, drang es einen Augenblick später aus dem Hörer.

»Herr Kommissar«, sagte Fomin freundlich. »Können wir uns treffen? Ich habe interessante Neuigkeiten für Sie.«

»Die Sie mir unmöglich am Telefon erzählen können?«

»Unmöglich«, bestätigte Fomin und lächelte. »Können Sie in einer halben Stunde an der Hohenecker Burg sein?« Fomin hörte ein Rascheln, als würde jemand den Lautsprecher mit der Hand verdecken. Er hörte undeutliche Stimmen.

Nach einer kurzen Pause sagte Rocco: *»In Ordnung. Wir kommen hin.«*

»Prima.« Fomin legte auf und stieg in seinen Wagen.

Zwei Wege führten zu der Anhöhe, auf der die Überreste der Hohenecker Burg lagen. Entweder man nahm den steilen Hohlweg von Hoheneck aus oder man fuhr von der anderen Seite über eine Abzweigung der Landstraße mit dem Auto bis unter die Burgmauern. Abgesehen von einem Gartenhäuschen existierten nur noch die Außenmauern und ein Rest des Turms. Ringsum am steil abfallenden Hang unterhalb der Burg waren Rebstöcke gepflanzt worden, die bis ans Dorf reichten. Mittlerweile leuchtete das Laub gelb und rot, wenn ab und zu die Sonne durch die Wolken kam.

Als Rocco und Lenny von der Landstraße auf den Feldweg abbogen, der zur Burg führte, goss es allerdings wieder in Strömen. Es war ein kurzer, heftiger Schauer. Rocco stellte den Wagen nahe der Burg an einem abzweigenden Weg ab, und dann warteten sie, bis der Regen vollends aufhörte.

»Wo geht's hier rein?«, fragte Lenny, als sie schließlich ausgestiegen waren und einem matschigen Trampelpfad auf Zehenspitzen nach oben bis zu den Mauern folgten.

»Ich glaube, auf der anderen Seite«, sagte Rocco. »Was für ein bescheuerter Treffpunkt.«

Über ihnen erschien Fomins Kopf auf der Terrasse des Gartenhäuschens.

»Sie müssen hier herum«, rief er und beschrieb einen großzügigen Bogen mit dem Arm, der die ganze Einfriedung umfasste. »Hier hinten ist ein kleines Tor.«

»Spitze«, maulte Lenny und rutschte Rocco hinterher über den glitschigen Pfad, bis sie eine schmale Gittertür erreichten, die offen stand. Nach ein paar Schritten betraten sie endlich die Terrasse, auf der Fomin wartete.

»In Ihrem Büro hätten wir uns natürlich auf keinen Fall treffen können«, sagte Rocco zur Begrüßung.

»Auf keinen Fall.« Fomin lächelte. »Es tut mir leid. Ich konnte ja nicht ahnen, dass es heute so einen Regenguss geben würde.«

»Was ist denn so dringend, dass es keinen Aufschub duldet?« Missmutig betrachtete Rocco seine Schuhe. Sie waren etwas in Mitleidenschaft gezogen worden. Sein Blick wanderte zu Fomins Beinen hinüber. Er hatte seine schwarzen Anzugshosen in ein Paar Gummistiefel gesteckt. Fomin lächelte immer noch.

»Die habe ich immer dabei«, sagte er.

Rocco verdrehte die Augen. »Ich hoffe nicht, dass Sie uns lediglich beweisen wollten, dass Sie besser ausgerüstet sind als die Polizei.«

»Nein.« Fomin wurde ernst. »Es geht um Ihren Fall. Zumindest nehme ich das an. Es sind im Betrieb ein paar Dinge vorgefallen, zu denen ich nicht länger schweigen kann.« Er hielt inne und sein Blick schweifte ab, hinunter zum Fluss. Von hier aus konnte man gut auf die Stelle sehen, an der Tom gefunden worden war. »Wie Sie wissen, bin ich für die Sicherheit bei der GALB zuständig. Und wenn man in diesem Business seinen Job gut macht, fallen einem zwangsläufig viele Informationen in die Hände. Aber …« Er sah verschmitzt von Rocco zu Lenny und wieder zurück. »In meinem Land sagt man ungefähr so: Man schneidet nicht den Ast ab, auf dem man sitzt.«

»Das sagt man in meinem Land auch«, sagte Lenny verblüfft.

»Dann verstehen Sie ja, was ich meine. Ich hatte lange keine Veranlassung, etwas zu unternehmen. Eine andere Regel meines Jobs ist im Normalfall die unbedingte Loyalität gegenüber dem Arbeitgeber.«

»Jetzt bin ich aber gespannt, was Sie dazu gebracht hat, diese Regel zu brechen«, sagte Rocco.

»Nun ja, Mord …?« Fomin deutete mit der Hand vage hinunter zum Fluss.

»Seit dem Mord ist ja nun schon einige Zeit vergangen, ohne dass Ihr Gewissen sich gerührt hat«, sagte Rocco.

»Wenn Sie wüssten …«, erwiderte Fomin und sah Rocco tief in die Augen, wie um ihn von der Gewissensqual zu überzeugen, die er seitdem durchgemacht hatte. »Aber das führt zu weit … Ich konnte mir bislang ja nicht sicher sein, wer dahintersteckt. Aber jetzt ist das anders. Ich habe genug Material gesammelt. Und ich glaube auch zu wissen, wer versucht hat, Sie mit dem Lieferwagen zu überfahren.«

»Das würde mich besonders interessieren«, meinte Rocco. Er ärgerte sich immer noch darüber, dass ihm seine Waffe aus der Hand gefallen war.

Fomin nickte und holte tief Luft. »Ich habe eindeutige Hinweise, dass mit unseren Bilanzen etwas nicht stimmt«, sagte er. »Aber bevor ich weiterrede, möchte ich Ihre Versicherung, dass mir nichts geschehen wird. Sie werden mich als Informanten behandeln, das muss gewährleistet sein. Ansonsten können Sie die Sache vergessen.«

Rocco sah Lenny an, der nur mit den Schultern zuckte. Er verzog abschätzend den Mund. »Ich weiß ja nicht, inwieweit Sie in die … Sache verwickelt sind, Herr Fomin. Und ich kenne nicht den Wert Ihrer Informationen. Das ist ein schlechter Verhandlungsstandpunkt. Finden Sie nicht?«

»Sie haben recht«, erwiderte Fomin. »Also gut. Ich bin, wie Sie sich vielleicht denken können, nicht ganz unbeteiligt an der … Sache. Aber ich glaube doch, dass Sie mich da raushalten können, wenn ich Ihnen dafür ein paar dicke Fische ins Netz lege. Ich gebe Ihnen zwei Namen: Dr. Spilden und Dr. Davids.«

»Dr. …« Lenny blieb der Mund offen stehen. Er starrte Fomin an, als hätte er ein Gespenst gesehen. Wie automatisch fasste er in die Innentasche seines Jacketts, holte eine dünne Zigarette heraus und zündete sie an. Fomin schmunzelte.

»Oh, wie ich sehe sind Sie ein Liebhaber exotischen … Tabaks«, sagte er.

Lenny nickte. »Dr. Davids?«, fragte er. »Sind Sie sicher?« Er unterdrückte einen Hustenanfall.

»Ja«, sagte Fomin gelangweilt.

»Okay.« Auch Rocco war kurz sprachlos gewesen. »Wenn da etwas dran ist, müssen Sie sich wegen einer Strafverfolgung keine Sorgen machen. Aber wenn sich Ihre Informationen als falsch herausstellen sollten, sind Sie dran. Das muss Ihnen klar sein.«

»Kein Problem.« Fomin zog eine Schachtel Zigaretten aus der Tasche und zündete sich eine an. Es begann erneut zu regnen, weshalb sie unter das Vordach des Gartenhäuschens traten. Fomin blies den Rauch hinaus in die nasse Luft. Es sah aus, als schlängle er sich zwischen den Tropfen davon. Roccos Handy klingelte. Er warf einen kurzen Blick darauf. ›Louis‹ stand auf dem Display. Rocco steckte das Handy weg. Louis konnte er später zurückrufen.

»Meine Informationen sind nicht falsch«, fuhr Fomin fort. »Ich habe Dokumente, die beweisen, dass die GALB über Jahre hinweg Bilanzen gefälscht hat. Daran beteiligt waren der Geschäftsführer, Herr Müller, und der Leiter der EDV, Herr Bergmann.«

»Hm«, machte Rocco unzufrieden. »Wir sind auch nicht ganz untätig gewesen, Herr …«

»Ich weiß«, unterbrach ihn Fomin. »Sie haben Dokumente, die auf dasselbe hindeuten. Abrechnungen und Auszüge der Bilanzen, nicht wahr? Sie müssen noch endgültig klären, was die doppelten Zahlen aussagen und um welche Bereiche es geht. Sie wissen noch nicht, wer genau beteiligt ist. Eine Ihrer Zeuginnen, die Freundin des Toten, hat die Dokumente gefunden.«

Rocco und Lenny brauchten einen Moment, bis ihnen klar wurde, aus welcher Quelle Fomin seine Informationen haben konnte.

»Dr. Davids«, sagte Rocco leise. »Das kann doch nicht wahr sein … Ich hätte nie gedacht …«

Fomin nickte. »Ich kann das beweisen. Ich habe Aufzeichnungen von Gesprächen zwischen Müller und Davids, die in meinem und in Bergmanns Büro stattgefunden haben. Davids hat einen Beratervertrag mit der GALB, den er offensichtlich dazu benutzt hat, strafrelevante Informationen an Müller und auch an Dr. Spilden weiterzugeben. Er hat sie aus Ermittlungen herausgehalten. Dr. Davids hat seinen Anteil an dem Betrug über sein Beraterhonorar bezogen. Dr. Spilden ist Aufsichtsratsmitglied.«

»Und der Lieferwagen?«, fragte Lenny atemlos.

»Das kann ich nicht mit Sicherheit sagen. Aber es deutet alles darauf hin, dass Bergmann ihn gefahren hat. Er hat auch die Zahlen manipuliert und war sozusagen das ausführende Organ … Er ist übrigens seit gestern verschwunden.«

»Bergmann«, murmelte Rocco und runzelte die Stirn. »Das kann ich mir gar nicht vorstellen …«

»Aber wir wissen, dass …«, begann Lenny, doch Rocco stieß ihn mit dem Ellbogen, sodass er schwieg.

Fomin runzelte die Stirn und sah sie nachdenklich an. Dann lächelte er.

»Und Sie?«, fragte Rocco.

»Oh, ich …, nun ja, ich habe eine Zeit lang auch von diesem Arrangement profitiert. Das gebe ich zu. Aber dann kam die Sache mit Enzo Fischer …« Fomin verzog widerwillig den Mund. »Und da ist dann eben Schluss.«

Rocco nickte. Er sah zum Himmel hinauf in die grauen Wolken, aus denen der Regen wieder heftiger fiel. Doch weiter hinten am Horizont wurde es heller. Aus irgendeinem Grund dachte er an Anna und an den Friedhof, an den klaren, kalten Heidewind.

»Dr. Davids …«, sagte er. »Vor allem in Bezug auf ihn ist das eine schwerwiegende Anschuldigung. Ihnen ist schon klar, dass Ihre Dokumente wasserdicht sein müssen?« Rocco schüttelte den Kopf, als könne er es immer noch nicht glauben. Andererseits gab es keinen Grund, warum Fomin den Staatsanwalt ins Spiel bringen sollte, wenn an der Sache nichts dran war. Immerhin wusste er alles, was Rocco und Lenny gestern Abend herausgefunden hatten. Das warf noch eine andere Frage auf, die allerdings warten musste.

Fomin nickte.

»Bleibt noch der Mord an Tom Selleck«, sagte Lenny.

»Dafür ist Müller verantwortlich«, meinte Fomin. »Aber ob er ihn tatsächlich selbst umgebracht hat …? Das kann ich nicht sagen.«

»Bergmann?«, fragte Rocco zweifelnd.

Fomin wiegte bedächtig den Kopf. »Ich weiß nicht …« Er lächelte. »Eigentlich ist er nicht der Typ für so etwas. Überhaupt nicht … Aber vielleicht war er dabei?« Fomin erzählte ein paar weitere Details. Lenny klärte mit ihm, zu welchen Bedingungen, wo und wann er die Unterlagen übergeben würde. Rocco wurde immer schweigsamer. Er starrte hinaus in den Regen und wartete. Als es aufhörte, gingen sie. Fomin sah ihnen hinterher. Er wartete, bis sie in den Wagen gestiegen und losgefahren waren, dann zog er sein Handy heraus und wählte eine Nummer.

Rocco fuhr nur bis hinter die nächste Biegung und stoppte abrupt. Er sah Lenny an.

»Du hast mich bespitzelt«, sagte er. »Wenn das nur annähernd stimmt, was Fomin gesagt hat, dann warst du nur dazu da, um mich zu bespitzeln … auf die falsche Fährte zu bringen. Dieser ganze Blödsinn mit dem Mord im Trinkermilieu, das kam doch von dir.«

Lenny schüttelte entsetzt den Kopf. »Das stimmt nicht, Rocco. Red keinen Unsinn: Ich habe dich nicht bespitzelt. Ich konnte es doch selbst kaum glauben, dass Dr. Davids … Ich kann es, ehrlich gesagt, immer noch nicht … Er beauftragte mich damit und sagte, das wäre ein besonders heikler Fall …«

Roccos Handy klingelte. Es war Louis, aber Rocco nahm nicht ab. Erst musste er die Sache mit Lenny klären.

»Ein besonders heikler Fall?«, fragte er wütend. »Und dann kommst du mit dieser lahmen Trinkerstory? Mann … Wer soll dir das abnehmen?«

»Mir kam das selbst auch seltsam vor, aber er ist … war schließlich mein Vorgesetzter und es gab keinen Grund, ihm nicht zu trauen.«

»Den gab es vielleicht nicht. Aber sag mir *einen* Grund, warum ich dir trauen sollte?«

Lenny überlegte. »Ich weiß nicht«, sagte er dann traurig. »Weil ich mit dir zusammenarbeite? Rocco, ich habe in den letzten Tagen selbst gezweifelt. Ich hatte kein Vertrauen mehr, aber schließlich war es nur ein Gefühl. Du weißt selbst, dass ich Davids nichts zu den Ermittlungsergebnissen sagen wollte.« Ihm fiel etwas ein. »Außerdem habe ich ihm zwar etwas von den doppelten Bilanzen erzählt, aber nichts von den anderen Dokumenten, die Louis bei sich hat. Komm schon, Rocco. Ich habe ihm nur das erzählt, was unbedingt notwendig war. Ich konnte doch nicht ahnen, dass er alles sofort an Müller weitergibt. Was hättest du an meiner Stelle gemacht?«

»Am Anfang habe ich gedacht, du kommst von der internen Ermittlung oder so was. Aber du hast dich tatsächlich für den Fall interessiert.« Rocco ging nicht auf seine Frage ein.

»Interne Ermittlung. So ein Blödsinn …« Lenny schüttelte den Kopf. »Vielleicht habe ich dich bespitzelt, aber das war völlig unabsichtlich. Die Sache liegt doch eigentlich klar auf der Hand. Dr. Davids hat mich benutzt, um die Einzelheiten zu dem Fall möglichst schnell auf den Tisch zu bekommen. Er war auch jedes Mal so komisch …«

Rocco überlegte einen Moment. »Okay«, sagte er. »Ich glaube dir. Aber wenn du nicht die Wahrheit gesagt hast …«

Lenny winkte erleichtert ab. »Der ganze Laden kann mich mal«, sagte er.

Rocco sah ihn verdutzt an. Er ließ den Motor an. »Ach ja?«

»Ja. Darf man hier rauchen?«

»Nein.«

Ingo lag auf dem Bett und feilte seine Nägel. Feiner Hornstaub sammelte sich auf seinem T-Shirt. Ab und zu sah er hinüber zu Vlad, der wieder am Fenster Posten bezogen hatte. »Mann, was gibt es denn da die ganze Zeit zu glotzen?«, fragte er. »Auf was wartest du denn?«

»Ich will nur keine Überraschungen erleben.« Vlad starrte stur weiter hinaus. Die Sonne brach langsam durch die Wolken und beschien die nasse Straße. Ab und zu, wenn ein Auto vorbeifuhr, spritzte das Wasser hoch, dann war ein kleiner Regenbogen über dem Asphalt zu sehen.

Ingos Handy klingelte. Er setzte sich auf, klopfte sein T-Shirt ab und nahm den Anruf entgegen.

»Hallo?« Er hörte zu, während Vlad weiter unverwandt zum Fenster hinaussah. Er würde diesen Posten nicht verlassen, solange es keine anderen Befehle gab, so viel war klar. Aber seine Tage als Beobachter waren gezählt.

»Und sie wissen, was los ist?«, fragte Ingo. »Okay, okay. Ja. Wir kommen.«

Er legte auf.

»Wir müssen los«, sagte er zu Vlad.

»Wohin?«

»Zum Lagerraum. Wir treffen uns dort mit ihm.«

Vlad machte keine Anstalten aufzustehen. »Was hat er gesagt?«, fragte er.

»Er hat gesagt, dass wir kommen sollen«, rief Ingo und tippte sich an die Stirn. »Mann. Jetzt steh endlich auf.«

»Was ist los? Ich will wissen, was los ist«, sagte Vlad und erhob sich. Er ging zu seiner Nachttischschublade und nahm eine Pistole heraus.

»Es sieht so aus, als seien wir aufgeflogen. Die Alte, die gestern mit den Bullen hier ankam, hat irgendwelche Dokumente gefunden. Die Jungs von der GALB sind total aus dem Häuschen. Wir müssen etwas *unternehmen*«, erwiderte Ingo und zog seine Lederjacke an.

»Wir sind aufgeflogen«, wiederholte Vlad. »Wir müssen weg hier … Scheiße.«

»Dir hat es wohl gefallen, den ganzen Tag auf diese beschissene Kreuzung zu glotzen, was?« Ingo tippte sich noch einmal an die Stirn.

»Nein. Aber mir gefällt es auch nicht, einfach so abzuhauen. Was ist mit unseren Geschäften?«

»Der Boss wird schon wissen, was zu tun ist.«

Vlad nickte.

Sie stopften ihre Klamotten aus dem Schrank in zwei Reisetaschen und traten hinaus auf den dunklen Hotelflur. Die Geräusche ihrer Schritte wurden geschluckt von einem dicken, ausgebleichten Teppich, der aus den besseren Tagen des Hotels stammte. Weiter hinten im Gang standen ein paar Türen offen. Leise drangen die Stimmen der Zimmermädchen zu ihnen. Dann schaltete jemand einen Staubsauger ein.

Vlad und Ingo waren gerade am Treppenabsatz angelangt, als sich die nächstliegende Zimmertür öffnete und Mary herauskam. Vlad starrte sie an. Mary blieb stehen und runzelte die Stirn. »Was …?«, fragte sie erstaunt.

»Komm schon«, sagte Ingo und zog an Vlads Ärmel.

Aber Vlad schüttelte ihn ab. Er atmete tief ein und aus und presste seine schmalen Lippen zusammen. Mit einem Stoß beförderte er Mary zurück in ihr Zimmer. Ingo verdrehte die Augen.

»Oh nein.«

»Was?«, fragte Mary noch einmal. Sie schien nach wie vor nur überrascht zu sein.

Die beiden Männer folgten ihr ins Zimmer.

»Was soll das?«, fragte Ingo. »Das bringt doch nichts.«

»Oh doch.« Vlad schloss die Tür hinter sich.

KAPITEL 18

Rocco steuerte den Wagen über den Feldweg zurück auf die Straße. An der Kreuzung hielt er an.

»Was hältst du von der Sache mit Fomin?«, fragte er.

Lenny zuckte mit den Schultern und blickte durch die Frontscheibe auf den Asphalt. Am Rinnstein bildete das ablaufende Regenwasser einen kleinen Bach, der wirbelnd und glucksend in einen Gulli stürzte. Ab und zu durchbrach die Sonne die Wolkendecke. Dann reflektierte der nasse Asphalt das Licht so sehr, dass er die Augen schließen musste.

»Ich finde es seltsam, dass er ausgerechnet jetzt kommt … Wir sind doch sowieso schon kurz davor gewesen …«

»Das wundert mich nicht. Bevor wir ihnen auf der Spur waren, hat er keinen Grund gesehen, auszupacken. Fomin ist ein mieser Typ, er versucht eben, seinen Hals aus der Schlinge zu ziehen.« Rocco fasste ins Handschuhfach und holte seine Sonnenbrille heraus. »Aber ehrlich … wenn wir mit seiner Hilfe Davids erwischen, ist mir das egal.« Er gab Gas und bog auf die Landstraße ein. »Was mir komisch vorkommt, ist Bergmanns Rolle. Ich meine, selbst wenn er bei dem Betrug mitgemacht hat … Traust du ihm Folter und Mord zu? Ich habe ihn zwar nur einmal kurz gesehen, aber er wirkte eher ängstlich auf mich. So ein Kerl versucht doch nicht, mich kaltblütig über den Haufen zu fahren?«

Lenny schüttelte den Kopf. »Das kann ich mir auch nicht vorstellen. Am Telefon klang er sehr verunsichert …«

»Er hatte vielleicht dieselbe Idee wie Fomin. Nur ist der ihm zuvorgekommen.« Rocco bremste am Ortsschild ab, um nicht geblitzt zu werden. »Aber dass er sich jetzt gar nicht mehr meldet, gibt mir zu denken. Nehmen wir mal an, er ist der Mörder oder zumindest am Mord beteiligt. Und er ruft dich an und will sich mit dir treffen. Das geht schief …« Er sah Lenny an und verzog missbilligend den Mund. »Packst du dann deine Sachen und haust ab? Irgendwie passt das nicht zusammen. Wir müssen auf jeden Fall eine Streife zu ihm nach Hause schicken.«

Lenny wollte gerade zum Hörer greifen, als Roccos Handy klingelte. Rocco nahm ab.

»Louis?«, sagte er.

»Rocco. Endlich erreiche ich dich. Eure Unterlagen … Ich glaube, ich weiß, worum es hier wirklich geht.«

Rocco grinste. »Wir auch. Wir hatten gerade eben eine Unterhaltung mit Fomin. Du erinnerst dich an ihn? Er hat uns ein paar interessante Dinge über die GALB erzählt.«

»Das glaube ich gern. Dem ist die GALB scheißegal. Wenn das stimmt, was ich herausgefunden habe, dann geht es hier um Drogen. Hat Mary nicht erzählt, dass ihr Freund hauptsächlich auf dem Gebiet recherchiert hat? Kommt am besten gleich zu mir. Ich bin in der Bar.«

»Drogen?« Rocco zog die Augenbrauen hoch. »Wir sind in zehn Minuten da.« Er sah Lenny an. »Hat nicht Mary irgendwas wegen Drogen gesagt?«

»Nicht, dass ich wüsste«, meinte Lenny.

»Doch, bestimmt.« Rocco war sich sicher. Er wusste nur nicht mehr, wo und in welchem Zusammenhang sie es erwähnt hatte.

Er hatte kaum aufgelegt, als sein Handy erneut klingelte. Es war das Präsidium.

»Rocco. Du musst kommen. Es gab eine Schießerei im Hotel Adria in der Schlachthofstraße.«

Rocco lief es kalt den Rücken herunter. Hotel Adria …

»Ist jemand verletzt?«, fragte er.

»Ja. Fahr hin«, sagte der Beamte.

»Scheiße.« Rocco war bleich wie ein Laken.

»Was ist los?«, fragte Lenny erschrocken.

»Eine Schießerei im Hotel Adria. Wir müssen dahin.«

Rocco drückte das Gaspedal durch. Lenny packte das Blaulicht aus und setzte es aufs Dach.

»Ruf Louis an«, sagte Rocco. »Er soll auch hinkommen.«

Den Rest der Fahrt schwiegen sie. Rocco raste durch die Stadt und in ein paar Minuten waren sie da. Vor dem Hotel standen drei Streifenwagen, ein Rettungs- und ein Notarztwagen. Rocco sprang aus dem Auto, als die Sanitäter aus dem Hotel kamen. Sie nahmen gerade mit einer Trage die letzten Stufen bis zur Straße. Mary lag darauf. Sie hatte eine Sauerstoffmaske über dem Mund und war fixiert worden. Rocco sah ihr ins Gesicht, konnte aber keine Regung erkennen. Sie wirkte noch bleicher als er, auch ihre Lippen schienen nahezu blutleer. Ihre dunklen Haare rahmten ihr Gesicht ein. Rocco glaubte, sie sähe ein bisschen verschwitzt aus, bis er feststellte, dass es Blut war, das in ihren Haaren klebte.

Die Madonna der Trinker. Bleich wie ein Handtuch. Weiß wie eine Wand … wie der Tod, dachte Rocco.

»Ist sie …?«, rief er.

»Gehen Sie aus dem Weg«, schnauzte ihn einer der Sanitäter an.

Rocco trat einen Schritt zurück.

»Wer sind Sie?«, fragte ihn der Arzt, der hinter der Trage das Hotel verließ.

»Ich bin der ermittelnde Beamte. Sie war … ist meine Zeugin.« Er deutete auf Mary, die in den Rettungswagen geschoben wurde. Die Sanitäter schlossen die Tür und rasten mit Blaulicht davon. »Ist sie …?«

»Sie lebt … sonst hätten wir sie nicht mitgenommen, wie Sie wissen«, sagte der Arzt. »Aber es hat sie böse erwischt. Sie hat zwei Schussverletzungen, soweit ich das sehen konnte. Und sie hat viel Blut verloren.« Er nickte Rocco und Lenny zu. »Ich muss los.«

»Sie lebt«, sagte Lenny erleichtert. »Das ist doch was.«

Rocco sah ihn an. Er spürte eine Leere in sich wie damals, als Anna einfach gegangen war, ohne etwas zu sagen. Und er fürchtete, dass sein Gefühl zurückgekehrt war. Diese Ahnung, die ihm immer, kurz bevor es so weit war, eine drohende Gefahr ankündigte. Das machte ihm Angst. Dieses Gefühl, dass etwas Unabänderliches geschehen würde. Und dann konnte man nur mit dem Danach leben, nichts mehr zurückholen, nichts mehr ändern, nichts mehr verbessern, gar nichts mehr …

»Ja«, sagte er.

Sie gingen ins Hotel. In der Lobby standen der Portier und drei andere Männer zusammen bei zwei Polizisten. In der Bar saßen weitere Polizisten und nahmen die Aussage der espressotrinkenden Stammkundschaft auf. Oben im ersten Stock rumorte die Spurensicherung.

»Wir machen das«, sagte Rocco zu den Beamten, die den Portier verhörten. »Gehen Sie nach oben und sehen Sie in den Zimmern nach. Vielleicht gibt es Gäste, die etwas mitbekommen haben.« Dann wandte er sich an den Portier: »Okay. Was war hier los?«

»Nichts«, sagte der Portier automatisch und sah die Männer an, die neben ihm standen. Zwei davon waren sehr groß und breit. Sie hatten jeweils ein Jackett an, dessen Ärmel etwas um ihre Muskeln spannten. Der dritte war eher klein und wirkte beinahe quadratisch. Er trug einen grau in grau karierten Anzug, hatte buschige Koteletten, seine Haare waren grau und schütter. Durch eine große Hornbrille musterte er Rocco und Lenny.

»Gestatten, Dr. Feldtner«, sagte er.

»Dr. Feldtner?«, wiederholte Lenny erstaunt. Hatte Louis ihn nicht erst kürzlich erwähnt?

»Ganz genau«, bestätigte Dr. Feldtner und wippte ein bisschen auf seinen Zehenspitzen. »Ich bin der Besitzer dieses Hotels. Mein Portier hier hat mich natürlich sofort verständigt, nachdem dieses …«, er zögerte, »Unglück hier geschehen ist.«

»Unglück?«, rief Rocco empört. Er sah den Portier böse an. »Mann, nun erzähl schon, was passiert ist.« Dr. Feldtner nickte ihm beruhigend zu.

»Ich kann wirklich nicht viel sagen«, meinte der Portier daraufhin und strich sich mit den Fingern die Haare nach hinten. Eine Strähne fiel ihm sofort wieder in die Stirn. »Ich habe zwei Schüsse gehört, dann sind die beiden mit ihren Taschen an mir vorbei nach draußen gerannt. Ich habe ihnen nachgerufen, aber das brachte nichts. Dann bin ich nach oben gelaufen …« Er nagte an seiner Unterlippe. »Da lag sie auf ihrem Bett und hat geblutet. Ich glaube, sie hatte einen Schock. Sie hat gelächelt. Jedenfalls sah es so aus.«

»Und die beiden?«

»Weg.« Der Portier zuckte wieder mit den Schultern. »Mannomann. Ich habe zuerst gedacht, die sind schwul oder so.« Er holte eine Zigarette hinter seinem Ohr hervor und zündete sie an. »Die waren die letzten Tage fast nur auf ihrem Zimmer. Einmal sind sie weggefahren. Manchmal sind sie kurz runtergekommen, um was zu trinken. Dann haben sie immer gestritten. Na ja, passt ja, dachte ich.« Ein Grinsen trat auf sein schmales Gesicht. »Der Mensch kann nicht mit, aber auch nicht ohne jemanden leben. Stimmt's nicht, Herr Kommissar?«

Rocco starrte ihn an. »Quatsch nicht so einen verdammten Blödsinn, Mann«, sagte er.

»Hier drin wird nicht geraucht«, sagte Feldtner und gab dem Portier einen leichten Klaps auf den Hinterkopf, sodass ihm die Zigarette aus dem Mund fiel. Er hob sie schnell auf, aber es hatte sich bereits ein kleiner Brandfleck in den Teppich gefressen. »Das reparierst du, ist das klar?« Feldtner wischte sich die Hand an der Hose ab. »Und schmier dir nicht so viel Pomade in die Haare.«

Der Portier nickte.

»Gutes Personal ist heutzutage schwer zu finden«, wandte sich Feldtner an Rocco. »Aber er ist schon in Ordnung …«

»Seit wann sind die Burschen hier gewesen?«, fragte Rocco, ohne sich um Feldtner zu kümmern.

»Die kommen immer mal wieder«, sagte der Portier. Er ging zur Tür und warf seine Kippe auf die Straße. »Seit einem Jahr ungefähr. Dann sind sie eine Weile hier und hauen wieder ab. Dieses Mal sind sie seit zwei Wochen da. Das hab ich Ihren Kollegen auch schon gesagt.«

»Die Pässe hast du dir wahrscheinlich geben lassen, oder?«

»*Zeigen* lassen«, betonte der Portier. »Aber ehrlich … die waren in Ordnung.«

»Und die Meldebescheinigung?«

»Hab ich hier irgendwo. Ich kann sie raussuchen.«

»Okay«, sagte Rocco. »Dann begleite einen meiner Kollegen aufs Präsidium, damit wir ein Bild von den Verdächtigen anfertigen lassen können. Nachdem du die beiden schon oft gesehen hast, wirst du dich ja wohl erinnern, wie sie aussehen.«

Der Portier sah unsicher zu seinem Chef.

»Muss das sein, Herr Kommissar?«, fragte Feldtner und versuchte, ein joviales Lächeln auf sein quadratisches Gesicht zu zaubern. »Wer soll denn hier am Empfang bleiben?«

»Das ist mir scheißegal«, sagte Rocco. Er zeigte auf die zwei Männer, die neben Feldtner standen und noch nicht ein Mal den Mund aufgemacht hatten. »Da haben Sie doch zwei Leute.«

Feldtner verzog wehmütig das Gesicht. »Ach«, sagte er nur.

»Wir müssen die beiden schleunigst zur Fahndung ausschreiben. Irgendwie hab ich das Gefühl, als würden sie bald über die Grenze verschwinden. Also brauchen wir ein Fahndungsbild. Du gehst mit den Kollegen mit.« Rocco schob den Portier zur Tür und winkte zwei Beamte heran. »Und wir beide«, er nickte Lenny zu, »gehen nach oben und sehen uns das Schlamassel mal an.«

Draußen erhob sich ein leichter Tumult. Zwei Beamte hielten einen kleinen, schwarzhaarigen Mann fest, der versuchte, ins Hotel zu kommen. Es war Louis.

»Rocco, Rocco«, rief er von draußen und winkte mit einem großen Umschlag.

»Lasst ihn durch« Rocco nickte den Polizisten zu und Louis eilte etwas außer Atem in die Lobby. Als er Feldtner entdeckte, blieb er abrupt stehen.

»Feldtner …«, flüsterte er verblüfft.

»*Dr.* Feldtner«, sagte Feldtner und seine Begleiter strafften augenblicklich ihre Körper.

»Dr. Feldtner.« Louis sah ihn mit großen, traurigen Augen an.

»Louis. Was machst du hier?«

»Ich … äh«, stotterte Louis verlegen. »Der Kommissar wollte noch ein paar Unterlagen von mir … Sie wissen …«

»Ich weiß nichts, Louis«, sagte Dr. Feldtner. »Aber du wirst es mir sicher erzählen … irgendwann.«

»Bestimmt.« Louis nickte.

»Der Kommissar hier …« Feldtner zeigte auf Rocco, »entführt mir meinen Portier. Da trifft es sich ganz gut, dass du hier auftauchst. Solange er weg ist, könntest du auf das Hotel aufpassen. Was meinst du?«

»Äh …« Louis wirkte wenig begeistert.

Feldtners Miene blieb unbewegt.

»In Ordnung«, sagte Louis.

»Wer, zum Kuckuck, ist das?«, fragte Rocco, als Feldtner mit seinen Begleitern abgezogen war.«

Louis winkte ab. »Das willst du nicht wirklich wissen.«

»Doch. Das will ich wissen«, sagte Rocco.

»Ihm gehören hier ein paar Läden«, erklärte Louis ausweichend. »Er ist schon jemand in der Stadt. Und er hat mir mal einen Gefallen getan. Da wird es dann etwas schwer, sich ihm ganz … zu entziehen. Aber es ist schon okay. Und hiermit«, er schwenkte den Umschlag in der Luft, »hat er nichts zu tun.«

»Organisiertes Verbrechen«, sagte Lenny bestimmt.

Louis sah ihn an und verzog den Mund. »Organisierte Gastronomie«, erwiderte er.

»Komm mit«, meinte Rocco. »Wir gehen nach oben.«

Louis blieb stehen. »Aber ich kann nicht … Ich soll hier aufpassen … Das wird sowieso noch schwierig, Feldtner zu erklären, warum ich dich kenne.«

»Organisierte Gastronomie, wie?« Rocco seufzte. »Hier kommt jetzt sowieso niemand rein. Das Hotel ist abgesperrt, wie du bemerkt hast. Also reg dich ab.«

Sie gingen nach oben und warfen einen Blick in Marys Zimmer. Auf dem Laken und auf dem Boden war ein großer Blutfleck zu sehen. Zwei Männer in weißen Ganzkörperanzügen hatten den Raum abgesperrt und sicherten Spuren.

»Mein Gott«, flüsterte Lenny und starrte auf Marys Bett.

Rocco sagte nichts, aber aus seinem Gesicht war wieder alle Farbe gewichen.

»Jetzt kommt schon«, sagte Louis. »Hier könnt ihr nichts tun.« Er schob die beiden weiter. Sie suchten sie sich ein leeres Zimmer und setzten sich aufs Bett.

»Okay«, sagte Rocco. »Was hast du?«

Louis öffnete den Umschlag und schüttete die Ausdrucke und ein paar Notizzettel auf die Decke. »Jetzt haltet euch fest. Kaum seid ihr gestern Abend gegangen, ist es mir wie Schuppen von den Augen gefallen. Mir kamen die Buchstabenreihen gleich irgendwie vertraut vor. Wir sind wahrscheinlich nur nicht draufgekommen, weil sie kleingeschrieben sind. Diese Buchstaben, das sind Kürzel. CIT, TSE, KRK. Ich hab nachgeschaut, das sind die Abkürzungen für die Flughäfen von Shymkent, Astana und Krakau. Shymkent und Astana liegen in Kasachstan, Krakau in Polen.«

»Okay«, sagte Rocco. »Polen und Kasachstan. Und was soll das?«

»Jetzt warte mal.« Louis winkte ab. »Ich bin ja noch nicht fertig. Den Flügen zugeordnet ist jeweils ein Datum, eine Personenanzahl und eine Gewichtsangabe. Ich habe am Anfang gedacht, es ist die fürs Gepäck. Aber sie ist immer ziemlich gering. Und sie variiert.« Louis zeigte mit dem Finger auf die Zahlenreihe. Auf dem Ausdruck war keine Zahl größer als neun Kilogramm. Er zog die andere Liste heran. »So. Jetzt schaut mal da drauf. Das sind die Kürzel KRK und STR, manchmal auch FRA. Diese Flüge von Stuttgart oder Frankfurt wurden immer von der GALB gebucht. Ihr Gaslieferant, die PolGA, sitzt in Krakau. Ich vermute, das waren irgendwelche Managertreffen, Reisen zu Verhandlungen, was auch immer ... Aber es sind jedes Mal ein paar der GALB-Leute nach Kasachstan weitergeflogen. Und wer kommt aus Kasachstan?«

»Fomin«, sagte Lenny.

»Genau.« Er sah Rocco und Lenny triumphierend an. »Aus Kasachstan kommt aber nicht nur Fomin. Von dort kommen auch Erdgas, Öl ... und jede Menge Drogen. Das ist ein Riesenumschlagplatz für Opium und Gras. Das war schon lange so, und das meiste Zeug exportiert Afghanistan. Dort ist trotz der UNO-Truppen der Opiumanbau so hoch wie nie.«

»Ja, okay«, sagte Rocco. »Aber ich sehe die Drogen nicht.« Er klopfte auf die Listen, die auf dem Bett ausgebreitet lagen. »Fomin kann doch im Auftrag der GALB in Sachen Erdgas unterwegs gewesen sein, nicht wahr? Er spricht die Landessprache, er hat Kontakte dort ...«

»Drei Dinge sprechen für Drogen«, erwiderte Louis. »Zum einen ist es auffällig, dass die Gepäckstücke jedes Mal um ungefähr zwei bis drei Kilo schwerer waren als bei der Hinreise. Klar, er nimmt Souvenirs mit. Aber jedes

Mal zwei bis drei Kilo? Der gute kasachische Schinken wahrscheinlich, für den das Land so berühmt ist …« Louis lachte. »Zum anderen werden hier in euren Unterlagen immer sauber zwei Posten gelistet, mit Zahlen und Mengenangaben dahinter. Dabei könnte es sich um Marihuana und Heroin handeln.«

Rocco und Lenny blickten sich an. War das möglich? Rocco hatte auf einmal überdeutlich das Bild von Lenny und Fomin auf der Terrasse des Gartenhäuschens vor Augen. ›Ein Liebhaber exotischen Tabaks‹, hatte Fomin gesagt und gelacht. Nicht, dass das ein Beweis wäre, aber für Rocco zumindest Grund genug, näher hinzusehen …

»Und der dritte?«, fragte Lenny.

»Der dritte?« Louis sah ihn verwundert an.

»Du hast gesagt, drei Punkte sprechen für Drogenhandel. Was ist der dritte?«

Louis zögerte. »Der dritte Punkt ist …« Er unterbrach sich und schaute die beiden ernst an. »Ihr müsst mir versprechen, dass das unter uns bleibt. Ich erzähle das im Vertrauen und ihr behaltet es für euch. Sollte das stimmen, werdet ihr nachher genug Anhaltspunkte haben und diesen nicht mehr brauchen.«

»Nun sag schon«, meinte Rocco ungeduldig.

»Ihr versprecht es?«

»Ja«, sagten Rocco und Lenny, nachdem Louis keine Anstalten machte weiterzureden.

»Also gut«, fuhr Louis fort. »Seit ungefähr einem Jahr gibt es einen neuen Lieferanten. Da bringt jemand größere Mengen Marihuana und Heroin auf den Markt. Das deckt sich ziemlich genau mit den Zeiträumen auf euren Listen. Zurzeit scheint sich ein eigenes Verteilernetz zu etablieren. Fomin war ein paarmal bei mir in der Bar und ich hatte das

Gefühl, dass er meine Leute angesprochen hat. Du weißt schon …« Er blickte Rocco an und blinzelte.

»Ich weiß gar nichts«, meinte Rocco ruhig.

Louis verdrehte die Augen. »Zeug«, sagte er, »Drogen, Deals, was weiß ich. Es war nie etwas Konkretes und ich hielt es auch nicht weiter für wichtig. Aber jetzt, mit den Unterlagen und Mary, die sagte, Drogen wären Toms Thema … Und dann Kasachstan … Das passt einfach zu gut. Und das gefällt einigen Herren gar nicht, wie ihr euch vorstellen könnt. Das sind andere Dimensionen als ein paar amerikanische Exsoldaten, die ein bisschen Gras verkaufen. Aber, wie gesagt. Das muss unter uns bleiben, sonst bin ich dran.« Er wandte sich an Rocco. »Das ist dieses Mal mein Ernst.«

Rocco sah ihn nachdenklich an. Plötzlich musste er grinsen. »Dr. Dr.«, sagte er leise. »Dr. Feldtner … Er hat dich gesehen …«

»Warte, warte«, wehrte Louis ab. »Zieh keine voreiligen Schlüsse. Es ist nicht er persönlich … Wirklich nicht. Er handelt nicht mit Drogen. Aber ich glaube, er hätte nichts dagegen, wenn die neue Quelle versiegen würde. Und ich könnte ihm meine Anwesenheit hier erklären, ohne meine Glaubwürdigkeit zu verlieren.«

Rocco nickte. »Damit kann ich leben. Und die Drogensache … Das wäre ein Knüller. Das würde bedeuten, Fomin hat Tom auf dem Gewissen. Und Mary hatte recht, als sie vermutete, Tom wäre an einer Drogenstory dran.«

»Sieht so aus«, meinte Louis.

»Das passt besser als Bergmann«, sagte Lenny.

Rocco fuhr auf. »Verdammt. Bergmann. Wir müssen unbedingt eine Streife zu ihm schicken. Lenny, die sollen bei der GALB nachfragen, ob er aufgetaucht ist. Wenn nicht, sollen sie zur Not die Tür aufbrechen und das Haus durchsuchen. Wenn Louis' Theorie stimmt, hat Fomin ihn möglicherweise erwischt, um ihn zum Sündenbock zu stempeln.«

»Und die zwei Typen, die Mary niedergeschossen haben?«, fragte Lenny.

»Das sind entweder absolute Psychopathen oder sie gehören zu Fomin. Oder beides.«

Lenny ging hinaus, um zu telefonieren.

Rocco stand auf, schob den schmutziggelben Vorhang ein wenig zur Seite und sah aus dem Fenster. Unten stand eine kleine Menschengruppe ums Hotel. Die Beamten hatten den Eingang abgesperrt, die Hotelgäste wurden nur nach Aufnahme der Personalien hinein- oder hinausgelassen. Es zogen wieder dunkle Wolken auf, die Sonne brach sich an den Rändern wie ein Strahlenkranz. Bald würde sie verschwinden. Der Asphalt glänzte noch nass vom letzten Regen.

»Es wird bald wieder regnen«, sagte Rocco leise und ließ den Vorhang fallen. »Wenn deine Theorie stimmt, dann bin ich dir dieses Mal wirklich was schuldig, Louis. Das war genial.«

»Danke, mein Lieber.« Louis stand ebenfalls auf und packte die Unterlagen zurück in den Umschlag. Er konnte nicht ganz verbergen, dass er sich über Roccos Lob freute. »Dann werde ich mal in meine Portierloge wandern, bis der Junge zurückkommt.«

Rocco nickte. »Fomin weiß noch nichts von unseren neuen Erkenntnissen. Mit ein bisschen Glück erwischen wir ihn, bevor er das Land verlässt …«

Fomin klopfte eine Zigarette auf ein silbernes Etui, zündete sie an und zog seinen dünnen Mantel enger um sich. Er warf einen Blick durch die Scheiben des Gartenhäuschens und war kurz versucht, sie einzuschlagen, um sich drinnen aufzuwärmen. Aber die Wände waren dünn, es würde dort kaum wärmer sein als draußen, also ließ er es.

Eine Zigarette später hörte er endlich den Motor eines Autos und dann Schritte, die näher kamen. Er beugte sich über das Geländer und sah Ingo und Vlad im Gänsemarsch missmutig durch den Dreck stapfen.

»Na endlich«, sagte Fomin, als die beiden auf der Terrasse auftauchten. »Wo wart ihr denn so lange?«

Ingo sah Vlad an. »Das ist eine längere Geschichte«, sagte er.

»Halts Maul«, knurrte Vlad.

»Jungs. Könnt ihr nur *ein* Mal aufhören zu streiten?«, fragte Fomin genervt. »Warum nur haben die mir euch geschickt?«

Es begann von Neuem zu regnen. Ingo und Vlad kamen zu Fomin unters Dach.

»Passt auf. Die Luft hier wird ziemlich dünn, vor allem für euch. Wir sind hier vorerst fertig. Also verschwindet schleunigst. Die Bullen dürfen auf keinen Fall einen Zusammenhang zwischen uns herstellen. So wie es aussieht, kommen wir alle mit heiler Haut davon, wenn wir jetzt vorsichtig sind. Niemand weiß bis jetzt, wer ihr seid. Sie haben wahrscheinlich eure Spuren aus dem Lieferwagen, aber ihr seid hierzulande noch nirgends registriert, oder?

»Bis jetzt noch nicht«, sagte Ingo.

Fomin runzelte die Stirn und sah ihn misstrauisch an. »Wir lassen das Zeug, wo es ist«, fuhr er fort. »Das findet niemand. Ich stehe ganz gut mit den Bullen und halte hier die Stellung. Ich habe Geld für euch. Und wenn es möglich ist, versuche ich, unsere Vertriebskanäle am Leben zu halten.«

»Ist das mit dem Boss abgesprochen?«, fragte Vlad.

»Mit welchem Boss?«, fragte Fomin irritiert zurück. »Ich bin dein Boss und du machst, was ich sage. Idiot.«

»Ich meine deinen Bruder.«

Fomin verdrehte genervt die Augen. »Es muss euch genügen, wenn ich das sage. Die Zeit war zu knapp, um meinen Bruder zu verständigen.« Er sah auf seine Uhr. »Da ist es jetzt Abend. Wer weiß, wo der sich rumtreibt.« Er drückte jedem ein Bündel Geld in die Hand. »Ihr fahrt am besten erst mal mit der Bahn, bis ihr ein Stück weg seid. Und dann … keine Ahnung. Ich rufe meinen Bruder an und sage ihm, ihr macht ein paar Tage Urlaub. Und ihr seht zu, dass ihr nach Astana zurückkommt.«

»Wir wollen ungern in die Stadt zum Bahnhof. Dort wimmelt es von Bullen«, sagte Vlad.

»Na und?« Fomin schüttelte den Kopf.

»Pass auf. So einfach, wie du denkst, ist das alles nicht«, meinte Ingo. Er legte Fomin die Hand auf die Schulter. Der sah ihn angewidert an und schüttelte sie ab. »Die Bullen haben die Dokumente von der Frau aus dem Hotel … Und sie wissen über die GALB und die PolGa Bescheid. Du bist dran, wenn du hierbleibst.«

Über Fomins Gesicht zog sich ein breites Grinsen. »Das denkt ihr vielleicht. Aber ich habe genug falsche Fährten gelegt. Die Polizei hat Müller und Bergmann im Visier.« Er unterbrach sich abrupt. »Moment mal. Woher wisst ihr denn, was in den Dokumenten steht? Davon habe ich kein Wort erwähnt.«

»Die Frau im Hotel …«, sagte Ingo und zog bedauernd die Schultern hoch.

»Was?«, fragte Fomin.

Die beiden standen vor ihm und schwiegen. Inzwischen regnete es wieder in Strömen.

»Was?«, schrie Fomin sie an.

»Sie hat es uns gesagt«, sagte Vlad. Seine schmalen Lippen verzogen sich zu einem leichten Lächeln.

»Was heißt das?«, fragte Fomin tonlos.

»Ich hab sie ein bisschen rangenommen.«

»Wir haben jede Menge Informationen aus ihr herausbekommen«, unterbrach Ingo ihn eifrig. »Wir konnten ja nicht ahnen, dass du das meiste schon weißt.«

Fomin schwieg. Er sah hinaus in den Regen. Unter ihm verschwamm das Dorf, nass und grau, dunkle Wolken hingen im Tal. Die Wiesen weiter oben hatten die Farbe von Lehm angenommen, das Gras lag ertrunken auf der Erde, schwarz und steif wie Gerippe ragten die Stämme und Äste der Obstbäume in die Luft. Nur wenige, blasse Blätter hingen noch daran. Bald würde der Regen alle Farbe aus diesem Land gewaschen haben.

»Das miese Stück«, sagte Vlad. »Sie wäre doch gleich zu den Bullen gerannt.«

»Was?«, schrie Fomin noch einmal und drehte sich zu den beiden um.

»Sie hat mir in die Eier getreten«, rief Vlad.

»Na ja, aber erst, nachdem du …«, wandte Ingo ein.

»Halt die Schnauze«, unterbrach ihn Vlad.

»Haltet beide die Schnauze«, schrie Fomin. »Was ist dann passiert?«

»Er hat sie erschossen«, sagte Ingo und zeigte auf Vlad.

»Arschloch.« Vlad hielt ihm den Mittelfinger vors Gesicht.

»Wieso?«, fragte Ingo empört. »Stimmt doch. Soll ich vielleicht sagen, ich war es?«

Fomin atmete tief ein und aus. Er starrte wieder in den Regen und überlegte. Er musste umdisponieren. Die beiden waren zu gefährlich geworden. Wenn sie erwischt würden, war eins klar: Sie würden den Mund nicht halten.

»Ihr seid verdammte Idioten«, sagte er zu ihnen. »Und wenn ich mehr Zeit hätte, würde ich euch noch was brechen oder so.« Er zog seinen Revolver und tötete beide.

KAPITEL 19

Rocco und Lenny saßen im Wagen und warteten an einer Ampel. Draußen regnete es in Strömen. Der Scheibenwischer schaufelte fleißig Wasser über die Scheibe, trotzdem war die Straße nur für Bruchteile von Sekunden klar zu erkennen. Danach verschwamm alles wieder in einem Grau, das durchbrochen wurde von den neonroten Schlieren des Ampellichts. Rocco kam sich vor wie in einem Unterseeboot, das sich bei stürmischer See der Wasseroberfläche näherte. Innen beschlugen die Scheiben. Er schaltete das Gebläse ein.

»Ruf bei der GALB an und frag, ob Fomin dort aufgetaucht ist«, sagte er.

»Wen soll ich denn fragen?«

Rocco warf Lenny einen irritierten Blick zu. »Den Empfang? Die werden ja wohl wissen, ob er reingekommen ist.«

Lenny nickte. Die Ampel schaltete auf Grün und Rocco fuhr langsam los. Er fragte sich, ob im Herbst jede Stadt so schäbig und hoffnungslos aussah, wenn es regnete. Die Häuser standen da, als könnten sie alles kaum noch ertragen, als würden sie unter dem ständigen Hämmern der Tropfen die Schultern zusammenziehen und warten, bis sie durchweicht, durchlöchert, ermüdet und erschöpft in sich zusammenfielen. Der Regen prasselte mit unerbittlicher Härte und Gleichmut. Es war kaum vorstellbar, dass das jemals wieder ein Ende nehmen würde …

»Er ist nicht da«, sagte Lenny und dann ins Handy:

»Danke.« Er legte auf. »Was machen wir? Fahren wir zu seiner Wohnung?«

»Nee. Da soll eine Streife hinfahren.« Rocco zog die Schultern hoch und überlegte. »Dieser Treffpunkt … Der war doch eigenartig, findest du nicht?«

Lenny verzog den Mund. »Keine Ahnung. Wo triffst du dich normalerweise mit Zeugen oder Verdächtigen?«

»Pffh«, machte Rocco. »Da gibt's kein ›normalerweise‹. Mal so, mal so.« Er bewegte vage die Hand. »Aber Fomin, das ist so ein Typ … der spielt ganz gern, hab ich das Gefühl. Und dann freut er sich, wenn er jemanden an der Nase herumgeführt hat.«

»Und was heißt das?«, fragte Lenny.

»Weiß ich auch nicht«, sagte Rocco genervt. Wenn Anna da wäre, dachte er. Sie hätte sicher eine Idee. »Weißt du, Lenny, es ist eine erprobte Ermittlermethode, mal loszulassen«, fuhr er fort. »Das sollten wir auch tun. Wir sehen einfach mal zu, wohin unser Wagen uns bringt. Das ist die so genannte Zen-Methode. Der Pfeil findet den Weg ins Ziel, wenn Geist und Körper im Unbewussten vereint sind. Oder so …«

»Yeah«, sagte Lenny vergnügt.

»Ach Quatsch«, rief Rocco. »Dieser Treffpunkt … Es muss doch einen Grund dafür geben. Wir fahren noch mal zur Burg zurück. Ich bin sicher, dass wir dort eine Spur finden.«

»Auch gut«, sagte Lenny. Er klang ein bisschen enttäuscht.

Fomin schleppte Vlads Körper durch den strömenden Regen von der Terrasse des Gartenhäuschens hinüber zu dem verfallenen Turm. Ingo hatte er schon in das schwarze Loch geworfen, das einmal der Eingang gewesen war. Zuvor hatte er zwei große Taschen daraus hervorgezogen, die nur notdürftig geschützt an der Mauer im Regen standen. Fomin war klitschnass und schimpfte leise vor sich hin.

»Verdammt, bist du schwer«, knurrte er Vlad an, während das Wasser ihm in den Kragen und in die Augen lief. »Dabei heißt es doch immer, der Körper verliert ein paar Gramm, wenn die Seele entweicht.«

Im Turm, so hoffte er, würden die beiden nicht gefunden werden oder erst nach langer Zeit. Vielleicht entdeckten Kinder sie irgendwann beim Spielen … Er zerrte an Vlads Lederjacke und versuchte, ihn die schmalen Stufen bis zum Eingang hinaufzuschleifen, als Rocco und Lenny beim Gartenhäuschen auftauchten.

»Hey«, schrie Rocco durch den Regen zu ihm hinüber und zog seine Pistole. »Was machen Sie denn da?«

Fomin ließ Vlad los, der langsam die Stufen wieder nach unten glitt. »Scheiße«, murmelte er.

»Bleiben Sie stehen und nehmen Sie die Hände über den Kopf.«

»Ja klar.« Fomin tippte sich an die Stirn. Dann zog er seinen Revolver und feuerte schnell hintereinander drei Schüsse in Richtung Rocco und Lenny. Die beiden gingen in Deckung. Fomin packte die zwei Taschen und sprang von der Mauer auf die andere Seite. Dann stolperte er über die kleinen Weinbergmauern den steilen Abhang hinunter zum Fluss.

Rocco und Lenny rannten zum Turm, sobald Fomin verschwunden war. Sie stießen Vlads Körper zur Seite und eilten die Treppe hinauf. Rocco gab von der Mauer aus ein paar Schüsse auf Fomin ab, aber er war schon zu weit weg. Die Chance, ihn zu treffen, war gleich null. Dennoch eilten sie ihm hinterher. Doch Fomin war auf dem aufgeweichten Boden mit seinen Gummistiefeln deutlich im Vorteil. Rocco und Lenny rutschten dauernd aus, während Fomin den Abstand vergrößerte und einigermaßen sicher den Hang hinunterkam. Allerdings behinderten ihn die Taschen an einer schnelleren Flucht. Er stellte sie ab, drehte sich um und feuerte noch einmal auf die beiden. Als Rocco zurückschoss, rutschte Fomin aus und ließ fluchend eine der Taschen zurück.

Rocco und Lenny versuchten vergeblich, Fomin einzuholen. Er verschwand langsam hinter den grauen Schleiern des Regens. Als die beiden unten im Dorf ankamen, war von ihm nichts mehr zu sehen. Rocco und Lenny blickten sich kurz um und rannten bis zur Hauptstraße, die an dieser Stelle eine scharfe Kurve machte. Wie begossene Pudel standen sie auf der Kreuzung und entdeckten weit hinten die roten Rücklichter eines schwarzen Wagens. Unmöglich zu sagen, ob es Fomins war … Doch selbst wenn: Ihr Wagen stand oben bei der Burg. Es war unmöglich, ihn einzuholen, sie hatten keine Chance.

Rocco wischte sich den Regen aus dem Gesicht und suchte in seiner völlig durchnässten Jacke nach seinem Handy. Während er dem Wagen hinterherschaute, gab er eine Fahndung nach Fomin an die Zentrale durch und bestellte die Spurensicherung zur Burg.

Lenny sah nach oben in den waschküchengrauen Himmel. »Jetzt ist es doch vorbei«, rief er. »Jetzt könnte es doch eigentlich aufhören.«

»Nichts ist vorbei«, meinte Rocco verbissen. »Komm, wir holen den Wagen …«

»Um was zu machen?«, fragte Lenny.

»Ich weiß nicht, was du machst. Aber ich muss erst mal heiß duschen.«

Mühsam nahmen sie den Weg durch die Weinberge, den sie gekommen waren, und sammelten die Tasche ein, die Fomin zurückgelassen hatte.

Rocco zog den Reißverschluss auf und warf einen flüchtigen Blick hinein. »Fette Beute«, sagte er und lächelte müde.

Am nächsten Tag hatte der Regen aufgehört. Rocco hatte nachts noch lange wachgelegen und dem stetigen Strömen und den Gurgelgeräuschen gelauscht, die vom Erstickungstod unzähliger Gullis erzählten. Er dachte an Fomin, Bergmann und vor allem an Mary, die nach zwei Operationen in einem künstlichen Koma vor sich hindämmerte. Irgendwann war er doch eingeschlafen, musste eingeschlafen sein, ohne es zu merken.

Die Streife hatte Bergmann im Heizungskeller seines Hauses gefunden. Fomin hatte ihn dort gefesselt und eingeschlossen. Zur weiteren Verwendung hatte Fomin gesagt, berichtete Bergmann. In seinen Augen lag immer noch das Unverständnis und die Fassungslosigkeit darüber. Zwei Tage und zwei Nächte hatte er im Keller zugebracht und, nachdem er den Kampf gegen die Handschellen und das Heizungsrohr aufgegeben hatte, lange darüber nachgedacht, was er tun würde, wenn er hier lebend herauskam. Er war völlig erschöpft und entkräftet ins Krankenhaus eingeliefert worden. Rocco und Lenny wollten an diesem Morgen zu ihm, um ihn zu verhören.

Als Rocco ins Büro kam, war Lenny schon da.

»Ich konnte nicht schlafen«, sagte er.

»Gibt's was Neues von Fomin?«, fragte Rocco.

»Weiß ich nicht.« Lenny starrte auf den Bildschirm von Annas Rechner. Er stand auf, um Espresso zu kochen. »Ich konnte nicht schlafen«, wiederholte er.

Roth kam herein, ohne anzuklopfen. »Marino. Von Fomin gibt es bisher leider keine brauchbare Spur. Aber das lässt uns hoffen, dass er noch im Land ist. Ich bin da ganz zuversichtlich.« Roth sah allerdings nicht gerade zuversichtlich aus. Zu dem ewigen Eierschalengelb seiner Augäpfel hatten sich dunkle Augenringe gesellt. Er wirkte müde.

»Der ist über alle Berge«, murmelte Rocco.

»Wie bitte?«

»Nichts.«

Roth musterte ihn scharf. »Das ist ein großer Erfolg, der uns da gelungen ist, Marino. Ich gratuliere Ihnen. Und ich wünsche nicht, dass Sie ihn durch wenig hilfreichen Defätismus gleich wieder zunichtemachen.«

Lenny grinste.

»Mach ich schon nicht«, sagte Rocco und fragte sich, was mit Defätismus wohl gemeint sei.

»Aber die Sache mit Dr. Davids …«, fuhr Roth forsch fort, und Rocco meinte, ein leichtes Zögern in seiner Stimme zu hören. »Sie sind sich schon im Klaren, was Sie dem Leitenden Staatsanwalt vorwerfen? Und das lediglich aufgrund der Anschuldigungen eines mutmaßlichen – ach, was heißt hier mutmaßlich, wir sind ja unter uns –, eines Drogenhändlers und kaltblütigen Mörders. Ich hab mir gestern die Dokumente angesehen, die Sie bei Enzo Fischer sichergestellt haben. Sein Name taucht da nirgends auf, ebenso wenig der von Dr. Spilden …«

»Müllers Name taucht ja auch nicht auf«, erwiderte Rocco gereizt.

»Und auch nicht der von Fomin«, ergänzte Lenny. »Aber die Kürzel …«

Roth warf ihm einen irritierten Blick zu. »Ja, ja«, meinte er zerstreut. »Aber das allein …«

»Die Details unserer Ermittlungen, von denen Fomin wusste … Das kann ihm nur jemand erzählt haben, der darüber genau im Bild war. Wir werden die Konten überprüfen, die Zahlungsausgänge der GALB … Irgendwas wird sich schon finden«, sagte Rocco.

»Wir werden sehen.« Roth warf Lenny einen Blick zu und wandte sich zum Gehen. »Ich kenne Dr. Davids als integren Mann. Als einen Mann, der Recht und Gesetz nicht nur achtet, sondern dafür einsteht. Seien Sie vorsichtig mit vorschnellen Schlüssen … Das ist alles, was ich von Ihnen verlange. Auch in Ihrem eigenen Interesse.« Er ging und ließ die Tür offen stehen.

Lenny wartete, bis die Espressomaschine brodelte, und nahm sie von der Kochplatte. »Meinst du, Roth …«

»Was?«, unterbrach ihn Rocco ärgerlich.

»Na ja, vielleicht hängt Roth ja auch mit drin.«

Rocco verdrehte die Augen und schüttelte den Kopf. »Nein. Roth ist nur vorsichtig. Er will immer gern vorher wissen, was nachher rauskommt. Und er kann sich solche gravierenden Schwachstellen im System nicht vorstellen. Mir fällt es auch nicht leicht zu glauben, Dr. Davids könnte gemeinsame Sache mit Müller und Fomin gemacht haben …«

Sie schwiegen.

»Ich hab schlecht geschlafen«, sagte Lenny nach einer Weile und kippte seinen Espresso.

»Ich glaube, das hast du heute schon mehrfach erwähnt.«

»Findest du es nicht seltsam, nach einem solchen Tag einfach wieder normal ins Büro zu gehen?«

»Was für ein Tag?«, fragte Rocco.

»Einem Tag wie gestern … Schießerei, Blut, Regen, Tod … Und heute sitzen wir wieder im Büro. Es wird nichts passieren.«

»Dann bleib doch im Bett.«

Lenny verzog das Gesicht zu einer Grimasse. »Nein. Ich hab heute noch was vor.«

»Es wird was passieren«, sagte Rocco. »Wir vernehmen Bergmann. Also, gehen wir.«

Rocco mochte Krankenhäuser. Von außen wirkten sie so solide und irgendwie entschlossen, wie ein Bollwerk der Hoffnung. Der Kampf war dort noch nicht verloren, im Gegenteil. Er wurde dort erst ausgefochten. Was Rocco noch an ihnen schätzte: Sie standen für Sicherheit und Geborgenheit.

Bergmanns Zimmer war bewacht. Der Beamte stand auf, als Rocco und Lenny den Gang entlangkamen. Er war klein und dick, in seinem Schnauzer hing etwas Butter von der Brezel, die bei seiner Kaffeetasse auf dem Tischchen neben seinem Stuhl lag.

»Alles in Ordnung«, sagte er zackig und Rocco warf Lenny einen müden Blick zu, der ungefähr so viel sagen sollte wie: ›Lektion Nummer eins beim Zeugenschutz: Ein Beamter kann einen Zeugen im Krankenhaus nie effektiv schützen, wenn ein Krimineller es auf ihn abgesehen hat. Diese Typen werden immer, *immer* niedergeschlagen.‹

Er klopfte an Bergmanns Tür und sie traten ein.

Ein Gutes hatten Bergmanns Überlegungen in seinem Keller. Sie resultierten in einer schonungslosen Beichte. Er zeigte sich überaus kooperativ und gab ohne Umschweife zu, dass er ein Programm zum Fälschen der Bilanzen entworfen habe. Auch sei das auf Betreiben von Müller geschehen. Die ganze Sache habe ihm schon lange ein schlechtes Gewissen bereitet und er sei froh, das endlich loswerden zu können …

Von einem Drogendeal wusste er nichts. Er fiel aus allen Wolken, als er davon hörte. Aber was Rocco vor allem am Herzen lag, war Dr. Davids und seine Rolle in dem ganzen Spiel. Nachdem Fomin vorerst ausfiel, brauchte er dringend einen neuen Zeugen gegen ihn.

Bergmann zögerte. »Nun ja«, sagte er. »Sie sind ja gewissermaßen im Auftrag der Staatsanwaltschaft hier, nicht wahr? Dr. Davids ist Ihr Chef …« Sein Blick wanderte zur Tür, als erwarte er Beistand von dem Beamten, der ihn bewachte.

»Der kann Ihnen nicht helfen«, sagte Lenny leichthin, als hätte er Roccos Miene vorhin richtig gedeutet. »Und wir wollen die Wahrheit hören. Von uns haben Sie nichts zu befürchten, es sei denn, Sie verschweigen uns etwas.«

Es war ein bisschen Überredungskunst notwendig, aber schließlich bestätigte Bergmann Fomins Behauptungen größtenteils. Demnach waren Dr. Davids und Dr. Spilden bei Besprechungen anwesend gewesen, in denen es konkret um gefälschte Abrechnungen und dementsprechend höhere Gas- und Stromkosten für Endkunden gegangen war. Bergmann versprach, das auch unter Eid auszusagen.

»Ich kann es nicht glauben«, sagte Lenny, als sie wieder draußen vor der Tür standen. In der Tat schien er etwas benommen zu sein, und auch wie berauscht von der Aussicht, einen Mann wie Dr. Davids fallen zu sehen. Mehr noch, ihn selbst zu Fall zu bringen. Der Rausch konnte allerdings auch von etwas anderem herrühren, dachte Rocco.

»Abwarten«, sagte er. »Im Krankenhaus hinter sicheren Türen auszusagen ist etwas anderes als im Gerichtssaal vor einem Richter, der Staatsanwaltschaft und dem Publikum. Und bis es so weit ist, werden noch einige andere Leute mit ihm reden. Ich bin sicher, Dr. Davids wird alle Hebel in Bewegung setzen, um Bergmann mundtot zu machen.«

»Du meinst …« Lenny sah Rocco entsetzt an und fuhr sich mit einem Finger an der Kehle entlang.

»Quatsch.« Rocco schüttelte den Kopf. »Da gibt es andere Möglichkeiten … Geld, Straferleichterungen, frühzeitige Entlassung … Bergmann ist der Einzige, der im Knast landen wird. Bei den anderen Beteiligten bin ich mir da nicht so sicher.«

»Und Fomin«, sagte Lenny überzeugt.

»Fomin … Den müssen wir erst mal finden.« Rocco betrachtete skeptisch den Beamten, der vor der Tür saß. »Ich würde ja noch einen zweiten Mann abstellen. Aber das nützt auch nichts«, sagte er fatalistisch. »Es kommt, wie es kommen muss.«

»Kismet.« Lenny nickte. Als Rocco ihn verwundert ansah, erklärte er achselzuckend: »Das hat man bei uns an der Schule immer gesagt …«

»Was war denn das für eine Schule?«, fragte Rocco misstrauisch.

Lenny zuckte mit den Schultern. Sie gingen den langen, beigefarbenen Gang hinunter zum Aufzug. Es roch nach Desinfektionsmittel, als sie an einem Zimmer vorbeikamen, in dem zwei Schwestern dabei waren, ein Bett abzuziehen. Es hatte etwas Endgültiges und ließ doch den Spielraum zwischen Genesung und Tod.

»Ich will noch Mary besuchen«, sagte Rocco. »Kommst du mit?«

Lenny zögerte. »Ich hab noch was anderes zu erledigen«, meinte er dann. »Ich gehe später hin.«

Rocco nickte und sie verabschiedeten sich am Fahrstuhl.

Mary lag in einem kleinen, abgedunkelten Raum und war an eine Vielzahl von Apparaten angeschlossen. Große Displays zeigten beständig ihre Herzfrequenz, ihren Puls, die Lungenaktivität. Aus ihrem Mund ragte ein Beatmungsschlauch. Verschiedene Flüssigkeiten liefen aus durchsichtigen Behältern über Schläuche zu einer Nadel in ihrem Arm. Rocco musste seine Hände desinfizieren, bevor er hineinging.

Sie sah aus wie immer. Etwas bleicher vielleicht, dachte er, und ein bisschen erschöpft. Aber sonst … Ihm war nie aufgefallen, dass sie schöne Haare hatte, dunkel, dicht und leicht rötlich glänzend. Der Glanz konnte allerdings auch von der rotleuchtenden, gezackten Kurve stammen, die anzeigte, dass sie noch lebte.

Rocco stand vor ihr und wusste nicht genau, was er tun sollte. Er war versucht, einfach wieder zu gehen. Aber als eine Schwester hereinkam und die Infusionen kontrollierte, nickte sie ihm aufmunternd zu, bevor sie wieder hinausging. Also blieb er stehen.

Marys Arme und Hände lagen unnatürlich gerade neben ihrem Körper. Langsam näherte er sich ihr. Dabei überlegte er, ob er wohl ihre Hand nehmen sollte. Er tat es, in der Gewissheit, dass sie es nicht spürte, auch wenn sein Vater Natale und seine Schwester Laura widersprechen würden. Besonders Natale hatte viele Artikel über Patienten im Koma gelesen, die Stimmen und Berührungen sehr wohl wahrnahmen. Es konnte ja nichts schaden, dachte Rocco, und fuhr mit seinem Daumen über ihre schlanken, rauen Finger. Die Berührung, das Gefühl ihrer schlaffen Hand in seiner verursachte eine Beklemmung in seiner Brust, und unwillkürlich atmete er tief ein. Würde er noch länger hier stehen, so spürte er plötzlich, kämen ihm Tränen. Trotzdem blieb er und nahm ihre Finger in beide Hände. Spürte er Leben? Er versuchte, eine Regung zu ertasten, einen Widerstand, der ihm Hoffnung geben könnte, dass sie genug Kraft hatte, um gesund zu werden. Aber ihre Hand war schlaff und kühl. Abweisend. Alles Leben hatte sich tief ins Innerste ihres Körpers zurückgezogen und kämpfte dort ihr weiteres Schicksal aus.

Rocco kannte sie nicht lange, aber aufgrund dessen, was sie ihm erzählt hatte, nahm er an, dass es immer so gewesen war. Menschen hatten in ihrem Denken nur eine untergeordnete Rolle gespielt, dachte er, als wäre sie schon tot. Ihre Vision von kompromisslosen Häusern, in denen das Material und die Klarheit der Linie wichtiger war als ihre Bewohner … Ihre Liebe zu einem Menschen wie Tom, der sie nie wirklich wahrgenommen hatte, vielleicht nur als Publikum gebraucht hatte … Er streichelte noch einmal über ihre Hand, legte sie sorgfältig wieder neben ihren Körper und ging hinaus.

Vor der Tür blieb er stehen und atmete tief durch. Dann fragte er bei der Stationswache nach dem Arzt und wartete.

Als er schließlich aus einem der Zimmer auftauchte, sagte er: »Ich habe es sehr eilig. Sie ist stabil, mehr kann ich im Moment nicht sagen.«

»Wann wird sie wieder aus dem Koma aufwachen?«, fragte Rocco und zeigte seinen Ausweis.

»Sie ist in ein künstliches Koma versetzt. Wir werden sie langsam aufwachen lassen, aber das wird noch dauern.

Es tut mir leid, ich kann Ihnen keinen genauen Zeitpunkt sagen …« Er sah auf die Uhr, die weiter vorn im Gang hing. »Wirklich, ich muss …«

»Aber sie ist außer Lebensgefahr?«, fragte Rocco schnell.

Der Arzt warf ihm einen merkwürdigen Blick zu. »Zurzeit ist sie stabil«, wiederholte er. »Mehr kann ich nicht sagen.« Er hob die Schultern, nickte Rocco zu und eilte davon. Rocco folgte ihm langsam und nahm den Fahrstuhl nach unten.

Draußen vor dem Krankenhaus sog er die frische Luft tief ein. Er hatte das Gefühl, jede Faser seiner Lungen überdeutlich zu spüren und dass er am Leben war. Er war froh und spürte doch ein Bedauern, als hätte er Schuld daran, dass Mary auf der Intensivstation lag.

Lenny klopfte vorsichtig an die Tür, dann trat er ein. Überall lagen Kartons mit schmalen, hochkantigen Faltprospekten herum, an der Wand entlang zog sich ein Regal aus hellem Naturholz, das vollgestopft war mit Büchern, Katalogen und Prospekten. In der Mitte des kleinen, überfüllten Zimmers befand sich ein Schreibtisch und darauf ein riesiger Monitor. Dahinter, über die Tischplatte gebeugt, stand Anja Ahlen, starrte auf den Bildschirm und klickte wild mit der Maus.

Lenny schluckte. Es war warm und stickig im Zimmer und er fühlte, dass er bald anfangen würde zu schwitzen.

»Hallo, was kann ich für Sie tun?«, fragte Anja Ahlen und sah vom Bildschirm auf.

»Ich bin's«, sagte Lenny fast schüchtern. »Hallo.«

Frau Ahlen betrachtete ihn genauer und runzelte die Stirn.

»Ach ja«, sagte sie dann. »Der unverschämte Kommissar … Kommen Sie doch herein.« Sie deutete auf einen Stuhl vor ihrem Schreibtisch.

Lenny machte ein paar Schritte vorwärts und hielt sich an der Stuhllehne fest. Nur der Monitor trennte sie noch, dachte er. Und natürlich der Stuhl. Und der Schreibtisch …

»Wir haben den Fall aufgeklärt«, sagte er. »Das wollte ich Ihnen persönlich mitteilen. Es sind zwar noch nicht alle Beteiligten gefasst, aber das ist nur eine Frage der Zeit. Und ich bin guter Dinge …«

»Kommen Sie«, sagte Anja Ahlen und winkte ihn mit dem Finger zu sich. Lenny schluckte wieder. Sie schien gut gelaunt zu sein. Er ging auf Zehenspitzen um den Schreibtisch herum und stellte sich neben sie. Sie bewegte die Maus und streifte ihn dabei mit ihrem Arm. Er warf ihr einen schnellen Blick zu. Sie war wirklich schlecht angezogen, dachte er. Aber ihre Haare … ihr milchweißer Teint … ihre blauen Augen … die langen Wimpern … Und sie roch unglaublich gut.

Anja Ahlen sah ihn durch ihre große, reflektierende Brille an. »Sehen Sie.« Sie deutete auf den Bildschirm. Verschwommen nahm Lenny eine E-Mail wahr. Er musste sich konzentrieren, um nicht von ihrem Duft abgelenkt zu werden, von ihrer leise raschelnden Bluse …

Die Mail war von der GALB. Die Geschäftsleitung bedauerte ausdrücklich den Schaden, der durch eines ihrer Fahrzeuge im Naturschutzgebiet verursacht worden war. Der Wagen sei vom Firmengelände entwendet worden, stand da, der Verursacher konnte bisher nicht einwandfrei festgestellt werden und gehöre höchstwahrscheinlich nicht zur Belegschaft der GALB. Doch das Unternehmen sei in der glücklichen Lage, über einen Topf für förderwürdige Projekte zum Naturschutz zu verfügen. Daraus wolle man der Organisation zum Erhalt des Steinbruchs Neckarrems einen nicht unerheblichen Betrag zur Verfügung stellen. Die Summe würde wohl kaum reichen, um alle Schäden zu beseitigen, man hoffe aber, dadurch einen wichtigen Beitrag zur Renaturierung zu leisten.

»Was sagen Sie jetzt?«, fragte Anja Ahlen triumphierend, während Lennys Augen über den Bildschirm wanderten. »Sie fangen Verbrecher, wir organisieren inzwischen Gelder zum Erhalt der Natur für unsere Kinder und Nachfahren.«

»Kinder …«, stammelte Lenny. »Ja … Aber, das da …«, er deutete auf die Mail, »das geht doch auf meine Initiative zurück. Anja … Frau Ahlen …« Er lehnte sich gegen den Schreibtisch, sah ihr in die Augen und nahm ihre Hand. Wie weich sie war … »Ich habe bei der GALB doch ein gutes Wort für Sie eingelegt.«

»Sie?« Anja Ahlen lachte. »Ja klar.« Brüsk entzog sie Lenny ihre Hand.

»Bitte«, sagte Lenny. »Ich bin doch hier. Ich entschuldige mich, wenn ich …« Er überlegte kurz, was er sich denn eigentlich vorzuwerfen hatte. »… wenn ich etwas falsch gemacht habe.«

»Sie wissen nicht einmal, *was* Sie falsch gemacht haben, Herr …«

»Grünspan«, sagte Lenny schnell.

»Herr Grünspan«, vollendete Anja Ahlen. »Die Belange des Naturschutzes sind Ihnen völlig egal, Sie haben sich nicht um unsere Interessen gekümmert, im Gegenteil, Sie haben sie verspottet. Sie haben mich keinen Augenblick ernst genommen.«

»Aber ganz und gar nicht«, wehrte Lenny ab, »ich habe alles ernst genommen und ich nehme auch weiterhin alles ernst, ich schwöre …«

»Sie haben mich einfach in Ihrem Büro stehen lassen und am Telefon abgekanzelt.«

»Aber Sie haben doch am Telefon …«

»Und jetzt kommen Sie hierher und behaupten auch noch, unsere Verhandlungen mit der GALB wären durch Ihre Intervention zu einem erfolgreichen Abschluss gekommen.«

»Natürlich nicht …« Lenny war völlig erschlagen. Er hatte das leise Gefühl, sein größter Fehler war, Anja Ahlen einfach im Büro stehen gelassen zu haben. Aber dieses leise Gefühl wurde durch das laute Brummen in seinem Kopf übertönt. »Ich wollte Ihnen lediglich mitteilen, dass wir den Fall aufgeklärt haben. Und Ihnen meine Hilfe bei der Beseitigung der Wagenreste im Steinbruch anbieten. Ich habe unten eine Schaufel, einen Spaten … Damit kann ich die verunreinigten Bodenschichten abtragen, Schicht für Schicht … Natürlich wird es dauern … Aber das macht nichts.«

»Sie haben tatsächlich einen Spaten dabei?«

»Ja.«

»Ehrlich?«

»Ja. Und eine Schaufel.«

Anja Ahlen lachte. Sie sah ihn an. Lenny hatte das Gefühl, als erblicke sie ihn zum ersten Mal wirklich.

»Danke, aber das wird nicht nötig sein«, sagte sie. »Nicht, nachdem die GALB ihre Hilfe angeboten hat. Aber trotzdem danke.« Sie lächelte und Lenny erschien sie auf einmal fast ein bisschen unsicher.

»Vielleicht kann ich Sie dann ja wenigstens zum Essen

einladen?«, fragte er. Er wollte gern noch einmal ihre Hand nehmen, aber er ließ es.

»Na ja«, sagte sie, nahm ihre Brille ab und kaute verlegen auf dem Bügel herum. »Warum nicht. Aber nur, wenn Sie sich benehmen.«

Lenny war sprachlos. Sein Herz klopfte wie wild. Er versuchte, Luft zu holen, und war überrascht, dass es ohne Probleme funktionierte.

»Natürlich«, sagte er. »Natürlich. Soll ich Sie vielleicht am Wochenende abholen? Am Samstag? Um halb acht?«

Sie nickte. »Gern.«

»Gern.« Wie im Traum ging er zur Tür und stieß einen Stapel Papier um, der langsam zur Seite kippte.

»Ach«, sagte Anja Ahlen, als er schon fast draußen war. »Kann ich vielleicht meinen Verlobten mitbringen? Ihn interessiert die Polizeiarbeit sehr.«

Lenny drehte sich abrupt um. »Natürlich nicht«, rief er entsetzt. Verlobter? Wer hatte denn heutzutage noch einen Verlobten? Er fühlte einen Stich in seinem Herz und den hatte sie ihm mit voller Absicht verpasst. Anja … Lenny war verzweifelt. Sie war schön, sie war brutal, sie roch gut, sie war schlecht gekleidet und sie war definitiv anstrengend. Aber was sollte Lenny tun? Er war nun einmal verliebt.

KAPITEL 20

Fomins Tasche, die Rocco und Lenny sichergestellt hatten, war vollgepackt mit Marihuana und einigen Gramm Rohopium. Von Fomin selbst gab es auch ein paar Tage später noch keine Spur. Gerüchten zufolge, die im Präsidium kursierten, hatte er sich nach Kasachstan abgesetzt. Keiner wusste, woher die Gerüchte kamen, aber Rocco und Roth hielten es durchaus für möglich, dass er es über die Grenze geschafft hatte.

Was Vlad und Ingo betraf, so gingen Rocco und Lenny davon aus, dass sie mit Fomin zusammengearbeitet hatten und dann in Streit geraten waren. Rocco glaubte, dass Fomin wegen der Sache mit Mary sauer gewesen war. Das hatte seinen ganzen Plan durcheinandergebracht, der darauf abgezielt hatte, Müller, Bergmann und Dr. Davids als die Alleinverantwortlichen zu enttarnen. Er hatte ja nicht ahnen können, dass Rocco und Lenny von den Drogen wussten. Allerdings hatten sie keinerlei weitere Unterlagen zu Lieferungen oder Weiterverteilern gefunden. Die Einzigen, die darüber wahrscheinlich Bescheid gewusst hatten, waren tot. Ein weiterer Beweis für Fomin, richtig gehandelt zu haben.

Immerhin kamen sie bei der GALB weiter. Mithilfe von Bergmann konnten die meisten Dateien auf dem Firmenserver wiederhergestellt und ausgewertet werden. Müller befand sich in Untersuchungshaft, während Dr. Spilden seinen Aufsichtsratsposten ruhen ließ und sich lediglich zur weiteren Verfügung halten musste. Es machte ihm in diesen Tagen deutlich weniger Freude, aus seinem Büro heraus seine Nachbarn und ihre Pflanzen auf ihren Dachterrassen zu beobachten. Er ging häufig in den Tennisclub, um sich von seinen Clubfreunden trösten zu lassen, von denen – wenigstens offiziell – keiner sich auch nur annähernd vorstellen konnte, dass Dr. Spilden von den ungeheuerlichen Vorgängen bei der GALB gewusst haben sollte. Und Dr. Spilden wurde nicht müde zu beteuern, dass er keine Zeit gehabt hätte, sich um diesen Betrieb auch noch zu kümmern. Er hätte doch eine Verpflichtung seinem Verlag gegenüber, seinen Redakteuren und vor allem den Lesern …

Dr. Davids dagegen ließ sich im Club nur äußerst selten blicken. Was ihn anging, gab es bisher keine Hinweise auf eine Verstrickung. Bergmann, der sich ansonsten sehr kooperativ zeigte, war erstaunlich zurückhaltend, wenn es um den Leitenden Staatsanwalt ging. Er hatte aber auch schon einige Verhöre hinter sich, bei denen weder Rocco noch Lenny anwesend gewesen waren. Lenny war von seinem direkten Vorgesetzten sofort von dem Fall abgezogen worden. Trotzdem tauchte er fast täglich im Präsidium auf, um sich nach den Fortschritten bei den Ermittlungen zu erkundigen.

»Na ja«, sagte Rocco. »Wir führen noch ein paar Vernehmungen durch und wenn alle ausgesagt haben, übertragen wir den Fall der Staatsanwaltschaft. Die bereiten die Anklage vor und dann geht die Sache vor Gericht. Aber das weißt du ja …«

»Und Davids?«

»Er kümmert sich persönlich darum.«

»Das kann doch nicht sein«, rief Lenny empört. »Er ist Teil der Ermittlungen.«

»Das ist er nicht. Bergmann hat seine Aussage zurückgezogen und erinnert sich angeblich nicht mehr genau, bei welcher Gelegenheit Dr. Davids an Sitzungen teilgenommen hat. Seinen Beratervertrag hat er gekündigt. Und Beraterverträge sind nicht strafbar, sondern üblich.« Rocco zuckte mit den Schultern. »Mir stinkt das genauso wie dir. Aber andererseits haben wir nur die Aussage von Fomin, und besonders glaubwürdig ist der nicht. Fomin hätte uns alles erzählt, um seinen Kopf aus der Schlinge zu ziehen.«

»Ich weiß es aber«, sagte Lenny. »Ich weiß es einfach. Ich war in seinem Büro …«

»Und?«, fragte Rocco.

Lenny dachte an das Büro seines Chefs, das Zwielicht, Dr. Davids rote Haare, den begehbaren Wandschrank …

»Dieser Mann hat zwei Gesichter«, rief er.

Rocco lachte. »Das haben wir doch alle.« Er wurde ernst. »Lenny, ich glaube auch, dass er Dreck am Stecken hat. Aber wir können ihm nichts nachweisen. Noch nicht. Und es ist nicht sehr clever, ihn ständig zu beschuldigen, ohne Beweise zu haben.«

Dann starb Mary. Mit dem Blinken eines Lichts war es vorbei. Ihr Zustand war stabil gewesen und die Ärzte hatten die Narkose Schritt für Schritt reduziert. Auch die künstliche Beatmung war nicht mehr nötig gewesen. Aber sie zeigte keinerlei Regung. Sie lag ganz ruhig da, Tag und Nacht im Halbdunkel des Zimmers, umgeben von ihren grünen, blauen, gelben und roten Lichtern und Kurven, die ihre Lebensfunktionen nachzeichneten. Sie war am Leben und wie in einem Traum gefangen. In ihr entspann sich eine neue Welt, ein anderes Leben, in dem sie diesen Körper nicht mehr brauchte. Und dann schlug sie die Augen auf und nahm mit einem Blick alles wahr und sie erschrak. Mit diesem Schrecken im Gesicht fanden sie wenige Augenblicke später die Pfleger, aber da war sie schon tot.

Am nächsten Tag rief Rocco bei Anna an.

»Mary ist tot«, sagte er.

»Oje«, rief Anna. »Was ist passiert?«

Rocco erzählte es ihr.

»Es tut mir so leid«, sagte er endlich. »Es ist meine Schuld. Warum habe ich sie hierher gebracht? Ich hätte sie bei dir und Hedda lassen sollen.«

»Es ist nicht deine Schuld«, sagte Anna. »Sie wäre sowieso nicht geblieben. Und sie wäre auch nicht hierher zurückgekommen.«

Rocco schwieg. Er wunderte sich. Er hatte befürchtet, dass Anna ihm Vorwürfe machen würde.

Als auch Anna schwieg, sagte er: »Sie ist ganz allein gestorben. Sie sah so … entsetzt aus. Ich glaube, sie hatte schreckliche Angst vor dem Tod.«

»Vielleicht war es auch andersrum«, meinte Anna.

Rocco zuckte mit den Achseln. Was auch immer, dachte er und fragte: »Kommst du zur Beerdigung?«

»Ja«, sagte Anna.

Am Tag der Beerdigung herrschte ein kalter Wind, der durch die Blätter auf dem Friedhof fuhr. In wilden Wirbeln raschelten sie um die Füße der Besucher, die Bäume, die Grabsteine und stiegen nach oben. Sie eilten Rocco, Lenny und Louis, die in schwarzen Anzügen die Allee entlanggingen, voraus zur Aussegnungshalle und verfingen sich im schwarzen Gewand des Pfarrers. Sie spielten draußen auf dem grauen Vorplatz, während die drei der

Predigt – den letzten dürftigen Worten – lauschten, die der Pfarrer für Mary fand. Aber was sollte er auch sagen? Rocco hatte vergeblich versucht, Verwandte oder Freunde aufzutreiben. Entweder es lebten keine mehr oder sie hatten kein Interesse vorbeizukommen. Und Rocco hatte sie ja kaum gekannt. Was hätte er dem Pfarrer über Mary erzählen sollen? Dass sie gerne trank? Dass sie funktionale Häuser ohne Treppen bauen wollte, die sich selbst genug waren? Vielleicht …

Nach der Predigt wanderten sie unter den kahlen Bäumen zur offenen Grabstätte. Der Pfarrer sagte noch ein paar Worte und sprach einen Segen, der ihm von einer Bö vom Mund gerissen wurde. Die Friedhofshelfer ließen den Sarg nach unten und zogen ihre Seile wieder nach oben. Rocco ging ans Grab und warf eine Handvoll Erde hinein, Louis und Lenny taten es ihm nach. Dann standen sie alle einen Augenblick unschlüssig da und sahen hinunter. Rocco blickte sich immer wieder um, aber von Anna war nichts zu sehen. Der Pfarrer verabschiedete sich und drückte ihnen die Hand.

»Tja, was meint ihr?«, fragte Louis und zeigte auf das Grab. »Trinken wir noch einen auf sie?«

Lenny grinste. »Das würde ihr sicher gefallen«, sagte er.

Die drei schlenderten zum Hauptausgang, wo ihnen Anna entgegenkam.

»Anna«, rief Rocco und lief auf sie zu.

»Entschuldige«, sagte sie. »Der Zug … Ich hatte nicht einmal Gelegenheit, meinen Koffer bei Julia abzustellen.« Sie zeigte auf einen kleinen Rollkoffer, den sie hinter sich herzog.

»Anna«, sagte auch Louis, nahm ihre Hand und sah ihr tief in die Augen.

Anna lachte. »Ja, ja.« Sie zog ihre Hand aus seiner und winkte ab.

»Das ist Lenny«, sagte Rocco, schob Lenny ein Stück nach vorn und redete gleich weiter: »Willst du zum Grab? Soll ich dir zeigen, wo es ist?«

»Ja. Natürlich will ich zum Grab.«

Sie vereinbarten, dass Lenny und Louis vorausfahren sollten. Rocco würde mit Anna nachkommen.

»Die beiden sind also ein Team«, sagte Lenny, als er mit Louis zum Wagen ging. Er wirkte ein wenig bekümmert.

»Ja.« Louis lächelte. »Rocco hat sie sehr vermisst.«

»Ich meine … wird sie bleiben?«, fragte Lenny.

»Nein«, sagte Louis überzeugt und schüttelte den Kopf.

Lenny sah ihn verwundert an. »Warum bist du dir so sicher?«

»Sie hat nur einen kleinen Koffer dabei. Keine Frau wird mit so einem Koffer lange bleiben. Glaub mir.« Er lachte und schlug Lenny mit der flachen Hand auf die Schulter. »Komm schon. Was weiß denn ich …« Er öffnete die Autotür und sie fuhren zur Bar.

Anna und Rocco gingen den Weg zurück zum Grab.

»Wie geht es Hedda?«, fragte er.

»Gut. Sie ist ziemlich traurig über Marys Tod.«

»Das bin ich auch«, sagte Rocco.

Anna warf ihm einen schnellen Blick zu. »Ja«, erwiderte sie. »Das glaube ich.«

Die Friedhofshelfer waren gerade dabei, das Loch mit Erde aufzufüllen. Sie waren etwas ungehalten, als Rocco sie bat, noch einen Moment zu warten, aber sie machten eine Pause, setzten sich etwas abseits auf die Einfassung eines benachbarten Grabs und holten ihre Zigarettenpackungen heraus.

Anna hatte eine rote Blume dabei, die sie Mary ins Grab warf. »Irgendwie hatte ich das Gefühl, sie würde rote Blumen mögen«, sagte sie.

»Ich bin nicht sicher, ob sie überhaupt Blumen mochte«, meinte Rocco.

»Vielleicht denke ich es auch nur, weil sie Schottin war.«

Rocco war nicht ganz klar, was das eine mit dem anderen zu tun hatte, aber er sagte nichts. Anna sah eine Weile in das halb zugeschüttete Grab und fing an zu weinen. Rocco trat schnell zu ihr und legte den Arm um sie.

»Schon gut«, sagte Anna. »Es ist gleich vorbei. Ich heule immer, wenn ich an einem Grab stehe.« Es klang, als würde sie jede Woche einer Beerdigung beiwohnen. Anna tupfte sich die Augen mit einem Taschentuch ab und strich eine Strähne hinters Ohr. »Komm.« Sie hakte sich bei Rocco unter und so gingen sie zurück zum Parkplatz.

»Wir wollten in Louis' Bar noch auf Mary anstoßen«, sagte Rocco. »Sie hat gern mal ein Glas getrunken.«

»Rocco.« Anna schüttelte den Kopf. »Sie war Alkoholikerin.«

Rocco grinste. »Eben. Deswegen. Du kommst doch mit?«

»Wenn du mich vorher noch kurz bei Julia vorbeifährst, damit ich den Koffer abstellen kann.« Sie ließ seinen Arm los und blieb stehen. »Es war ganz gut, dass du vorbeigekommen bist«, sagte sie. »Manchmal werden Vorstellungen aufgrund von Erinnerungen sehr mächtig und groß. Dann stehen sie einem im Weg und versperren den klaren Blick auf die Dinge. Ich habe irgendwann gedacht, ich könnte nie mehr weiter wegfahren als bis ins nächste Dorf, aus Angst, mir würde irgendetwas, irgendjemand aus meiner Vergangenheit begegnen. Aber es war schön, dich zu sehen. Und ich freue mich auf Julia.«

»Das muss ich jetzt nicht verstehen, oder?«, fragte Rocco.

Anna lachte.

»Wirst du bleiben?«

»Nein.«

KAPITEL 21

»Die Polizei konnte in enger Zusammenarbeit mit unserer Behörde einen großangelegten Wirtschaftsbetrug bei der GALB aufklären, den Gas- und Stromwerken in Ludwigsburg. Aufgrund der abschließenden Ergebnisse wird die Staatsanwaltschaft Anklage erheben gegen den Geschäftsführer der GALB, Herrn Müller, und gegen den EDV-Leiter Herrn Bergmann. Es wird sicher einige Zeit dauern, bis sämtliche Daten aufgearbeitet sind. Erst anschließend können wir sagen, ob durch den Betrug bei den Abrechnungen auch Endkunden in Mitleidenschaft gezogen wurden. Gegebenenfalls kann dann Klage bei einem Zivilgericht eingereicht werden.

Im Zuge der Ermittlungen wurde außerdem ein Drogenring zerschlagen, der im Begriff war, neue Verteilerstrukturen im Südwesten aufzubauen. Es wurden mehrere Kilogramm Marihuana und eine nicht unerhebliche Menge an Rohopium sichergestellt. Im Fall des Drogenhandels und des Mordes in drei Fällen wurde Haftbefehl erlassen gegen Artur Fomin, den ehemaligen Sicherheitschef der GALB. Fomin ist flüchtig und zur Fahndung ausgeschrieben.

Beide Fälle, besonders aber das skrupellose Vorgehen Artur Fomins, zeichnen sich durch ein hohes Maß an krimineller Energie aus. Beide Fälle sind extrem in ihrer Skrupellosigkeit und Missachtung der Werte unserer Gesellschaft. Und beide Fälle zeigen mit seltener Klarheit die Gefahren auf, denen eine offene Demokratie ständig ausgesetzt ist.

Eine freie Gesellschaft bietet Schlupflöcher und Lücken, und stopft man eine, entsteht anderswo eine neue. Wir sind dann schnell bei der Hand mit dem Ruf nach neuen, schärferen Gesetzen, strengeren Kontrollen – ich nehme mich dabei nicht aus und ich bin beileibe nicht der Letzte, der danach verlangt – und wir vergessen dabei oft, dass mehr Kontrolle genau das einschränkt, was einer der wichtigsten Werte unserer offenen Gesellschaft ist: die Freiheit. Und wir vergessen dabei oft, dass wir so wehrlos gar nicht sind. Unsere Verfassung und unsere Gesetzbücher, unsere Exekutive und unsere Judikative wurden schon vielfach auf die Probe gestellt und sie funktionieren. Manchmal mahlen die Mühlen der Justiz langsam, manchmal kommen unsere Ermittler nur schwer zum Ziel, oft nur auf Umwegen, mit viel Geduld und einem langen Atem. Aber sie kommen letztendlich zum Ziel. Man mag die Instrumente der Demokratie im Alltag als selbstverständlich, manchmal vielleicht sogar als störend, umständlich oder schwerfällig hinnehmen, im Lauf der Zeit haben sie sich als wirksam erwiesen, die Angriffe auf sie abzuwehren.

Wir alle hier sind Gehilfen, Diener des Staates und ich bin stolz darauf. Auch wenn die Mechanismen greifen, so wie hier, sind wir doch ständig gefordert, sie aufrechtzuerhalten, sie zu verfeinern und anzupassen. Manchmal … manchmal wird einem die Arbeit nicht leicht gemacht. Wir zweifeln, wir straucheln, aber wir fallen nicht. Wir wollen nicht immer so wie das Gesetz es will, und manchmal bleibt die Rechtsprechung in unserem menschlichen Empfinden ein Rätsel, ja, manchmal empfinden wir das Recht als Unrecht. Aber letztendlich führt unsere Rechtsprechung immer zu einer gerechteren Gesellschaft. Schlicht: Sie funktioniert.

Vielleicht hole ich heute nicht nur so weit aus, weil uns ein großer Erfolg im Kampf gegen das organisierte Verbrechen und gleichzeitig ein Schlag gegen die Wirtschaftskriminalität gelungen ist, sondern weil auch ich in diesem Fall Anschuldigungen ausgesetzt war. Das Gesetz ist unbestechlich, es macht nicht vor seinen Feinden und nicht vor seinen Freunden halt. Umso wichtiger war es mir, zu diesen Anfeindungen Stellung zu beziehen und sie ein für allemal aus der Welt zu schaffen. Ich bin nicht dazu verpflichtet, meine Vermögensverhältnisse und meine Beratertätigkeiten offenzulegen. Die Kollegen von der Polizei hatten unter Leitung meines Stellvertreters trotzdem, soweit erforderlich, Einblick in meine Unterlagen und konnten keine Unregelmäßigkeiten feststellen. Ich glaube, damit sind die haltlosen Beschuldigungen, denen ich ausgesetzt war, vom Tisch. Trotzdem übergebe ich ab sofort die Überwachung der Ermittlungen, die weitere Anklageerhebung und auch die Prozessleitung in diesen beiden Fällen in die Hände meines Stellvertreters und seines Teams und hoffe, damit jeden Verdacht auf Bestechlichkeit und Vorteilnahme in unserer Behörde auszuräumen.

Immer wieder haben wir es mit Fällen zu tun, die an den Grundfesten unserer Gesellschaft rütteln. Das mag Ihnen trivial, banal oder zu hochtrabend erscheinen, aber wir sind dazu da, um diese Angriffe aufzudecken und abzuwehren. Dieses Mal ist uns das gelungen. Sie können nachher gern Fragen stellen. Zuvor wird der stellvertretende Staatsanwalt noch auf die aktuellen Ermittlungsergebnisse eingehen.«

Ein Sonnenstrahl schlich sich über den langen, beigefarbenen Resopaltisch auf dem Podium des kleinen Saales der Staatsanwaltschaft und brach sich im Brillenglas von Dr. Davids. Er zuckte mit dem Kopf, kniff das Auge zusammen und rutschte etwas nach hinten. An seiner Seite saßen der stellvertretende Staatsanwalt, Roth als Vertreter der Mordkommission, der Pressesprecher der Polizei und ein Mann, den Rocco nicht kannte. Im Saal befanden sich die Vertreter der Medien – Redakteure, Journalisten, Kamerateams – und einige Leute aus verschiedenen Verbraucherschutzverbänden, unter ihnen der ehemalige Richter Rehle.

Die beiden Fälle und ihre Aufklärung hatten einigen Staub aufgewirbelt. Drogen und Mord waren nicht gerade an der Tagesordnung und immer mehr als nur eine Schlagzeile wert. Zudem standen die Energieunternehmen bundesweit wieder im Fokus, da der Europäische Gerichtshof vor Kurzem ein Grundsatzurteil zur besseren Transparenz bei Preiserhöhungen und zur Möglichkeit der Klage auf Rückzahlungen für Tarifkunden der Konzerne gefällt hatte. Der Betrug der GALB war natürlich Wasser auf die Mühlen der Verbraucherschützer.

Rocco sah sich nach Lenny um, konnte ihn aber nirgends entdecken. Er war während der Rede von Dr. Davids abrupt aufgestanden und hinausgegangen. Als der Staatsanwalt seine Erklärung abgeschlossen hatte, übernahm sein Stellvertreter das Mikrofon. Es entstand eine kleine Pause, die Rocco nutzte, um den Saal ebenfalls zu verlassen. Er entdeckte Lenny beim Kaffeeautomaten im Flur.

»Mir wird gleich schlecht«, rief er, während er versuchte, einen Kaffee zu bekommen.

Rocco zuckte mit den Schultern. »Wir konnten ihm nichts nachweisen«, sagte er. »Aber ganz ehrlich. Wenn wir Dr. Davids drangekriegt hätten, hätte ich die ganze Drogensache mit Vergnügen sausen lassen. Aber so … Vielleicht haben wir uns getäuscht und er hatte wirklich nichts damit zu tun.«

»Fomin hat nicht gelogen.« Lenny klopfte ärgerlich gegen den Automaten. »Und Bergmann erst recht nicht. Aber er ist zu feige, um die Sache durchzustehen.«

»Wenn das stimmt, hat Davids ihm mit Sicherheit eine Menge Angebote gemacht, um ihn zum Schweigen zu bewegen. Wir werden es bald erfahren.«

»Wie denn?«, fragte Lenny.

»Es muss ja schon etwas Greifbares sein … Hafterleichterung, frühzeitige Entlassung, viel Geld … In wenigen Jahren wissen wir Bescheid.«

»In wenigen Jahren«, schnaubte Lenny ärgerlich. »Jahre, in denen Davids als Staatsanwalt weitermacht, als sei nichts gewesen …«

Rocco lachte. »Junge, wenn es danach ginge, dass immer die Richtigen hinter Gitter wandern, dann hätte ich meinen Job schon lange an den Nagel hängen können. Du wirst sehen, Dr. Spilden wird wahrscheinlich nicht einmal angeklagt werden. Für ihn wird die Sache mit einem Vergleich und einer Zahlung an irgendeine gemeinnützige Organisation enden. Und Müller wird nicht lange sitzen. Du hast Davids ja gehört: Das System funktioniert.«

»Was soll der ganze Mist denn dann?«, fragte Lenny. Er überlegte. »Wenn Dr. Spilden zahlen muss, wüsste ich eine Organisation, die dringend Geld braucht. Sie setzt sich sehr für den Umweltschutz ein …«

»Lass uns gehen. Trinken wir einen Kaffee.«

»Ich schmeiß hin«, sagte Lenny, als sie auf dem Parkplatz in den Wagen stiegen.

»Was?«, fragte Rocco.

»Na, den Job. Alles.«

»Spinnst du?«, rief Rocco. »Und dann? Was willst du denn machen?«

»Ich weiß nicht. Aber ich kann doch nicht jeden Tag in die Staatsanwaltschaft gehen und so tun, als sei nichts gewesen. Irgendwelche belanglosen Fälle bearbeiten. Ich müsste jeden Tag befürchten, Davids über den Weg zu laufen. Dieser Mann war der Inbegriff der Integrität für mich. Und jetzt? Ich kann ihn nie mehr als Chef respektieren.«

»Hm«, machte Rocco. »Es läuft nicht immer, wie es soll. Aber du wirst wahrscheinlich nie mehr direkt mit ihm zu tun haben.«

»Na klasse.« Lenny schlug mit der flachen Hand aufs Autodach. »Du hast recht. Wahrscheinlich würde ich Akten verteilen, bis ich selbst Staub ansetze. Und doch würde ich für ihn arbeiten. Für ihn und sein verlogenes System.«

»Bleibt die Frage, was du sonst machen willst«, sagte Rocco ruhig. Er war sicher, dass Lenny sich wieder beruhigen würde. Er erlebte solche Momente nicht zum ersten Mal.

»Vielleicht sollte ich mich im Umweltschutz engagieren«, meinte Lenny. »Die suchen immer überzeugte Helfer.«

»Ja klar.« Rocco lachte. »Was hast du nur immer mit Umweltschutz?«

»Du hast recht. Ich könnte auch Privatdetektiv werden.« Auf einmal war Lenny Feuer und Flamme. »Man arbeitet für Recht und Gesetz, ohne in das korrupte System der Staatsanwaltschaft eingebunden zu sein.«

»Mhm«, machte Rocco. »Und von was willst du leben?«

»Ach, Geld …«, sagte Lenny uninteressiert.

Rocco warf einen Blick in den Himmel. »Steig ein. Es wird gleich wieder regnen.«

»Ja klar«, sagte Lenny ärgerlich. »Die Sonne scheint nur für Dr. Davids.«

Sie fuhren los.

»Wann bringst du Anna zum Bahnhof?«, fragte Lenny.

»Nachher«, sagte Rocco vage. »Willst du mitkommen?«

»Nein, nein. Verabschiede du dich allein von ihr.« Lenny schwieg und starrte eine Weile in den zunehmenden Verkehr auf der B 27. »Sie wird zurückkommen. Ihr werdet wieder ein Team«, sagte er schließlich verdrossen.

»Sie wird nicht zurückkommen«, meinte Rocco.

»Woher willst du das wissen?«

»Sie hat es mir gesagt.«

Die ersten Tropfen fielen. Lenny lachte leise.

Rocco und Anna standen nebeneinander am Bahnsteig und sahen in die Richtung, aus der die S-Bahn nach Stuttgart kommen würde. Rocco hätte Anna mit dem Auto gefahren, aber sie wollte nicht.

»Und, was sagst du?«, fragte er.

Anna schüttelte den Kopf. »Frag mich nicht«, sagte sie. »Es war ein schöner Abend gestern. Aber …«

»Aber?«

»Lass mir Zeit.«

»Ich glaube, es würde dir guttun, wieder mit mir zusammenzuarbeiten. Ich glaube, es würde dir helfen, die ganze Sache zu vergessen.«

»Ich will die Sache nicht vergessen. Ich will mit ihr leben können.«

Rocco verdrehte die Augen. »Das meine ich«, sagte er.

»Ich habe es doch schon versucht. Und es hat nicht funktioniert.« Anna seufzte. »Du weißt nicht, wie das ist. Zurzeit geht es mir gut. Aber das kann sich wieder ändern. Und dann will ich nicht so hilflos sein wie die letzten Male. Ich weiß nicht, ob das möglich ist, aber ich will es versuchen.« Sie sah ihm in die Augen. »Du kannst Hedda und mich jederzeit besuchen, wenn du willst. Ich würde mich freuen. Und Hedda auch.«

Die S-Bahn kroch langsam um eine Kurve und erreichte die letzte Gerade vor dem Bahnhof.

»Vielleicht geht es dir irgendwann dauerhaft besser …«, sagte Rocco und beobachtete die Bahn. Sie fuhr langsam in den Bahnhof ein und hielt mit einem leichten Quietschen der Bremsen an.

»Vielleicht«, erwiderte Anna.

»Überleg es dir noch einmal.« Rocco nahm ihre Hand.

Anna zog den Bügel aus ihrem Rollkoffer, küsste Rocco auf die Wange und ging zur Zugtür.

»Nein«, sagte sie.

Als die Bahn aus dem Bahnhof fuhr, sprühte der feine Regen wie Staub an den Wagen entlang. Die Sonne kam durch die Wolken, und glitzernd brach sich das Licht. Für einen Moment wurde es beinahe unerträglich hell. Rocco kniff die Augen zu. Doch als die Wagen die nächste Brücke erreichten, war es vorbei, und monotones Grau umfing die Bahn, die Gleise, Rocco und die Stadt.

Weitere Krimis finden Sie auf den folgenden Seiten und im Internet:

WWW.GMEINER-SPANNUNG.DE

Das Neueste aus der Gmeiner-Bibliothek

Unsere Lesermagazine

Bestellen Sie das kostenlose KrimiJournal in Ihrer Buchhandlung oder unter www.gmeiner-verlag.de

Informieren Sie sich ...

www ... auf unserer Homepage:
www.gmeiner-verlag.de

@ ... über unseren Newsletter:
Melden Sie sich für unseren Newsletter an unter www.gmeiner-verlag.de/newsletter

f ... werden Sie Fan auf Facebook:
www.facebook.com/gmeiner.verlag

Mitmachen und gewinnen!

Schicken Sie uns Ihre Meinung zu unseren Büchern per Mail an gewinnspiel@gmeiner-verlag.de und nehmen Sie automatisch an unserem Jahresgewinnspiel mit »mörderisch guten« Preisen teil!

GMEINER SPANNUNG

WWW.GMEINER-VERLAG.DE
Wir machen's spannend